# 算什麼大師

5

完

文創風

1128

懿珊 著

風文創 1128

# 目錄

# 第八十一章

這兩年來，朱承澤一直很想進他媽媽的房間，想知道裡面到底是有什麼不能讓他看的，可是這會兒林清音讓他敲門，他反而有些膽怯，舉起手猶豫了半天才緩緩地落下，輕輕地叩了兩聲。

「進來！」屋裡傳出沙啞的女人聲音，聽起來鬼氣森森的。朱承澤聽到這個聲音差點哭了出來，連假才過去半個多月，他覺得媽媽的聲音似乎更加可怖了。

此時雖然已經到了十月分，但是秋老虎的威力依然十足，下了公車走到村子足足要半個小時，朱承澤早就熱得一身汗了。可推開門還沒等邁進去，就感覺一陣陰冷的風撲面而來，吹得他寒毛都豎了起來，身上濕濕黏黏的汗在一瞬間就消失得無影無蹤。

現在是中午，外面陽光普照，可屋裡的窗戶已經被報紙糊住了，又用黑色的窗簾擋得緊緊密密的，一點光都透不進來。屋裡只點了一盞昏暗的老式煤油燈，只能隱隱約約看清楚一個女人的背影，其他什麼都瞧不見。

看到這一幕朱承澤心裡有些發寒，他總覺得那個背影不是他媽媽，而是另外一個人。他嘴唇顫抖了一下，手緊緊地握了起來，似乎想叫「媽」，可努力了幾次也沒叫出那個字。

女人的身體緩緩地轉了過來，透過門口灑進來的陽光，朱承澤發現他媽媽臉上瘦得根本已沒什麼肉了，眼睛深深的陷進去，嘴唇也不是紅色的，而是有些發黑。

朱承澤看到他媽媽的樣子嚇了一跳，自從他媽媽通陰後就很少以真面目見他，每天出來的時候都頭戴紗罩。

當初媽媽戴面紗的時候，朱承澤以為是通陰的規矩，沒做多想。等他上了大學以後每天除了上課就是忙著打工當家教賺學費和生活費，根本就沒空想家裡的事，甚至他為了多賺一點錢連暑假和節假日都不回來，只有寒假接近過年那幾天才回家。

這次是因為連假期間他的學生出去旅遊，他才有空回家待幾天，結果意外的發現了母親的異樣。等今天看到了媽媽的樣子後，朱承澤才明白，原來戴這面紗並不是什麼規矩，而是為了遮掩她身上的變化。

朱媽媽對陽光覺得有些刺眼，她伸出手臂在眼前擋了一下，等適應光芒才緩緩地將胳膊放了下來，微瞇著眼睛看了半天，這才發現進來的人居然是她的兒子。

朱媽媽愣了一下，連忙慌亂地站起來將手邊的紗帽戴在頭上，厲聲喝道：「你怎麼回來了？不是和你說過不許進這間屋子。」

朱承澤聽出了媽媽聲音裡的苦澀，心裡不由得更加酸楚。他顧不得害怕，快步上前一把抱住了媽媽那瘦成了骨頭的身軀，哭得泣不成聲。「媽，我說過不讓妳再做通陰這件事了，我賺的錢夠交學費也夠我們的生活費，再等兩年我畢業了，到時候我們的日子更好過。我不想妳拿命去換那一點錢。」

聽到這番話，朱媽媽身體抖得像篩子似的，她突然瘋狂地把朱承澤往外推，聲嘶力竭地喊道：「我跟你說過不要你管，你給我出去，永遠不許再進這個屋子！」

朱承澤一個身高一百八的大夥子，竟然被僅有一百六高的瘦弱婦人推出去好幾步，險些摔倒。正在朱承澤有些傻眼的時候，他的手腕忽然被一隻乾瘦的手給扣住了，他不明所以地朝戴著面紗的媽媽看去，就聽見面紗裡再一次傳來那充滿陰森和令人恐懼的聲音。「既然進來了，就別走了。」

一瞬間，朱承澤身上爬滿了雞皮疙瘩，他之前就覺得他媽媽有時候像換了一個人，果然沒有猜錯。

這隻乾瘦的手比之前媽媽推他的力氣要大很多，朱承澤掙扎了幾下居然沒有掙脫開，反而掙扎得手腕有些發紅。站在門口的林清音看到這一幕後慢悠悠的從口袋裡摸出一粒石子朝這邊彈了過來，石子正好打到女人的胳膊上。

被石頭打中的女人驚恐的叫了一聲，慌忙地鬆開了朱承澤的手，連忙後退了好幾步，直到靠在炕上才停止下來。緊接著她渾身一抖，又急急忙忙地衝了過來，將朱承澤用力往外推。「快走，以後永遠不要回來。」

看到讓人精神錯亂的一幕後，朱承澤覺得自己都要瘋了。他看著站在門口托著龜殼的林清音，淚流滿面地懇求道：「林大師，求求妳救救我媽媽。」

林清音手輕輕一抓，手心裡出現了一把石頭，她將石頭隨意的拋出去，分別落在屋裡各個位置，最後一顆石子正好落在櫃子前面的位置，咕嚕地滾了一下，消失不見了。

就在此時，朱承澤覺得屋子冷颼颼的感覺漸漸退去，反而覺得屋裡有些悶熱。女人似乎也察覺出屋裡的變化，有些不安的將朱承澤拽到自己身後，十分警戒地看著林清音。「妳是誰？」

「媽，她是我請來的大師。」朱承澤探出頭跟媽媽介紹道：「是我們學校周易社團的社員，在學校裡很有名氣。」

朱媽媽沒讀過什麼書，她也不知道周易社團是什麼意思，不過倒是明白過來這女孩是自己兒子請來的，一時間有些躊躇，似乎不知道該怎麼辦才好。

林清音站在門口看了半天，已經把屋裡的情況弄清楚了。她將門關上，打開了房間裡的燈，頓時屋子裡明亮了不少。

一揮手，女人臉上的面紗飛了起來落到了林清音的腳邊。林清音走過去觀察了她的面相後，又轉頭指著擺在櫃子上的男人照片問朱承澤媽媽。「這個是妳的丈夫？」

朱媽媽用亮得嚇人的眼睛盯著林清音看了片刻，才緩緩地說道：「我叫郭春華，是朱承澤的媽媽，這張照片是我男人的遺照。」

林清音用下巴點了點櫃子上的遺照，聲音緩緩地問道：「在妳丈夫去世之前你們就商量好將他埋在陰煞之地了吧？妳並沒有特殊體質，按理來說無法當通陰人，只有妳丈夫自願為引，將魂魄附在妳身上，妳才能當通陰人。」

看著郭春華蒼白的臉，林清音的目光落在拚命往櫃子裡擠的那一團黑氣上。「郭家村陰氣濃郁，確實可以讓魂魄留在世上的時間更長，但也僅此而已。所以妳將妳丈夫的屍體埋在陰煞之地，只有這個地方才能讓他的魂魄擁有力量，替妳招來一個又一個的魂魄。可惜的是，你們對陰煞之地的事一知半解，在這之前誰也沒想到後果會這麼嚴重吧？」

郭春華垂下了頭沒有吭聲，朱承澤見狀著急地問道：「林大師，到底是什麼後果？」

「陰煞之地確實能讓魂魄力量強大，可是時間一長，在戾氣和煞氣的作用下魂魄會逐漸失去神志，只剩下吞噬和殺戮的本能。他會忘記這世上的一切，不記得他的妻子也忘了他的兒子，他的魂魄裡只有一個念頭，就是吞噬陰氣、吞噬魂魄壯大自己的力量。」林清音端詳著郭春華的臉說道：「他把妳當成容器，而妳作為一個普通人根本就抵抗不了陰煞之氣，所以妳的壽命在飛快的縮短，人也急速消瘦，變成這種人不人鬼不鬼的樣子。

「妳原本以為自己只是連接鄉鄰和他們去世親人的橋梁，可在妳丈夫的魂魄沒有了意識以後，妳其實只不過是他捕食的工具而已。只有妳維持通陰人的身分，才能騙來十里八鄉的人過來通陰，這樣才能把那些遊蕩在世間的魂魄召喚過來，滿足他不斷吞噬魂魄壯大自己的本能。」

林清音轉頭看向朱承澤，憐憫地說道：「你媽媽只能不停的幫他找魂魄，若是有朝一日找不到，你父親就會吞掉她的魂魄占據她的身軀。」看著朱承澤絕望的表情，林清音輕輕嘆了口氣。「你和他血脈相連，對他來說是有致命的吸引力，等到他吞噬掉你媽媽的魂魄占據她的軀體後，下一個吞噬的人就是你。你媽媽或許不在乎她自己的命，可是她在乎你，不願讓你死在你爸的手裡。其實你媽媽在你父親失去神志的時候就後悔了，但是她確實沒辦法回頭。」

朱承澤不敢置信地後退了幾步，怎麼也想不到這麼可怕的事情會發生在自己家裡。

林清音同情地看了他一眼。「如今能留在這世上的魂魄少之又少，你們村因為陰氣濃郁的原因才比別處多了一些，但就這些也不夠你爸吃的。現在你爸爸已經開始無意識的擠占你母親的身體了，只要他把你母親的魂魄擠出來，他就可以吞噬掉你媽媽的魂魄，然後占據這具身體，成為一具行屍走肉。」

朱承澤想起扣住自己手腕的那隻手和那陰森的聲音，忍不住淚如雨下，他怎麼也不敢相信最疼愛自己的父親會變成今天這個模樣。

「林大師，妳救救我媽！」朱承澤撲通一聲跪在林清音面前。「無論是幾萬幾十萬、幾百萬我都答應！我現在沒有那麼多錢，我可寫借條，我畢業以後賺的錢全都給妳，我一定會還清的！」

「小本生意，概不賒帳。」就在朱承澤感到絕望的時候，就見林清音淡淡地看了他一眼。「之前不是告訴你價格了嘛，兩千五，不打折！」

朱承澤心裡一暖，整個人都癱在地上，眼淚掉得更凶了。他在聽說了林清音以後就找李楠楠打聽過關於小大師的事，李楠楠告訴他只要請小大師上門至少要一萬的費用，然後再根據事情的輕重緩急報價，多到上百萬都有，幾十萬也是常事，即便是那種不太要緊的事，事主通常也會給幾萬塊錢的紅包。

對於朱承澤來說，兩千五他還出得起，一萬塊就有些困難了，幾萬塊錢他甚至連想都不敢想。其實他已經做好了欠債的準備，只要讓媽媽變回正常人，無論欠多少錢他都願意，他相信往後靠自己的能力就可以把欠款還上。

但他沒想到林清音居然只收兩千五百元，這其實是那天算卦的錢，今天她等於是白走了一趟。

「謝謝小大師！」朱承澤鄭重的拜謝了林清音。「有朝一日，我一定會償還您的恩情。」

林清音最見不得大男人哭哭啼啼的，有些不耐煩地蹙起了眉頭。「到底要不要解決？能不能不耽誤我時間？」

朱承澤連忙用手臂把眼淚擦去，慌張地站起來。「林大師您說，我聽您的！」

林清音看著在櫃子裡鑽來轉去的那團黑霧，嘆了口氣。「要是早一點或許還可以將他的魂魄送走，可他現在的魂魄已經有一部分和你母親的魂魄融合了，只能將他的魂魄強行分離出來。被分離出來的魂魄是殘魂，用不了多久就會魂飛魄散了。」

「不要啊！」

朱承澤還沒有說話，郭春華就忍不住哭了起來。「林大師，孩子他爹是為了這個家才變成這樣的，我不忍心看著他魂飛魄散。妳能不能讓他吞了我的魂魄以我的身分活下去，我願意替他去死，只要他能恢復神志不吃我兒子就行。」

林清音歪著頭看著郭春華，兒子心疼母親、母親呵護兒子這是親情她都懂，但是對於男女之間的愛情她一直不明白，她現在還是不能理解那種為和自己沒有血緣關係的人犧牲自己的生命是怎樣的感情。

雖然林清音現在沒有體驗到那種讓人魂牽夢縈的愛情滋味，但是她依然理解郭春華的選擇。不過，替魂魄搶占不屬於他的軀體有悖天道，林清音可不想因為這個遭雷劈。

見林清音搖頭，朱承澤按住了郭春華的胳膊，語氣堅定地說道：「媽，我已經沒有爸爸了，不想再失去妳，這次的事妳聽我的。」

郭春華看著朱承澤痛苦的神色，最終緩緩地點了點頭。

見母子兩人達成一致，林清音用一絲靈氣將躲在郭春華身體裡的魂魄拽了出來。因為這個魂魄沒有神志，所以看起來癡癡傻傻的，像是個傻子。

林清音用靈氣將郭春華和她老公纏繞在一起的魂魄分離開來。沒有了妻子魂魄的牽絆，郭父的魂魄無意識的朝外面飄。林清音手指一動，將魂魄扯了回來，用靈氣飛快地在他魂體上布了一個陣法。

朱承澤父親的魂魄漸漸出現在母子二人身前，隱藏在魂魄深處的神志也被靈氣喚醒，這一段日子的記憶也恢復了。看著母子二人痛哭流涕的情景，朱承澤父親的魂魄淡淡一笑。「其實這對於我來說是最好的結局，我吃了那麼多魂魄，天理不容，還不如讓我消失，也免得我以後變成怪物。」

朱父看著比自己還高的兒子，伸出手摸了摸他的臉。「好好照顧你媽媽，等我離開後，你把我的墳挖開，將屍骨火葬，骨灰就撒在咱村的河裡就行。」

朱承澤哽咽的點了點頭，朱父轉身朝林清音道了謝，最後看了一眼自己的妻兒後朝屋外飄去。陽光下，魂魄逐漸變得透明，最終消散在空氣裡。

屋裡陰冷的氣息消失，郭春華臉色好看了許多，林清音隨手將厚重的窗簾拽了下，一揮手糊滿窗戶的報紙變成碎片落到了地上，暖和的陽光照了進來，屋裡恢復了正常的溫度。

拍了拍手上的灰，林清音轉頭看著郭春華。「是誰告訴妳用陰煞之地的魂魄能成為通陰人的事？」

這件事，不是普通人會知道的。

郭春華仔細回憶了一下，表情有些糾結。「是之前我陪我丈夫去醫院看病的時候一個三十來歲的小夥子告訴我的，聽口音像是齊省人。」

「齊省？」林清音將古錢拋進龜殼裡搖了六卦，最後合成卦象後她愣了一下。「想不到這人居然和我有所牽連。」

這個人說起來還是林清音算卦初期就遇到的，齊城的大商人張蕪，因為貪圖暴富，在一個叫王五鋒的大師指點下將自己家的祖墳挪到了絕戶地，依照其指點的方位將自己本家的十八口棺木一一下葬。

張蕪以為自己擺的是招財陣，殊不知其實這是一個十分惡毒的續命陣法。王五鋒以屍骨為載體，將張蕪家人的壽命和氣運轉為能滋養自己的精、氣、神，給自己續命。

張蕪在陣法布下以後確實是發了財，可沒過幾年他的兒子就莫名其妙的摔死了，母親也摔斷了腿，女兒被查出了白血病，一家人陷入了絕境。最終是林清音把陣法破解，重新選了祖墳的位置。

至於張蕪因急功近利妄想走捷徑，結果到頭來不僅積累的家財沒有了，失去一個孩子，自己也損失了三十多年的壽命。

而布這種邪惡陣法的王五鋒自然也不會有好下場，陣法被破後就遭到了反噬，渾身上下宛如螞蟻噬心般難受，疼得連站起來的力氣都沒有。王五鋒既然敢破釜沈舟的用這種邪惡的陣法，自然是想好了退路，想拿自己徒弟張作當替身。

但別看張作勤勤懇懇伺候了王五鋒多年，可他根本就不像他表現的那麼老實，眼看著師父已經沒有反抗之力，他直接搜刮了王五鋒全部家當，除了幾十萬的現金以外，還有幾本破爛爛的書、一沓符紙、幾個藥瓶以及施展替身法需要用的漆木罐子，然後放了一把火將王五鋒和房子燒成了灰燼，湮滅了所有證據。

若是張作不放這把火，王五鋒到最後也會化成膿水而死，但是張作野心足，也懂得隱忍，在王五鋒身邊時候只悶頭幹活，可一旦把想要的東西拿到手，他和王五鋒一樣狠毒。

林清音不太懂這種邪魔歪道的東西，不過不用想也知道張作哄騙郭春華夫妻倆肯定是為了什麼邪術，很大可能就是和那具栩栩如生的屍體有關。而以張作的心性，住處肯定離此不遠，朱父的魂魄消散他肯定能察覺到，估計很快就會趕過來。

林清音看了眼沈浸在哀痛情緒裡的朱承澤，冷靜地提醒道：「現在不是浪費時間的時候，先把你父親的屍體火化了。」

朱承澤有些不知所措。「不知道需不需要什麼手續，可能要先聯繫殯儀館。」

林清音把袖子捋了起來。「不用那麼麻煩，若是不介意的話我可以幫你。」

朱承澤沒聽明白林清音是什麼意思，倒是郭春華在這兩年的時間裡想明白了很多事，知道自己丈夫的屍身可能有什麼不妥，她隨即應承下來。「那麻煩林大師了。」

「不麻煩！」林清音站起來往外走。「我們先去墳地那裡。」

郭春華撿起地上那連著面紗的帽子戴在頭上，有些膽怯地邁出了屋子。乍一見外面的陽光，即便是有面紗擋住了面部，她依然下意識抬起胳膊想將臉藏起來。自從當了通陰人後她就沒見過太陽，白天悶在屋子裡，只有晚上沒人的時候才敢出去透透氣，這還是兩年來她第一次正大光明的走出去。

朱承澤伸手扶住了她骨瘦如柴的胳膊，郭春華被碰觸後忍不住抖了一下，猶豫了片刻還是將兒子的手拂了下去。「你去帶上鐵鍬和鋤頭，一會兒好挖墳。」

朱家的地離他們家的房子也不算遠，三個人走了七、八分鐘就到了。雖然知道父親已經魂飛魄散，但朱承澤依然按照農村的規矩燒了些紙錢，又鄭重地磕了三個頭，這才拿起鋤頭刨墳。

現在正是中午最熱的時候，若是按朱承澤那個刨墳的速度恐怕要挖到太陽落山。林清音不耐煩在這裡站這麼久，她伸手一揮，剎那間飛沙走石，朱承澤和郭春華都用胳膊擋住了臉、背過身去，等風停後兩人轉過來一看，墳頭的土都被吹走了，露出了裡面紅色的棺木。

因為當時張作吩咐過棺木不允許釘釘子，所以朱承澤輕輕的一推，棺木的蓋子就露了出來，站在墓坑外面的郭春華看到棺材裡的屍體頓時尖叫。

朱承澤被他媽媽的叫聲嚇得出了一身冷汗，連看都不敢看就連滾帶爬的從坑裡爬了出來，等站穩了以後回頭一看，頓時嚇得腿一軟。這屍體比剛下葬的時候看著還像活人，就像是累了在這睡著了一樣，像是隨時都會醒來。

朱承澤這下知道為什麼他父親要讓他把屍體燒掉了，這樣的屍體留下來說不定真的會引起什麼禍端。最後看了眼父親的容顏，朱承澤從口袋裡拿出了一包火柴。「林大師，用這個行嗎？」

林清音沒回答，轉頭看了眼村口急匆匆跑過來的身影，手一揮熊熊大火瞬間將屍體和棺木包裹起來，等那人跑到跟前時，只剩下一個滿是骨灰的土坑。

張作氣喘吁吁地停下，就看見這一幕。眼睜睜看著自己精心謀劃了兩年的局在即將要成功的時候都化為了虛無，頓時恨得咬牙切齒。「你們在幹麼？」

郭春華看到張作後渾身都哆嗦了起來，一下子撲過去打他。

「都是你，害我人不人鬼不鬼的，害我家男人成了怪物！」

張作不耐煩地將郭春華摔在了地上，陰鷙眼神在朱承澤和林清音身上掃過，陰森森地問道：「你們倆敢壞我的好事！」

雖然張作的表情十分可怕，但朱承澤依然無畏地走上前站在他面前。「是你害我媽變成這副樣子？」

張作冷笑了一聲，從口袋裡掏出一個黑乎乎的旗子朝倒在地上的郭春華一揮，郭春華眼前一黑，感覺頭一陣劇痛，彷彿什麼東西要被強行拽出體外。

林清音皺眉，輕輕用手指一彈，一束火苗平空出現將旗子點燃，瞬間整個旗子燃燒起來，甚至連張作的手背都被燎上了火星子，他連忙將手裡的旗子丟開，等旗子落在地上的時候連根棍都沒剩下。

張作做法到一半被打斷遭到了反噬，喉頭一甜血氣上湧，吐出一口黑血來。他用手背抹去嘴角的血痕，眼神凶狠盯著林清音。「居然是妳這個小丫頭搞的鬼，年齡不大，膽子倒是不小。」

# 第八十二章

林清音笑咪咪地看著他。「過獎過獎，我膽子向來很大。」

張作這人十分謹慎，他見林清音輕描淡寫的模樣頓時有些忌憚，他一邊伸進口袋握住裡面的瓷瓶，一邊努力讓自己看起來和善一些。「小姑娘，妳是什麼人？說不定我們還認識呢。」

林清音打了個響指，手上竄起了一束火苗，依然是笑咪咪的模樣。「我是變魔術的。」

張作差點沒被這個答案氣死，若是按照他以往的作風，事情既然失敗他便換個地方重來，可這回他真捨不得這麼好的風水寶地，他在國內走了好幾個省市，還是第一次見到這麼適合養屍的地方，他真的捨不得放棄。

張作的視線在林清音的臉上徘徊，飛快的評估自己和林清音兩個人的實力。他這幾年從他師父的書上學來了好幾樣陰邪的法術，總覺得不會輸給一個只會放火的丫頭。不過為了穩妥起見，張作覺得自己不能太過拖沓，應該一招制敵比較好，只要幹掉了這個丫頭，那對母子就容易收拾了。

盤算好了以後，張作毫不猶豫迅速出手，他從口袋裡掏出一個瓷瓶，掀開瓶蓋將裡面的蟲卵向林清音潑去。

眼看著那些蟲卵就要落到林清音的身上，就在這時忽然起了一陣風，蟲卵剛一潑出去就被風吹了回來，全都撒在張作的臉上，瞬間就鑽進他的皮肉。

張作瞬間一愣，還沒等把瓷瓶丟掉就覺得臉上抓心撓肝的疼，隨即感覺到臉上似乎有什麼東西在快速長大，正在皮膚底下四處遊走。

這種蟲卵是靠吃人的血肉長大的，只要一進到身體裡，幾分鐘就能長成成蟲、繁殖蟲卵，通常不到半個小時，就能將一個成年人吃得乾乾淨淨。

這種陰邪的東西都是為了害人準備的，怎麼惡毒怎麼來，根本就沒有化解的辦法。張作無論如何也想不到自己珍藏了這麼久的蟲卵居然會被風給吹回來，甚至還直接鑽到了自己的身體裡。

張作知道這個蟲卵的威力，他不敢再猶豫，趁著自己還有力氣趕緊把黑色的漆木盒子拿出來。當初，他師父王五鋒就是想用這個漆木盒子裡的東西施展替身法的，結果沒想到東西落在了他的手裡。

按理說，施法不能受旁人打擾，可張作此時根本就顧不了那麼多，要是再不動手只怕他就要被啃成人乾了。

飛快的將漆木盒子打開，張作拿出裡面一個木頭小人，他咬破自己的手指將鮮血飛快的塗抹在小人身上，直到整個小人變成了血糊糊的紅色。他盤膝坐下來念念有詞，最後結一個手印朝朱承澤一點，大喝一聲。「魂來！」

朱承澤被他的動作嚇了一跳，可等了半天也沒發現什麼異常，有些疑惑地問林清音。「大師，他在幹麼？」

「不知道啊！」林清音笑咪咪地說道：「反正看著挺好玩的。」

張作露出不敢置信的表情，他自從拿到這個漆木盒子以後就每天練習，裡面的手印和口訣不知道背了多少遍，作夢都不會出錯，怎麼會不靈驗呢？

他不甘心地又咬破一根手指頭再施了一遍法，可依然什麼反應都沒有。張作此時已經感覺眼前發黑，他知道自己身上的血肉已經被蟲子啃食了不少，再不快些他就要昏死過去了，到時候只有死路一條。

他幾下脫了衣服，將綁在身上的破書拽了下來，飛快的翻到那一頁，一目十行的看著上面的內容。而此時他赤裸的上身皮膚時不時的凸出來，明顯的看得出一條條蟲子在裡面遊走的痕跡，朱承澤看了不禁倒退了幾步，差點吐出來。

看完書的張作有些絕望的仰頭嚎叫了一聲。

明明所有的步驟都是對的，為什麼沒辦法更換身體？可他現在已經沒有時間再試一次了，他咬了咬牙，將書翻到最後一頁，那上面寫著離魂奪舍法。

這個術法別說是他，就連他師父王五鋒也做不到，否則當初王五鋒就不會眼睜睜看著自己被徒弟燒死，早就離魂奪舍了。但是張作比王五鋒要狠得多，他不僅對別人狠，對自己也狠，反正拖延下去也是死，倒不如試一試，說不定還有活命的機會。

王五鋒不敢施展離魂奪舍法，是因為這個術法是將魂魄硬生生的撕出來，這疼痛是人類難以想像的，肉體最高等級的疼痛也不及這個十分之一。

張作看著自己的胳膊已經凹陷了大半，他大喝一聲咬破自己的舌尖，用手往眉心處一拍，硬生生的開始剝離自己的魂魄。

張作的表情十分扭曲，聲嘶力竭的吶喊聽得人直起雞皮疙瘩，光看他的表情就能想像得到他此時經歷著怎樣的痛苦。

剝離魂魄只用了一分鐘，但是張作卻感覺自己用了一輩子那麼久，不過好在他意志堅挺硬扛了過來。魂魄輕飄飄的從身體裡鑽了出來，在離體的一瞬間就感受到陽光的燒灼，疼得張作的魂魄險些散了大半。

不過都到這個地步了，即使再疼張作也不想放棄，他飛速的朝朱承澤衝去，徑直往他眉心的位置鑽了過去。

「砰」的一聲，張作感覺自己就像是撞到了銅牆鐵壁，根本就沒有讓他鑽進去的通道。他此時來不及分析這是什麼原因，馬上調頭朝郭春華撲去，也依然是一樣的結局。

魂體被陽光燒掉了大半，張作感覺自己的力量越來越薄弱，他無從選擇只能朝林清音撲去。這次不但沒能撞到林清音眉心的位置，甚至才到她身前一公尺的位置就無法前進了。

林清音笑呵呵的朝他招了招手，又伸手輕輕一彈，張作只覺得自己被勾得向前，然後一個朝後翻滾，等睜開眼睛已鑽回了身體裡。

「被蟲咬的感覺很難受吧？」林清音走到張作旁邊居高臨下的看著他。「當初那些被吃掉的魂魄一樣都經歷了這樣的痛苦，你好好感受一下。」

張作怨恨地看著林清音，用最後的力氣問出了自己心裡的疑問。「妳是誰？」

「我叫林清音，在齊城大家都叫我小大師。」林清音朝張作一笑。「說起來我們還挺有淵源的，當初你師父害張蕪一家時，就是被我破了陣法。」

張作的瞳孔猛然一縮，不敢置信地看著林清音。「居然是妳！」

林清音笑得無比開心。「就是我，是不是很後悔自己以卵擊石的舉動啊？」

是的，張作十分後悔，若知道壞自己好事的人是林清音，他早就在第一時間有多遠跑多遠，他真的是傻了才會過來一探究竟，結果自投羅網。

不過後悔已經晚了，張作感覺到自己的身體已經快被啃食一空了，可也不知道林清音動了什麼手腳，早該昏死過去的他居然還清醒著，被迫體驗那遭受蟲啃咬的痛苦。

眼看著張作被吃得快剩一張皮了，林清音讓朱承澤把外套脫下來鋪在地上，她一揮手，墓坑裡朱父的骨灰飛了起來，落在了衣服上。

朱承澤跪在地上將衣服打了個包，林清音朝張作吹了口氣，張作已經扁塌的身體自己滾進了墓坑裡，在掉下墓坑的瞬間，皮膚終於被蟲子咬破了，裡面密密麻麻的都是蟲子。

林清音素手彈出去一簇火苗，墓坑裡再次燃起了大火，蟲子發出嘶嘶的聲響，一隻隻都試圖往外爬，可火苗就像是有意識一樣，死死的封堵住它們的去路，把所有的蟲子及蟲卵包括張作都燒得乾乾淨淨，甚至連灰都沒剩下。

林清音用神識在墓坑周圍檢查了一圈，確定沒有漏網之魚才將墓坑蓋上，依然做成了墳包的模樣，這才將之前暗暗布好的結界撤掉。

「行了，這裡的事解決了。」林清音看了郭春華說道：「妳失去的壽命肯定是回不來了，現在身體也受損嚴重，好好養著吧。」

郭春華哽咽著道了謝，林清音擺了擺手。「沒事，不過以後不要用這種方法賺錢了，今天的事也不要說出去，這種事越少人知道越好。」

朱承澤連忙答應下來。林清音轉身朝村外走去。「回去我就不和你一路了，我還有別的事要辦。」

朱承澤見狀快步追了過去，急急忙忙地說道：「林大師，這時間沒有通往鎮上的公車，要到下午三點。」

林清音背著他揮了揮手，很快消失在朱承澤的視野裡。

林清音並沒有直接離開，這個村子的風水太差了，不但對這裡的村民影響很大，也容易被像張作這種修煉邪法的人利用。

林清音若是不知道就罷了，既然遇到了就不想袖手旁觀，想順手把村子的風水改一下。若是在前世，遇到這種風水她會直接把山劈開，因為改變一個地方的地貌自然也會改變這個地方的風水。可如今她的修為還做不了這些，只能把山上的一些樹挪到村口處，布了一個擋煞驅邪陣。

好在村口裡本來就是些樹林，林清音挪過去的樹雖然粗壯，但是混在其他的樹裡並不顯眼。

而村子裡的氣流轉不起來，容易積攢陰晦之氣，林清音便在村裡以樹、石、水等自然之物布了一個風水流轉陣。

陣法一成，村子裡頓時颳起了風，村內村口的陣法相應相和，將村子裡積攢了上百年的陰氣排了出去。

而此時正值中午，陽氣正足的時候，在陽光的照射下，陰氣漸漸淡去，消散在空氣裡。

忙完村子的事，林清音回到學校後，打了個電話給姜維想約他出去吃烤肉。

意外的是姜維居然沒有接電話，林清音搖了一卦只能算出姜維平安，其餘的都看不明朗。

看到這樣的一卦，林清音越來越鬱悶，不知道是龍氣遮掩了姜維的命運還是自己的卜卦水準越來越退步了，每次給姜維搖卦都不十分清楚。

姜維當天沒有消息，直到第二天中午才給林清音回電話，一接通就聽到姜維興奮的聲音。「小師父，妳回來了嗎？妳快下來，我給妳看個好東西。」

林清音一頭霧水的下了樓，只見姜維神秘兮兮的把她拉到了樹底下。「昨天我室友叫我去爬山，我本來想在學校修煉的，可是不知道為什麼突然很想去，結果爬到山上沒多久，我就和我室友走散了。」

姜維有些不好意思的摸著腦袋直笑。「我氣運好嘛，也沒擔心，就在山裡面憑著感覺走。結果走到半路下雨了，身後正好有個山洞我就進去了。誰知山洞裡有個地下河，我總感覺河裡亮晶晶的，好像裡面有什麼寶貝，乾脆順著河水一直走到了山洞的盡頭，然後發現了這個。」

姜維的手從口袋裡掏出來，上面放著兩枚黑色的鱗片，每片大概有手掌大小，被陽光一照發出斑斕的光芒。

「小師父，妳說這麼大的鱗片是不是恐龍的？」姜維興奮地問道。「保存完好的恐龍鱗片什麼的，想想就讓人激動，人家發現的都是化石，我發現的是實物，簡直可以名垂青史了！」

林清音一看，心理不平衡了。「呵呵，差不多猜對了，不過你要把前面的恐字去掉。」

「龍的？」姜維猛然睜大了眼睛，在看到林清音點頭後，姜維不安地撓了撓後腦杓。「我最近怎麼好像是和龍槓上了呢？走哪兒都能碰到龍的東西，怎麼感覺以往只存在於神話裡的神獸現在這麼多呢？小師父，妳說不會是那條龍還有意識存在於世間，知道我吃了龍珠不高興，想把我變成龍吧？」

姜維絮絮叨叨說了半天，林清音又呵呵兩聲。「你以前給我補課的時候，我覺得你挺聰明的，我現在才發現我那時候絕對是瞎了眼。你倒是想得美，還變成龍，你有那基因嗎？」

姜維尷尬的摸了摸臉，訕訕地往林清音身邊湊了湊。「我這不是成天撿龍身上的東西有點心虛嘛，妳說我萬一真的集齊龍身上的零件，能不能召喚出一條神龍來啊？」

「說不定還真有可能。」林清音順嘴胡說八道，末了還拍了拍他肩膀鼓勵他。「你努力啊，等真召喚出神龍來給我當坐騎，到時候我們都能名垂青史。」

姜維嘿嘿地笑了兩聲，端詳了一下兩枚龍的鱗片，把其中相對漂亮的一枚遞給林清音。「小師父，這個送給妳。」

林清音有些不解的看了他一眼。「這是你的機緣，給我幹麼？」

「我也不知道這個鱗片有什麼用啊？雖然挺好看的，但是這麼大也不能穿個洞戴脖子上，正好我們一人一個拿著玩。」姜維把那枚鱗片塞到林清音的手裡，笑嘻嘻地說道：「說不定小師父還能研究出什麼來。」

林清音接過鱗片感受了一下上面澎湃的龍氣，忽然想起什麼似的轉頭看姜維，眼睛微微瞇起來。「你把手裡的鱗片也給我。」

姜維絲毫沒有遲疑，把手裡的鱗片放到了林清音手心裡，還一臉開心的說道：「妳要喜歡就都拿著吧，回頭我再去撿。」

還撿，當龍鱗是大白菜嗎？

少年，你再這麼得意容易被我打死信不信？這比拆遷戶王胖子的六間房子還氣人呢！

林清音翻了個白眼，揚了揚手上的鱗片。「你拿到這玩意兒以後，就沒發現它的作用？」

姜維一臉茫然。「沒發現有什麼作用啊！」

林清音伸手將姜維身上的玉符摘下來，瞬間澎湃的龍氣洩露出來，若是她閉上眼睛，只怕會誤以為自己旁邊坐了一條龍。她將手上的鱗片放到姜維的手心裡，龍氣瞬間消失得一乾二淨，就連他那淺薄的修為也看不出來了，瞧著就像普通人。

驗證了心裡的猜測，林清音再一次感嘆姜維運氣好，真是缺什麼來什麼，眼看著這玉符都快擋不住龍氣了，居然就讓他撿到這樣一個能遮掩身上氣息的寶貝，這待遇簡直像天道的親兒子一樣。

「以後你就是把龍肉吃了都沒關係，反正這片龍鱗都會遮掩住你身上的所有氣息，不用擔心哪個邪修把你這個小可憐給生吞活剝了。」

姜維驚喜地看著手裡的黑色鱗片，喜笑顏開地說道：「沒想到居然撿到這麼好的寶貝，這次真沒白出去爬山。」

林清音將姜維孝敬的鱗片塞進包裡，美滋滋地說道：「師父不白要你東西，中午請你吃麻辣火鍋！」

姜維抬頭看了眼明晃晃的太陽，不禁吞了下口水。「小師父，這天氣吃麻辣火鍋有點早吧，要不妳找妳室友一起去？」

「我室友她們現在都不想吃辣的。」林清音將姜維推著往校門的方向走，嘴裡不停的催促著。「快點，我昨天就饞火鍋了！」

姜維暗自嘆息：我就知道，小師父只是想找個飯友而已！

有了龍的鱗片，林清音修煉的速度一日千里，就連小龜也受益匪淺，恢復得越來越好了。

而已經擁有龍珠、龍骨和龍鱗的姜維也發生了翻天覆地的變化。和林清音不同的是，姜維大周天運轉的不是靈氣，而是龍氣。

姜維體內的龍氣隨著他的呼吸吐納在體內就形成了一個小循環，每循環一次龍氣就有一絲的增長，也就是說即使周圍靈氣稀薄也不影響姜維的修煉。

林清音在知道這件事後，真的快要酸成檸檬樹了。

隨著修為的提升，她現在每週都用掉兩塊上好的玉石才能維持正常修煉。也幸好她這些年賺的錢多，再加上現在用的玉石都是姜維去滇省採購的原石，她才能繼續修煉，要不然她恐怕還得再找條河溝撿石頭。

不過姜維的情況也真的是特殊，林清音上輩子雖然是即將飛升的大佬，但是這種情況也是第一次遇到，也不確定姜維的修為以後能走到哪一步。

而現在姜維的氣運越來越旺，再加上帝都這個地方紫氣盛，和龍氣相輔相成，姜維在這裡修煉簡直如魚得水，除了每週給他講幾次道法以外，林清音真的覺得沒有什麼別的地方需要自己操心的。

朱承澤三天後回到學校，有知道他請林清音去家裡解決什麼事情的人，見他回來都問他這林清音是不是如傳言中的那麼靈驗。

朱承澤自然不會把家裡的事情告訴同學，不過對林清音的態度卻十分恭敬，只肯定地說道：「林大師特別厲害。」

確實非常厲害，無論是一開始幫助他媽媽脫離了他父親魂魄的牽連，還是之後對付那個害他全家的張作都讓他十分震撼。尤其張作拿出蟲卵朝林清音潑去時，他知道正常情況下，風是不會那麼正好的將蟲卵吹回去，那陣風肯定和林清音有關。

他覺得林清音絕對是十分厲害的高人，而且心地還很善良，就他家遇到的那麼凶險的事，真的是要收十萬都不多，而林清音卻只收了兩千五就都解決了。

朱承澤拿出白紙寫了一張欠條，鄭重的簽上自己的名字並且按上了手印。林清音可以不要，但是他不能不還，否則他對不起林清音救他家的恩情。

既然有人證實了林清音的實力，陸陸續續有不少學生也來找林清音算卦。林清音現在時間多，只要事情不麻煩，當天就能算完。

比起緊張忙碌的高中生活，大學的時光簡直是太美好了。林清音上課、算卦、修煉，每天都過得無比充實。

這天上完了課，林清音一邊收拾書包一邊和室友說話，等學生差不多都走光的時候，一個長相清秀的女孩走了過來，有些拘謹的對林清音一笑。「小大師，我是來找妳的。」

林清音的室友已經習慣每天有人來找林清音算卦了，和她打了聲招呼以後就先回了宿舍。林清音將書包取下來放到一邊的桌上，隨口問道：「妳叫什麼名字？是想算卦？占字還是卜算凶吉？」

女生坐在了林清音的對面，有些猶豫的說道：「我叫李嘉慧，我想算一卦。」

林清音看了眼她的表情，微微皺了皺眉頭。「妳來算姻緣？妳這年齡算這個也太早了點吧？」

李嘉慧有些詫異的看了林清音一眼，沒想到她居然一下就能看出自己來這裡的目的，頓時感覺比剛才安心不少。不過想起自己來算姻緣的原因，她依然覺得有些一言難盡。

「這件事說起來挺奇葩的。」李嘉慧似乎有些氣惱的樣子。「我媽這個人有些老古板，總覺得女孩子最重要的是嫁人，讀書再好、工作再好也不如嫁得好，從我剛上大學的時候，她就一直想要給我相親。」

林清音自高二從公園擺攤算卦開始，真的是形形色色的人都見過，重男輕女的人也不在少數，林清音覺得這種母親也算是另一種形式的重男輕女了。

「妳不適合早婚。」林清音直白的說道：「妳的學業運、事業運都很好，不應該糾纏在感情方面。」

「我也是這麼想的，我辛辛苦苦讀了十幾年的書，好不容易考上帝都大學，我還想讀研究所、讀博士呢，我瘋了才把大好的青春光陰浪費在婚姻上面。」

李嘉慧提起這件事就一肚子氣。「妳不知道，我媽現在隔三差五的給我打一次電話，說出錢讓我讀大學是讓我以後嫁得好，並不是真要讓我學什麼之類的話。若是我媽不逼我相親，我說不定還對戀愛的事有點興趣，結婚不也順水推舟嗎？可現在被她一鬧，我見到再帥的男生都恨不得退避三尺。」

李嘉慧鬱悶的嘆了幾口氣，然後想到自己來這的目的，趕緊將話題轉到正事上。「我媽以前只是嘴皮子上說說，可這次她真的給我找了個相親對象讓我週末見面，我拒絕她還和我發脾氣，說我到時候要是不去，她就要來學校找我。」

李嘉慧可憐巴巴的看著林清音，懇求道：「小大師，我就想算算我到底多大結婚，有個準確的年齡我好回去跟我媽說，讓她死心。」

林清音笑了一下。「我給妳算這個倒是沒問題，重點是妳覺得妳媽能信嗎？」

李嘉慧頓時像洩了氣的皮球一樣垂下頭來。「可是我真的不知道該怎麼辦了，她再這樣鬧下去，我別說以後考研究所了，就是連學習都靜不了心，我總不能真的去相親吧？」

# 第八十三章

林清音從李嘉慧的面相上能看出有一朵爛桃花，而且這朵爛桃花還有血緣牽扯。她要了李嘉慧的八字，用龜殼給她搖了一卦，等將卦象合起來以後，不禁啞然失笑。

「其實週末的相親妳可以去。」林清音剛說完這句話，就見李嘉慧露出了驚愕的表情，她淡淡一笑。「有句話妳聽說過沒有？祝天下有情人都是親生兄妹，妳相親的這個人雖然不是妳同父同母的哥哥，但他和妳也有血緣關係。」

李嘉慧覺得自己的腦子都要打結了，她將自己家的親戚飛快的想了一遍，感覺沒印象有過什麼失聯的親戚。

林清音將古錢一枚一枚的收起來。「說起來也挺巧的，妳外公有個流落在外的私生子，和妳相親的就是妳那個舅舅的孩子。」

李嘉慧想起自己年輕時候風流倜儻的外公，頓時驚得嘴都合不上了。

這件事也太狗血了吧！

愣了半分鐘，李嘉慧有些頭疼又有些好笑。

自己的外公自己知道的，年輕時候是個風流倜儻的大帥哥，當年的黑白照片現在看起來也不輸給當紅的偶像。而外公那個人看起來溫文爾雅，和誰說話都很溫柔，要是有心思的女人還真未必招架得住。光是現在外公每天在公園跳廣場舞，就經常傳出來一群老太太為了當他的舞伴大打出手的事。

李嘉慧遲疑了一下問道：「林大師，那個我外公的私生子有什麼線索嗎？」

林清音說道：「從妳的面相上看，妳有三個舅舅一個小姨，這個和妳未曾謀面的舅舅是妳外公的長子。」

李嘉慧一聽就想明白了，這絕對是外公十幾歲時參加上山下鄉活動留下的孩子，以外公那副多情的性子，做出這種事一點也不奇怪。此時李嘉慧都不知道是不是該慶幸外婆不在了，要是此時活著多半也會氣死。

正琢磨著，李嘉慧的手機忽然響了，她一看是媽媽打來的電話，頓時表情微妙的接了起來。電話一接通，李嘉慧還沒開口說話，噼哩啪啦的一串話就傳了過來。「小慧啊，我和妳說妳週末必須回來相親，那個男方家裡條件很好，他爸是做生意的，在帝都有好幾間房子呢，他媽說若是你們結婚，就給你們一套四環的房子當新房。男孩子本身也不錯，在外語大學讀書，明年就要畢業了，你們先相處兩年，等妳一畢業就能結婚。」

要是之前李嘉慧肯定又暴躁又生氣，可她現在對這個狗血的事太感興趣了，不由自主的就多問了幾句。「人家條件那麼好幹麼和我相親？而且妳平時又不上班，天天超市菜市場轉，哪裡認識條件這麼好的人？」

李媽媽見李嘉慧沒有像之前那樣強烈反對，頓時喜氣洋洋地說道：「我和妳王阿姨就是在超市認識的，超市晚上七點打折，我每天都能碰到她。後來我們又在公園的相親角遇見了，我們一聊，發現你們的年齡條件都正好合適，妳說是不是天注定的緣分？」

李嘉慧沒忍住冷笑。「確實是天大的緣分。」

李媽媽自然不知道話裡的意思，還以為女兒答應了，立刻說道：「那說定了啊，星期六上午十點咱就去見面，妳打扮漂亮一點，就穿我上個月買給妳的花裙子。」

和有血緣的表哥見面倒是可以，反正這事也成不了，但是穿她媽買的花裙子絕對不行，不知道的人還以為她把東北老式花布床單裹上身了呢。

李嘉慧冷言拒絕。「我不穿！要不然我不去了！」

「妳這孩子真是的。」李媽媽快快說道：「純棉的多舒服！不穿就浪費了五十塊。」

李嘉慧覺得自己太陽穴怦怦直跳，按理說她家也沒過得那麼慘，當年她爸年輕時候有眼光有魄力，早早的買了兩間房子。雖然這房子現在看起來老破小，但確實是帝都最好的學區房，她考上大學以後她爸馬上賣了這間，用那錢直接換了一間有三房的新屋。而另外一間不但是雙學區，還在重點高中的對面，每個月的租金就抵得上一般人一個月的薪水了，再加上她爸有頭腦又行事果斷，她家還真的沒缺過錢，也不知道她媽怎麼變成這個樣子的。

怕自己說多了李嘉慧又不去相親了，李媽媽只得放棄。「不穿就不穿吧，妳週五晚上別忘了回來就行。」

掛上電話，李嘉慧按了按太陽穴，忍不住問：「林大師，妳說我媽逼著我相親是她觀念過時，覺得女孩子必須嫁人，我那個表哥為什麼也要被逼著相親啊？不太符合她們那階層的邏輯啊。」

「從卦象上看，和妳相親的這個男孩幼時喪母，還有一個相差八歲的弟弟。」

李嘉慧了然。「原來是後媽啊！」

其實後媽也不都是壞的，有努力做到公平的，也有的寧可苛待自己的孩子也要對前妻的孩子好，生怕被人說嘴的，但那種偏向自己孩子的後媽也不少。李嘉慧覺得她那個表哥遇到的後媽，絕對是最後一種。

搖卦是搖相親的卦，林清音從卦象上看的東西也只有這麼多了。要是想知道更多的那個舅舅和表哥的身世，得見到真人才行。

李嘉慧給林清音轉了卦錢，猶豫了一下問道：「林大師，週末的時候您能陪我一起去嗎？費用我單獨付給您。」

林清音靠在身後的椅背上。「妳想認親？」

「其實那個舅舅也未必願意認我姥爺。」李嘉慧皺了皺鼻子說道：「我只是覺得和那個表哥同病相憐而已，我這只是被親媽坑，但是逼急了我一鬧或是跟我爸告狀，我媽就沒輒了，但我那個表哥不同，他是後媽，所以想請您幫他也看看。」

林清音平時都是淩晨和深夜修煉，白天還真沒什麼事，而且這件事確實挺狗血的，她也想跟著去看看熱鬧。吃瓜也是體驗人生嘛！

兩人約好時間還加了好友，週五晚上李嘉慧就把地址發給林清音，是在一間商場裡的西餐廳，以李嘉慧對她母親描述的內容來看，這次也是下了重本了。

約的時間是中午十一點半，林清音在半夜醒來，像往常一樣悄無聲息的離開寢室來到學校中間的假山上，這裡有林清音布下的聚靈陣，她在這裡修煉比在教室要事半功倍。

一直打坐到天明，林清音睜開了眼睛，小龜也從入定中醒了過來，哼哼唧唧的想知道姜維什麼時候還能再撿到寶貝，它也想跟著去。雖然撈不著東西但是能吸不少龍氣，對它的傷勢復原有好處。

林清音聽到龜殼的問題很苦惱。「姜維的命運被龍氣遮擋，可能涉及什麼天機，我現在越來越看不清他了。」

龜殼嚇得在林清音手心裡一激靈，蕩出陣陣的金色光芒。「掌門，您在神算門的時候可是能窺破天機的啊，為此妳可沒少被雷劈！」

林清音鬱悶地伸手戳了下龜殼，她當初連窺破天機的責罰都能扛過，誰承想會敗在了飛升的雷劫下，她都有點懷疑天道是公報私仇了。

「可能他涉及的天機是我還不能觸碰的部分吧，要不然我怎麼會看不到。」林清音對此事十分看得開。「沒事，等我以後飛升就能看明白了。再說，姜維氣運那麼好，根本不用為他操心。我覺得應該擔心的是龍，說不定什麼時候姜維還真能收集齊全了。」

小龜跟著哈哈的笑了兩聲，忽然想起另一種可能，頓時打了個哆嗦。

姜維這傢伙，該不會是掌門未來的道侶吧？

一想到這種可能性，小龜整隻龜都不好了，龜殼上的金光看起來都黯淡了許多。

「你怎麼了？」林清音又戳了戳龜殼。「想什麼呢？」

「沒有！」小龜打了個激靈，矢口否認。「我什麼都沒想！」

林清音也沒多想，她施展了個除塵訣後去食堂吃飯，正好碰到了神清氣爽的姜維。

姜維見到小師父來了，機靈懂事的幫林清音點了餛飩和包子，順嘴問：「小師父，妳今天忙什麼啊？我今天正好有空，幫妳補補英語？」

林清音差點把姜維的腦袋按進湯碗裡，她最不喜歡的就是英語課。

別看林清音高中時候英語讀得很認真，但那是為了高考不得不努力。她現在上了大學，對英語反而鬆懈下來了。用她的話說反正她又不給外國人算卦，不用在上面花費太多時間，不要被當就好。

「我不補，我今天上午有事呢！」林清音咬了口包子朝他擺了擺手。「你愛幹麼幹麼去，沒事爬山下河，看能不能撿到什麼寶貝。」

「今天不太想出門。」姜維喝了口湯問道：「妳今天有什麼事啊？」

「相親！」

聽到這個答案後姜維一口湯差點噴出來，他趕緊抽了幾張濕紙巾堵住嘴，他被湯嗆得咳嗽到驚天動地，眼淚都出來了。

等姜維咳嗽終於停下，林清音慢條斯理的看了他一眼，嘴角翹了起來。「陪別人相親，順便算個卦。」

姜維淚眼汪汪的看向她。小師父，妳可真是越來越調皮了！

十一點半，林清音準時出現在餐廳裡，如坐針氈的李嘉慧看到林清音眼睛一亮，連忙站起來朝她招了招手。「清音，在這裡。」

林清音朝李嘉慧點了點頭，李媽媽趕緊偷偷的掐了李嘉慧一下，小聲嘀咕道：「我們有正事呢，別讓妳同學過來。她要是坐這裡，萬一人家相中她怎麼辦？」

也不怪李媽媽擔心，李嘉慧長相清秀，可被林清音一比頓時失色許多，在相親這種場合很容易被搶走風頭。

李嘉慧沒理她媽媽，站起來把林清音拉過來坐在自己旁邊，兩人剛互相使了個眼色，就見李媽媽站了起來，興奮地朝門口的位置揮了揮手。「秀英，真巧，來這邊坐吧。」

林清音朝門口看去，只見一個四十多歲的女人帶著一大一小兩個男孩走了進來，其中那個二十出頭的男生順著聲音看過來，發現這桌坐著兩個女生，頓時明白了什麼，臉色剎那十分難看。

林清音一看就明白了，這男生肯定是被騙來的。

似乎顧忌著女生會沒面子，男生雖然很生氣但是沒有翻臉，板著臉走了過來。兩個中老年婦女上演了一番虛情假意的偶遇戲以後，雙方順理成章的坐了下來。親媽後媽互相介紹了自己孩子情況，都一臉欣賞的看著對方的孩子，看那架勢，恨不得兩人現在就談戀愛，畢業就結婚。

就在李嘉慧和男生苦大仇深互相對視的時候，林清音幽幽的開了口。「如果我沒猜錯的話，你們在相親？」

男生後媽的笑容險些沒繃住，朝李媽媽使了個眼色。「這是誰啊？」

李媽媽尷尬的捏了下李嘉慧的大腿，示意她打圓場。

現在有眼色的人都能看出來男生是被騙來的，李媽媽想讓自己女兒解釋幾句，說不定兩人就互生好感了。

可李嘉慧就是來搗亂的，她故作無辜的眨了眨眼。「不就是來相親嗎？妳那天就是這麼和我說的。」

兩個媽媽這回真的是笑不出來了，趕緊朝男生看去，就在這時聽到林清音慢悠悠地說道：「如果相親的話，他倆不適合啊。」

李媽媽一聽顧不得女兒的面子，朝林清音沒好氣翻了個白眼。「難道和妳適合啊？」

林清音笑了笑。「他倆和誰都合適，就彼此不行，妳們沒發現他們的眼睛幾乎一模一樣嗎？」

李媽媽和男生的後媽下意識朝兩人看了過去，一男一女眼睛還真像是一個模子刻出來的。

就在所有人都沒反應過來的時候林清音又說話了。「章明宇，你的祖籍是安省嗎？從面相上看，你父親是獨子，有母無父，年少時歷經坎坷，青年時期遇貴人離開家鄉，五年後發跡。後娶貴人之女，只可惜只有五年短姻緣，便經歷喪妻之痛。」

林清音的聲音清脆，說的內容卻讓所有人都傻眼了。尤其是章明宇，關於他父親的身世現在知道的人很少，就連他後媽都不太清楚。也是因為他從小在奶奶身邊長大，才知道很多不為人知的事，沒想到這個女孩說得絲毫不差。

林清音說完看著李媽媽。「妳父親命裡有三子，長子非婚生，誕於八月，未盡撫養之責。」

話說到這個地步了，李媽媽還沒反應過來，但章明宇已經變了臉色，他父親正是八月出生的。

李嘉慧看了眼一臉遲鈍的李媽媽，特別戲精的做出聲淚涕下的表情，朝章明宇泣喊了一聲。「表哥！」

章明宇直接起了一身的雞皮疙瘩，看李嘉慧的眼神都不一樣了。「妳可真豁得出去啊！」

李嘉慧一下子沒忍住，直接笑了出來，扭頭和李媽媽說道：「媽，妳說相親還挺好啊，我們母女倆一人多了一個哥。其實我還挺想要個姨的，要不媽再給我找一個相親對象？說不定還能認親呢！」

李媽媽聽到這話差點瘋了，忍不住呵斥。「別聽妳同學胡說八道。」

「她可不是普通同學。」李嘉慧忍不住替林清音炫耀起來。「她是我們學校周易社團的大師，就連我們哲學系的教授都找她算卦呢。」

章明宇的表情更加複雜了，總覺得帝都大學似乎和自己想像的不太一樣。

李媽媽雖然對女孩子上學不以為然，但是對帝都大學的教授還是很尊敬的。一聽說連教授都找林清音算卦，趕緊掏出手機到外面給老爺子打電話，想問問他當年到底有沒有留下風流債。

李媽媽出去了，章明宇的後媽王秀英就難受了，她只是想讓繼子談個戀愛這樣就不用出國留學，一年能省好幾十萬。反正繼子名下有一間房子，到時候他一結婚就搬出去了，她老公肯定更疼小兒子，以後分家產他們也能多拿一些。

她算盤打得挺好，又以給婆婆買生日禮物的藉口將繼子騙了出來，沒想到相親沒成就算了，還給自己相了個公公回來？

王秀英整個人都不好了。

李媽媽打了個電話給親爹，沒想到自己的話還沒問完，親爹就承認了。

當年章老頭上山下鄉時和村裡的小芳好上了，原本說恩愛到白首，沒想到小芳懷孕兩個月的時候章老頭的父親病逝了。章老頭回家奔喪，家人乘機鑽了政策的漏洞給他辦理了回城的手續，章老頭就再也沒回來。鄉下的姑娘從小芳變成了老芳，也沒等回當初發誓要和她相守一生的人。

章老頭聽女兒幫自己找到了兒子，頓時回想起自己當初和小芳純純的初戀，立刻要過來見孫子，最好也能見見當初自己愛過的小芳。

打完電話，李媽媽一臉糾結的回來，坐在位置上打量著對面有可能是她姪子的少年，越看越能看出自家老爺子的影子。

「你老家是在安省長明市永城鄉重華村嗎？」

章明宇一臉複雜的點了點頭，心裡覺得特別鬱悶。

章明宇從小和奶奶長大，自然知道奶奶當年未婚生子獨自帶大父親吃了多少的苦，對未見過面的爺爺並沒有好感。不過既然這麼巧相逢了，無論怎麼樣他都必須通知一下自己奶奶和父親。

雖然他根本就不想認那個渣爺爺，但認不認這門親得奶奶說的算，無論是什麼結果他都尊重老人的選擇。

「爸，媽帶我出來相親，對方可能是我爺爺家的人。」

章明宇撥通了他爸的電話，第一句話就把王秀英嚇得面容失色。她知道自己老公的脾氣，平時有些小心眼搞些小動作還無所謂，但要是耽誤他兒子的前程絕對和自己翻臉。果然章父聽到第一句話勃然大怒，聽到第二句更生氣了，王秀英隔老遠都聽到了章父的怒吼。「王秀英，妳給我滾回來。」

「完了！」王秀英眼前一片黑，覺得章家的財產離自己越來越遠了。

桌上氣氛無比詭異，章明宇看著窗外，李媽媽的眼神則圍著章明宇臉上打轉，也不知道該對這個姪子說什麼。

林清音在喝光了杯子裡的檸檬水後終於打破了沈默。「閒著也是閒著，你們有沒有要算卦的？兩千五一卦，上算祖輩恩怨，下算感情糾葛，有沒有失聯的親戚都可以算，也可以測字看看自己打的小算盤有沒有實現的可能性，不靈不要錢！」

這話說完，除了李嘉慧以外的幾個大人都無語了。

怎麼感覺這個大師算的東西都這麼堵心呢？

幾個人在林清音的注視下，總覺得自己身上的秘密一覽無遺，尤其是章明宇的後媽王秀英，屁股就像是坐在釘子上一樣扭來扭去，看起來坐立不安的。倒是她小兒子章明泉半大的孩子不太懂，還挺開心的問道：「姊姊，妳給我算算唄。」

林清音笑咪咪地看著他。「我倒是挺想算算的，就是不知道你媽樂不樂意。」

王秀英的表情看起來快哭了，趕緊伸手捂住兒子的嘴，艱難的擠出一個笑容。「大師，孩子太小，不好算卦的。」

林清音托著下巴看著王秀英。「雖然有前人栽樹後人乘涼這句話，但後人若是不知道感恩反而滿腹算計，這樹以後說不定就不為他遮風擋雨了呢。」

王秀英臉上直冒汗，低著頭不敢出聲。

她自己的小心思自己明白，恨不得丈夫所有的財產都能分給自己母子倆，連一分錢都別給繼子。可她丈夫能有如今的事業和資產都有章明宇的外公家幫忙，她所有的小動作都不敢放在檯面上，連自己都心虛。

林清音瞥了她一眼就轉頭看李媽媽，李媽媽見林清音注視自己頓時嚇得一激動，手都抖了。李嘉慧看到她媽的表情就想笑，故意問道：「大師看我外公有沒有流落在外的女兒什麼的。」

李媽媽也想伸手捂李嘉慧的嘴，但是當著林清音的面她不敢動手，生怕把這個年紀小小的大師惹火了，一張嘴再說出什麼嚇人的話。

林清音對著李媽媽笑得很燦爛，李媽媽趕緊擺手。「我不算我不算！」

李嘉慧眨了眨眼。「那媽要不要給我算算姻緣？妳不是最關心這件事嗎？」

這句話真的是問到李媽媽心坎裡去了，她深吸了一口氣，掏出手機打開付款介面。「大師，我想給孩子算姻緣。」她說完這句話以後生怕林清音算多了，連忙補充一句。「只算姻緣，不算她舅舅大姨什麼的。」

林清音收了錢，看了李嘉慧的面相，又要了她的生辰八字，這才說道：「她性格堅韌、有勇有謀有毅力，在學業、事業上都比較順遂，但是不適合過早結婚。」

李媽媽對女兒的學業事業都不在意，就著急她的婚事，一聽不適合早婚瞬間心裡涼了一半，下意識問道：「為什麼啊？」

林清音淡淡的一笑。「每個人的性格不同，命也不同，對妳來說早點結婚回歸家庭是最舒服的生活，但是對妳女兒來說走這樣的路等於毀了她的人生。從李嘉慧的面相來看，她的姻緣在三十歲左右、事業有成之時，早於這個年齡結婚，不但她不會幸福，就連你們做父母的都會受到影響。」

李媽媽徹底灰心了，要是換個人算她可能不信，但林清音都把她不知道的哥哥給算出來了，她是不得不信。

「那就聽大師的吧。」李媽媽精神萎靡地囑咐身邊的李嘉慧。「妳好好讀書，要不然影響事業啊！」

李嘉慧哭笑不得，雖然聽得出她媽對她結婚還有執念，但是對於她來說這已經是最好的結果了。起碼這幾年無論是考研究所還是工作她媽都不能反對，畢竟結婚的另一個前提是事業有成。

# 第八十四章

李媽媽嘆了口氣認清了現實，王秀英更不敢吭聲了，整個桌上除了林清音以外，就是李嘉慧心情最好了。她伸手叫來服務生，點了飲料、甜點和薯條、炸雞之類的小點，和林清音兩人吃得津津有味。

李媽媽吃是吃不下去，坐也坐得不安心，左等右等也不見有人來，忍不住問林清音。「大師，他們還要多久到啊？」

林清音看了李媽媽一眼。「妳父親五分鐘就到了，老太太那邊得十五分鐘。」

李媽媽看了眼手機上的時間，心裡忐忑不安的等著，正好在五分鐘的時候，李媽媽的大哥章錦華扶著章老頭進來了，李媽媽趕緊站起來，有些腿軟的叫了聲。「哥。」

章錦華黑著臉瞪了李媽媽一眼，一張嘴就是訓斥。「孩子考上那麼好的大學多不容易，妳不好好支持她學習，成天鬧什麼鬧？才這麼大的孩子相什麼親？妳簡直糊塗死了。」

看著李媽媽垂著腦袋不敢吭聲，章錦華重重的哼了一聲。「妳不但帶著孩子相親，還整出這麼大的事來，這也就是我們媽沒了，要是媽還活著，妳看我怎麼收拾妳！」

李媽媽低著頭應和著，一點也沒有在女兒面前霸道的氣勢了。

章老頭此時也顧不得挨罵的女兒，一臉激動的朝章明宇伸出了手。「哎喲，這是我孫子吧，讓爺爺看看。」

章明宇冷冷地看了他一眼，十分相似的眼睛裡卻沒有太多的感情。「先別急著認，你是不是我爺爺，得我爸和我奶說的算，我個人其實是不太想多個爺爺。」

聽到章明宇提起他奶奶，章老頭的心情十分激動。「小芳還好吧？」

「小芳不是你叫的。」章明宇冷冰冰的反駁。「請稱呼我奶奶陳女士。」

「你這孩子，我怎麼說也是你爺爺啊，怎麼這麼說話。」章老頭臉上訕訕的，十分沒趣地坐在一邊的空位上嘟囔。

章錦華也沒臉替自己家老爺子出頭，他也是直到現在才知道自家老頭居然做過這樣的事。用現在的話說，就是妥妥的渣男啊！

見大家誰也不說話，王秀英乘機站了起來，有些心虛地看了章明宇一眼。「這裡人太多，要不我先帶你弟弟回去？」

章明宇心疼奶奶和父親的不易，一直以來都十分給這位後媽面子，就是希望家裡能太平一些，別因為雞毛蒜皮的事鬧得他們心煩。可她平時算計自己也就算了，但把奶奶一生的傷痛給掀開，他絕對不能忍。

見王秀英心虛的想走，章明宇朝她冷笑了一聲。「妳敢走試試？」

章明宇冷笑的表情和他父親年輕的時候十分相似，王秀英心裡顫了一下，坐在那裡一動也不敢動。

大約過了十分鐘，一個和章錦華有六分像的男人拉著一個滿頭銀髮的老太太走了進來，章明宇頓時站了起來，朝兩人迎了過去。

祖孫三代站在門口，章明宇把事情的經過都講了一遍，老太太臉色沒什麼變化，但章明宇的父親章寒的臉黑得像鍋底似的，看起來想吃人。

王秀英遠遠看到章寒的表情，恨不得把腦袋塞到桌子底下，倒是她生的小兒子抱著一塊巧克力蛋糕吃得無比開心，根本就不明白到底發生什麼事。

章明宇和父親一邊一個陪著老太太走了過來，章老頭看著越來越近的陳芳不由得站了起來，神色激動的迎了上來，朝老太太伸出了手。「小芳！」

陳芳的神情絲毫沒有變化，像是看一個陌生人一樣朝他點了點頭。「章先生，你好。」

章老頭聽到「章先生」三個字，臉上露出了受傷的神色，聲音有些沙啞地說道：「小芳，妳是不是還在恨我？」

陳芳淡淡的一笑。「章先生說笑了，有愛才有恨，你對我來說就是一個曾經認識的人而已，何來恨字之說？」

章老頭露出驚愕的神色，看著陳芳絲毫沒有波動的眼神有些慌，他似乎沒料到自己在陳芳的心裡真的一點位置都沒有。

「我今天來就是帶孩子來見見你。」陳芳拍了拍章寒的手說道：「他是你血緣上的父親，認不認他應該由你決定。」

章寒連看都沒看章老頭一眼，聲音堅定地說道：「我從來只有母親，沒有父親。小時候沒有，現在我也不稀罕。」

章老頭的嘴唇微微動了動，卻不知道該說什麼，紅著眼睛看著陳芳，聲音哽咽地叫了一聲。「小芳。」

陳芳認認真真端詳了章老頭一番，記憶裡的那張臉和面前這張年邁的容顏融合在一起，心裡最後那點遺憾也不見了。

章老頭看著陳芳心裡也十分感慨，記憶裡的小芳年輕漂亮，快樂的就像天上的燕子一樣。而眼前的老太太縱使衣著華貴，但手上依然能看出厚厚的泛黃的繭子，當初那雙像潭水一樣清澈的眸子，如今也變得有些渾濁。

「小芳，妳老了，我也老了。」章老頭長嘆了一口氣。「如今我老伴也沒了，如果妳願意，我們就在一起生活吧，往後的日子我好好補償妳。」

陳芳聽到這番話啞然失笑地搖了搖頭。「我自然是不樂意的，我年輕的時候犯傻已經錯過一次了，現在我過得又舒服又幸福，我是多想不開才會再和你在一起？」

章老頭被這句話堵得啞口無言，陳芳不再看他，轉頭環顧了一下桌子上的人，輕聲地問：「請問，哪位是算卦的林大師？」

林清音放下手裡的茶朝陳芳歉意地笑了笑。「抱歉打擾到老太太了，妳有沒有什麼想算的？我免費送您一卦。」

「不用抱歉，是我想謝謝妳。」陳芳灑脫的笑了笑。「雖說對他已經沒愛也沒恨了，但是能見上一面，也算是了卻我一樁心事，只是沒想到是以這樣的方式完成心願了。」

林清音看了看她的面相，說道：「老太太的前半生雖然歷經磨難，但是越往後越有後福的。」

陳芳聽到這話笑了。「託大師吉言。」

林清音看了看旁邊的章老頭又瞧了瞧陳芳。「兩人確實有緣無分，而且那點薄緣也在幾十年前結束了，往後再無可能。」

章老頭雖然已經看到了陳芳的態度，但他一直還對自己挺有信心的，畢竟在他家那片廣場上，他算得上是最有魅力的老頭了。他總覺得自己要是殷勤一點，肯定能和陳芳再續前緣，可沒想到這位小大師直接把他的希望給掐滅了。

林清音對章老頭並沒有過多關注，畢竟這種負心的渣男根本就進不了她的客戶群。而對於陳芳，她還想多說幾句的，希望能讓她晚年更幸福一些。

「老太太是長壽之相，未來還有二十來年呢，與其一個人孤單，不如給身邊人一個機會。」林清音朝陳芳笑了。「那是一段上好的姻緣。」

陳芳瞬間明白了林清音話裡的意思，忍不住哎呀一聲紅了臉，露出了幾分嬌羞的神情。「都這麼大年紀了，多不好意思呀！」

林清音倒覺得沒什麼，上輩子她見過幾百歲的還結婚呢，姻緣這件事還真不看年齡，況且看陳芳的表情，分明是早知道是誰，而且十分中意。

「若是有需要我可以免費幫你們合八字，就算是對你們的祝福了。」

章寒略微一想就猜到了是誰，有些訝然地看著老太太。「媽，是張叔嗎？」看到老太太紅著臉點了點頭，章寒笑了。「媽，這可是好事啊，妳應該早告訴我才對。」

陳芳有些不好意思地說道：「這麼大年紀了有什麼好說的，反正就是個伴而已，現在我們每天一起出去散散步、爬爬山就挺好的，也不奢求什麼了。」

「這怎麼行呢？妳總得給我張叔一個名分吧。」章寒回想起往日的種種，忍不住笑出了聲。「我就說這麼多年一直有人給張叔介紹老伴他都不同意，原來人家在等您呢！」

陳芳一直不說這事就是怕兒子心裡不舒坦，如今看著兒子比她還高興，心裡也沒了顧忌。她試探地看著章寒，小心翼翼地問道：「那就算個結婚日子？」

章寒一拍巴掌。「現在就算！」

林清音要來兩人的八字一合，最好的結婚日子就在下個月的月初。章寒喜氣洋洋的將老太太和大兒子帶走了，要去找張叔叔談結婚的事。

被遺忘的王秀英鬆了口氣，雖然知道家產的事以後自己插不上手了，但起碼目前章寒沒空修理她。這一天過得太驚心動魄了，王秀英現在什麼心思都沒有了，不被離婚就是她最大的願望。

章老頭本來還想問問王秀英關於陳芳的事，剛一開口就見王秀英拽著兒子也走了，頓時傻眼了。

「不是來認親的嗎？怎麼一個個都走得這麼快？」章老頭有些不信地問林清音。「小芳真的要結婚嗎？她不是因為我一輩子沒結婚嗎？怎麼就不給我們一次復合的機會呢？難道是還在怨我，所以故意氣我的？大師，我倆到底還有沒有機會啊？」

林清音高深莫測地看了他一眼，掏出手機點開收款條碼。「先付費，後算卦，五千元就告訴你答案。」

聽到這個金額，李媽媽差點沒把舌頭咬下來。「大師，剛才還兩千五呢！」

林清音朝她燦爛一笑。「妳也說了那是剛才，現在我漲價了！」

其實剛才小大師已經說過兩個人再無可能，但是章老頭只是不甘心而已，他怎麼也想不到陳芳居然對他毫無留戀，甚至當著他的面滿心歡喜的要去和另一個老頭談婚事。章老頭整個人都萎靡了。

章錦華看到章老頭的模樣氣得直吸氣，雖然這是自己的親爹，但章老頭幹了這種事他也看不過眼。這要是自己親媽在，怕是會氣得和他離婚，這都叫什麼事啊？

林清音喝完果汁，拿紙巾擦了擦嘴站了起來。「你們一家人好好聚餐吧，我也該走了。」

雖然林清音剛才毫不留情的諷刺了章老頭一頓，但章錦華對她生不出惡意來，甚至還有點想偷偷找林清音算算自家老爺子以後會不會再找個老太太結婚。最好有那種招上門老頭的，他絕對把老頭打包送走，要不然早晚把人氣死。

「大師，方便留個電話嗎？」章錦華有些忐忑地問道。「以後有事的話說不定還會麻煩到大師。」

林清音看了看章錦華的面相，人品比渣老頭好多了。「李嘉慧有我的電話，如果需要可以先發簡訊，白天不要打電話，影響我上課。」

章錦華應了一聲，和李嘉慧將人送到了餐廳門口。

餐廳的服務生們目睹了一場八卦狗血劇，一個個看得熱血沸騰的，甚至有一個偷偷的跟了出去，想要林清音的聯繫方式。

林清音從餐廳離開，排隊進到旁邊一家知名的冰淇淋店點了一份冰淇淋火鍋。冰淇淋球剛剛端上來，姜維就打了個電話過來。

林清音一邊把冰淇淋球放進巧克力醬裡，一邊拿起手機接通了電話，隨口問：「你今天不是沒出門尋寶嗎？打電話給我幹麼？」

手機那邊的姜維十分無奈。「小師父，妳是不是忘了我還是妳的小助理了？有個大單找上門了，想問妳要不要接？」

林清音一口咬掉了半個巧克力球，含糊不清地問道：「是什麼事？」

姜維已經打聽得清清楚楚的，連忙說給林清音聽。「找我的是一個國外來的留學生，他祖父是在五十多年前隨家人去國外的，他想尋親。」

「可以，你帶他們過來吧。」林清音看了看周圍的環境說道：「我附近有間咖啡廳，我把地址發給你。」

掛上電話，林清音美滋滋的把自己點的冰淇淋火鍋都吃完了，又在商場轉了一圈，拎了一盒各種口味的小蛋糕來到約定好的咖啡廳。

林清音時間把握得剛剛好，在她把最後一塊蛋糕消滅掉的時候，姜維就帶祖孫兩人走了進來。「小大師，這位是今年入學的留學生，叫蔣南洲，這位是他的爺爺蔣正寧。」

林清音朝爺孫倆點了點頭，細細地看了眼蔣正寧的面相。「你五十多年前離開的？少小離鄉，當時才六歲吧？」

開場第一句話就讓老人的眼睛亮了起來，他連連點頭。「對對對，我離開的那年剛過六歲生日。」回憶起往昔，老人十分感慨。「我記得當年走的時候十分匆忙，我連婆婆給我蒸的餑餑都沒吃完就被帶上了車，為此我還大哭了一場。」

林清音繼續說道：「你和哥哥姊姊是一起離開的，但是有個失散多年的弟弟？你這次尋根是想找家鄉還是想找你的弟弟？」

蔣正寧震驚地看著林清音，他只和姜維說了尋親的事，具體的事還沒來得及細說呢。他聽孫子說學校裡有個女生周易算卦很好，可能對他尋親有幫助，可他以為是大概算個方位，有個尋找的方向，沒想到林清音居然能算得這麼清楚，真的是有種意外之喜的感覺。

這位年紀輕輕的小大師既然連這件事都能算出來，那找人肯定更不在話下了！

蔣正寧激動壞了，連忙說道：「老家我倒是知道大概的位置，主要是想找失散的弟弟。」

見老人的情緒有些激動，姜維將點好的鮮榨果汁放到他面前。「爺爺，你慢慢說，不用著急。」

喝了口果汁，蔣正寧平靜了一下心情，緩緩地講出了當年的事情。「其實我那時候年紀還小，很多事都記不清了。我只記得那一天是我剛過完生日沒兩天，半夜我睡得正香，我媽慌張的把我叫起來穿上衣服就把我塞進了一輛吉普車裡。當時我大姊和大哥都已經坐在車裡了，我爸正往後車廂裝行李，我就問他我們上哪兒去，他說我們要去遠方。當時我姊一聽就急了，說弟弟還在保姆阿姨家沒接回來呢，不帶弟弟走嗎？當時我媽就捂著嘴哭了，等上車到碼頭我姊姊又問了一遍，我媽說阿姨家太遠了，我們沒有時間去接了。」

蔣正寧緩緩地舒了口氣。「當年我還小不知道發生了什麼，但姊姊和哥哥的表情都很沈重，直到我們輾轉去了香港又從香港去了國外，我這才意識到很久沒看到弟弟了。我一問我媽說弟弟哪兒去了，我媽就哭，那時大姊把我抱走了，說以後不許在媽媽面前提弟弟，否則媽媽會傷心的，以後我再沒敢問過。」

用紙巾沾了沾眼角，蔣正寧這才說道：「直到我成年了，有一次和大姊出去散步，大姊才和我提起這件事情。說當年我弟弟打出生起就一直是給家裡的保姆阿姨照顧，那次阿姨要回老家探親，我弟弟一聽說阿姨要回家幾天，鬧著也要去。我媽想著一直以來都是阿姨照顧我弟弟睡覺吃飯，孩子離不開她也是正常，就讓她帶著我弟弟去鄉下玩兩天，可沒想到我弟剛走一天，家裡就出了事，無奈之下我爸媽只能放棄我弟弟，帶著我們走了。

「後來的那段時間想來妳是知道的。」蔣正寧惆悵地嘆了口氣。「我們不敢回來更不敢和這邊有書信往來。後來到了九十年代末，我哥哥回來了一次，在國內待了五天，沒能找到老家的親戚，也沒找到當年帶走我弟弟的保姆。前年，我姊姊也回來了，還求助了派出所，可是仍然一無所獲。」

蔣正寧想起尋親的經歷不由得苦笑了一下。「今年我孫子來帝都上大學，我想怎麼也要來親自找找，可是一找才知道這簡直像是大海撈針，什麼線索都沒有。」他抬手摸了下蔣南洲的頭，說道：「南洲一直以來對周易很感興趣，之前在國外的時候就在網上找了好多資料，上大學以後又進了周易社團，他覺得您算卦很靈驗，所以想讓我找您試試。」

林清音朝蔣南洲笑了笑。「想不到我們都是周易社團的新人呢。」

蔣南洲白皙的臉龐隨即紅了起來，激動得有些手足無措。「不不不，我才是新人，妳是我們社團的大神！」

蔣正寧見林清音一臉輕鬆，心裡也放鬆了許多，覺得這件事說不定還真有機會。「我能找到他是吧？」

林清音點了點頭，將龜殼掏了出來。「你父母年紀也大了，尤其是你父親身體不太好吧，肯定得讓他們父子見見面。」

聽到林清音提起父母，蔣正寧沈重地嘆了口氣。「這次我們是帶著家庭醫生回來的，我父親當年迫不得已遠走國外，如今生命已經快到終點了，他還是希望落葉歸根。這次是我先陪著我父母回來的，過幾天我大哥大姊也要回來了，如果一家人能夠團圓，那真是太好了。」

林清音撫摸著龜殼裡，將古錢取了出來。「你放心，從你面相上來看，你弟弟還在人世。」

聽到這句話，蔣正寧的心算是落到了肚子裡。

姜維雖然沒有學算卦，但是他很喜歡看林清音算卦的架勢，尤其是搖卦。

「小大師，我怎麼覺得這龜殼越來越亮了？」姜維看起來好像很想摸一摸，但礙於這是林清音的法器，又不好直接胡亂動手。

小龜一聽到這話，龜殼上的光芒更加燦爛了，把角落裡這片有些昏暗的環境照得如室外一樣亮堂，就像顆一百瓦的大燈泡似的，恨不得閃瞎姜維的狗眼。

姜維和蔣正寧爺孫被閃得用手臂擋住了眼睛，林清音好笑的彈了彈龜殼，小龜委委屈屈的將光芒收了回來，老老實實的趴在林清音手裡，假裝剛才發生的事和自己無關。

蔣正寧把胳膊放下來，讚嘆地看著林清音。「這個龜殼一定是寶貝吧！」

林清音輕輕的摸了摸龜殼，笑著說道：「陪了我好多年了。」

用古錢搖了六卦，將卦象合起來，林清音已經經由卦象將蔣正寧尋親的事看得清清楚楚了。

「你弟弟前半生過得清苦一些，好在沒有經歷太多磨難，中年後生活穩定，有一兒一女，如今他和妻子、養母在東北的莫城生活，不過他的孫女此時正在帝都讀大學。」林清音看了蔣南洲一眼。「你昨晚參加了一個聚會？」

「是的。」蔣南洲說道：「我有個同學在國大上學，他辦了聚會，兩個學校的學生都叫了不少，大概有二十多人。」

林清音笑咪咪地看著他。「有沒有和女生合照？」

蔣南洲掏出手機說道：「我們一到的時候就拍了合影。」他找出照片給林清音看。「人都在上面了。」

蔣南洲用的是新款手機，主打拍照效果，將照片放大後，每個人的五官面相都能看得清清楚楚的。

林清音看了看照片，轉頭問蔣南洲。「昨天你有沒有聊得特別好的同學？」

蔣南洲有些不好意思的指了指其中一個女生說道：「她叫陳佳，我一見她就覺得特別合眼緣，昨天聊了許久，臨走的時候還互相加了好友。」

林清音本來想叫蔣南洲給女生發個訊息，可聽到這話時忽然心裡一動，有所感應，她立刻放開神識將附近掃了一圈，看到了在咖啡店對面冷飲店裡有個女生正是蔣南洲說的女生，而從她的面相上看，正是蔣正寧弟弟的親孫女。

林清音朝蔣南洲抬了抬下巴。「你到門口去站著，一會兒看到你的小姊姊從冷飲店出來就把她帶進來。」

蔣南洲一聽說昨晚認識的女生就在對面，頓時興奮地站了起來，可是還沒等他跑出去就意識到林清音話裡的意思有點不對，頓時有些驚愕。「我的小姊姊？」

「對啊！」林清音拍了兩下手。「恭喜你打破戀愛魔咒，天下的有情人不僅可能是兄妹，也可以是姊弟嘛！今天上午我剛見證了一對表兄妹的相親，下午就將你的戀情扼殺在萌芽階段，你說巧不巧？」

蔣南洲捂住了受傷的心口。

人家一點也不想要這麼倒楣的巧合好嗎?!

# 第八十五章

蔣正寧還沒明白過來孫子為什麼傷心，看他一臉不情願的樣子，氣到恨不得趕緊把他踹出去。「快去看看你小姊姊在不在。」

小姊姊三個字又一次扎中了蔣南洲的心窩，但他又不能跟爺爺撒氣，只好一步三回頭的走到咖啡廳外面，剛剛拉開咖啡店的門，正好和走出來的陳佳四目相對。

看到蔣南洲，陳佳也露出了意外的神色，隨即笑著和他招了招手。「蔣南洲，好巧。」

蔣南洲心裡發涼，那位小大師連陳佳所在的位置都算到了，看來這血緣關係是真的跑不掉了。他不由得回想起昨晚回寢室後，還和室友們炫耀自己的愛情要來了。

沒想到這才一天過去，愛情沒了，姊姊來了……

蔣南洲默默的給自己還沒來得及開花的愛情哀悼了一秒鐘，走過去和陳佳打了個招呼。「小姊姊。」

陳佳不由得愣了一下。昨天還叫名字，今天怎麼叫姊姊了？

和陳佳一起逛街的女生也參加了昨晚的聚會，見狀摟著陳佳的胳膊朝蔣南洲笑了笑。「小姊姊是什麼哏？難道你追女生還得先套關係嗎？」

好友說得直白，陳佳有些不好意思地捏了旁邊的女生一下。若是在這之前，蔣南洲恐怕就要順勢將話接過來，拉近與陳佳之間的距離了，可此時的他什麼心情都沒有了。都姊弟了，還套什麼關心啊？趕緊認親吧！

「小姊姊，妳能不能來一下，有事想和妳說。」蔣南洲現在都不敢叫人家名字了，有些窘迫的把人叫了過來。

陳佳的好友見狀捂著嘴直笑。「怎麼，還不能讓我聽嗎？」

蔣南洲有些歉意地說道：「是家事，可能需要的時間長一些，要不同學妳先到隔壁的冰淇淋店坐一坐，想吃什麼隨意點，我買單。」

陳佳有些詫異地看著蔣南洲，不太明白怎麼就涉及到家事了。不過看蔣南洲的模樣不像是玩笑，陳佳便小聲的和朋友商量，讓她等一下自己。

陳佳好友十分爽快地和兩人揮了揮手。「沒事，你們慢慢聊，我先去轉轉，等忙完了打電話給我。」

蔣南洲幫陳佳把門打開，將人帶到咖啡館的角落位置。陳佳看著這裡已經坐了三個人似乎在等自己，有些不明所以的看了蔣南洲一眼，似乎不太明白他為什麼把自己帶到這裡來。

替陳佳拉開椅子，蔣南洲又叫來服務生讓陳佳點了飲品。等熱咖啡送上來，已經端詳了陳佳半天的蔣正寧反而不知道該怎麼開口了，只能求助的看著林清音。「小大師，我要怎麼問啊？」

林清音將喝了一半的橙汁放到桌上，笑咪咪地看著陳佳。「妳是黑省的人吧？爺爺那一代搬過去的？」

陳佳雖然覺得這個問題很莫名其妙，但是看林清音長相甜美，笑起來也很漂亮，她不由自主的點頭。「以前聽家裡人聊天的時候提起過，我們家是六十年代初的時候搬到黑省的，一開始住在林區，八十年代又搬到了莫城，後來就一直住在那裡。」

「從面相上看妳家四代同堂呢！」林清音說道：「太奶奶還健在，不知道她在家裡有沒有提過妳爺爺的身世？」

陳佳聽到這裡嘴唇抿了起來，語氣警覺。「妳想說什麼？」

「是這樣的，蔣南洲帶爺爺來找我算卦，想尋五十多年前失散的小弟弟。當年他們家倉皇出國，家裡的小弟弟正好被保姆帶到鄉下去探親了，他們沒能把小弟弟帶走。」林清音將手裡的龜殼放在了桌上。「我剛才起了一卦，妳的爺爺就是南洲爺爺的親弟弟，而妳太奶奶就是當初照顧他的保姆。」

聽到林清音的話，陳佳的表情有些難看，抓起包包站起來就要走。「簡直胡說八道，我從來沒聽家人提過這件事。」她看了蔣南洲一眼，看起來十分失望。「你們家也太過兒戲了，要是找人就應該到派出所，哪有算卦找人的，這不是胡扯嗎？虧你們還是從國外回來的，居然比我們那的老人還迷信！」

蔣南洲一臉的委屈。「可這是周易啊，並不是封建迷信，而且林大師很有名的，請她很難的。」

陳佳氣鼓鼓的瞪了蔣南洲一眼。「以後不許叫我小姊姊，我還沒那麼老！」

林清音淡淡一笑。「是不是，妳問問家人不就知道了？萬一因為妳自己的主觀情緒，讓老人錯失了和家人團聚的機會怎麼辦？這會有多遺憾啊。妳記憶裡就沒有覺得妳爺爺的身世有不對的地方？」

陳佳莫名回想起小學時的一幕，當時她和爺爺去看太奶奶，下午剛要迷迷糊糊睡著，就聽太奶奶笑著和爺爺說：「你看小佳四仰八叉睡覺的模樣，和你小時候一模一樣。當時太太就總說你是青蛙托生的，懷你的時候就不安分，出生了更能蹦躂，我看小佳就隨你了。」

也不知為何，這句話印在她腦海裡十幾年，她當時年紀小不明白事，但也覺得這話聽起來怪怪的，那個太太是誰呢？但她一直都沒敢問過大人。可今天再想起這句話，似乎還真的有點問題。

見陳佳有些猶豫，蔣正寧站了起來。「妳太奶奶是不是姓張？眉毛有一顆紅色的痣。」他抬手比了比自己的眉毛。「就在這個位置。」

陳佳就像是被雷電到一樣，張著嘴半天說不出話來，蔣正寧一看她的表情就知道，這回準沒錯了。

陳佳轉身又坐回位子上，掏出手機猶豫了片刻不知道該不該打，畢竟現在一家人生活的都挺幸福的，這突然一認親，不知道家裡的老人承不承受得住。

各種念頭在心裡轉過一圈，陳佳看著蔣正寧，認真地問道：「你們當初是不是故意拋棄我爺爺的？」

「真的不是，他是我的親弟弟，我們怎麼可能會故意扔下他，實在是來不及去接他了。」蔣正寧提起往事依然覺得十分難過。「這幾十年來，不僅我的父母，就連我們姊弟三人也一直對小弟弟的失散耿耿於懷，如今我父母都九十來歲的人了，硬挺著坐飛機回國，就是想再找找小弟弟，無論如何一家人都得再見一面。」

陳佳畢竟是女孩子，聽到這話眼眶就有些紅了，覺得心裡發酸。她猶豫了一下，還是掏出了手機，給自己的父親發了一條訊息：爸，你知道我爺爺的身世嗎？他的親生父母是不是另有其人？

消息剛剛發過去，陳佳的父親陳為山就打了電話過來，第一句話就問道：「妳聽誰說的？」

陳佳看了蔣正寧一眼說道：「是一家姓蔣的人家，從國外回來的，他們說當初出國的時候弟弟被保姆帶回鄉下了，沒能一起離開，此後就失去了聯繫。」

陳為山連忙說道：「妳把手機給那家人，我要親自和他們聊。」

陳佳把手機遞給了蔣正寧，蔣正寧激動得手指直抖，連你好都沒說，就迫不及待的自我介紹了。「我叫蔣正寧，我哥哥叫蔣正遠，姊姊叫蔣正靜，我失散的弟弟叫蔣正成。」

陳佳聽到這名字抿抿唇。她爺爺的名字叫陳正成，和蔣正成只差了一個姓氏，這家人恐怕真是她爺爺失散的家人沒錯了。

手機那邊的陳為山的聲音有些發抖，半天才說：「二伯，我奶和我爸一直在等著你們呢！」

蔣正寧的父母都九十多歲了，從國外回來還沒有恢復過來，因此陳為山決定陪父親和奶娘到帝都和蔣家人見面。

從莫城到帝都坐高鐵也就七個多小時，陳為山買了最近車次的車票，當天晚上陳家人就到了，蔣家人開車將人接回來。當車拐進一個看起來很有年頭的胡同裡的時候，陳家老奶奶的眼睛就濕潤了，伸手握住了陳正成的手。「就是這裡，你還記得嗎？你家住在胡同一號院。」

一號院是當年蔣家人住的地方，蔣家人到國外後這個院子就充公了，後來就改成了大雜院，被糟蹋得亂七八糟的。

蔣正遠在九十年代第一次回來的時候就將這個院子買了下來，安排人將裡面搭建的破棚子、爛隔間都給拆了，把老房子修葺了一番，依然按照蔣家以前的隔間重新裝潢，光那地板的顏色就找了一年多，家具都是找工匠重打的。幸好當年蔣家富裕，留下不少照片，這才將房子還原。

陳正成當年和保姆陳阿姨離開的時候才三歲，根本就不記事，對家裡已經沒什麼印象了。倒是陳老奶奶一進院子眼淚就流下來，鬆開兒子的手直接向站在廊下的蔣老太太奔了過去，聲音哽咽地叫了一聲。「太太，您終於回來了，我把成兒領回來了，他在我家可乖了，一點都不鬧，省心著呢。」

蔣老太太看著小兒子，忍不住哭了起來，兒子離家的時候還是調皮搗蛋偶爾還會尿床的皮小子，等再見面都兩鬢泛白了。

陳正成看著眼前的兩位老人，從口袋裡掏出了一張珍藏了幾十年的全家福，走過去叫了聲爸、媽，蔣老太太立刻抱住他失聲痛哭起來。

看到這一幕，陳老太太拿手帕抹了抹眼淚，含淚說道：「當年我帶著小成從鄉下回來，剛一進城就讓先生的下屬司先生攔住了。他說上面的風頭有些不對勁，先生太太帶著孩子們去國外避避，讓我先照顧好小成，還給我一筆錢，兩條大黃魚和一張家裡的全家福，說是太太讓他轉交給我的。我帶著小成回到鄉下，聽我丈夫說好像越來越不對勁了，為了不讓小成出事，我們一家人連姓名都改了，藉著東北招工的機會找了個偏僻的小城定居。原想著過幾年你們就能回來，到時候再把姓改回來，沒想到這一別就是將近六十年。」

蔣老太太鬆開了陳正成，拉著他的手又哭又笑。「我說怎麼一直都找不到你們，原來都把姓名給改了。還好，我們都還活著，總算見上面了，要不然我死了也閉不上眼。」

一家人沈浸在重逢的喜悅裡，直到第二天說起尋親的經過，蔣正寧這才想起自己還沒付給大師費用。

蔣正寧準備了一張一百萬的現金支票，他又想起家裡的收藏品裡有兩樣稀奇古怪的老東西，也不知道用途，但想到大師手上的龜殼，認為說不定大師會喜歡，便一起送去。

蔣家兩位老人和陳家的老太太年紀都大了，不便於行，在家裡沒出門，蔣正寧和他的弟弟陳正成兩人坐車來到帝都大學，約了林清音見面，鄭重地送上禮物和支票。

陳正成見到林清音以後十分感慨。「多謝林大師，我們一家人才能團聚。」

支票對於林清音來說已經不稀奇了，她比較好奇的是那兩個禮物，把人送走後直接找了個沒人的地方拆開，第一個禮物是拳頭大小的煉丹爐，林清音一入手就知道這是一件法器，她抹去煉丹爐的封印，往裡輸入了一些靈氣，煉丹爐在林清音手裡飛快的旋轉，恢復了正常大小。

林清音掀開煉丹爐的蓋子，發現裡面居然有幾個小小的玉瓶，她連忙摸出一個來，瓶子裡居然裝著提升修為的靈藥，正好是她現在能用上的，總共六瓶足夠她用一段日子了。

林清音快活的將玉瓶和煉丹爐收了起來，覺得自己現在的氣運不比姜維差了。

將第二個禮物拆開，裡面裝著一枚穿繩琥珀。林清音之前也見過琥珀，但這卻給她一種特殊的感覺，她將琥珀拿起來對著太陽的方向照了一下，裡面似乎是一根羽毛，只是那羽毛看起來細細小小的，也分辨不出是什麼動物身上的。

林清音將琥珀戴在脖子上，給蔣南洲發了一條訊息：謝謝你家人送的禮物，我很喜歡，額外送你們十次算卦，有事可以找我。

蔣南洲也是個不知道客氣是何物的少年，沒半分鐘就回了一條訊息：謝謝小大師，我能把一次算卦名額送給我的室友嗎？他現在非常想算一卦。

算卦沒什麼難的，林清音便約兩人在假山上的涼亭見面。

然而大約十分鐘，蔣南洲和他的室友來了，林清音在看清他室友的長相後，笑容頓時僵在臉上，露出了驚恐的表情。「蔣南洲，你的室友為什麼是外國人？」

蔣南洲一臉無辜。「這不正常嗎？我是留學生，我的室友當然是外國人了。」

白人室友興奮地朝林清音揮了揮手。「哈囉！」

「別哈囉！」林清音絕望的捂住了臉。「我不想用英語算卦，這要怎麼翻譯啊！」

蔣南洲絲毫沒有意識到有什麼不對，還興致勃勃的給林清音介紹。「小大師，這是我的室友，叫Jagger，是美國人，對我們的傳統文化很感興趣，尤其是周易這方面。他聽說您透過算卦幫我爺爺找到失散六十年的親人以後對妳非常崇拜，特別想來開開眼，順便找您看個面相算一卦！」

Jagger聽到蔣南洲介紹自己，兩隻水汪汪的大藍眼睛一眨不眨的盯著林清音看，看起來十分期待的樣子。

林清音掃了一眼他的面相，頓時覺得更崩潰了，這外國人的面相和華國人差距太大，標準不可能一樣，只能模糊的看出一點。但林清音身為神算門的掌門，她是有偶包的，看相、算卦不允許自己有絲毫錯誤，這種只能看出大概的事情她根本就不會往外說。

此外算命也不行。她算命是根據出生的時辰算八字。這外國人有好幾個小時的時差啊，到底要不要把時差換算過來她也沒這方面的經驗。

見林清音一臉鬱悶的表情，Jagger頓時慌了，手足無措的都不知道該怎麼辦。「大師，難道我有血光之災？是不是我要死了？」

這孩子之前也不知道看了什麼東西，腦洞有點大。

「你沒要死，是我要死了！」聽到Jagger充滿西方腔調的中文，林清音絕望的把蔣南洲的衣服領子揪了過來。「你弄來個中文這麼差的『桔梗』讓我怎麼算？你翻譯啊？」

蔣南洲雖然覺得林大師因為年紀的緣故，有時候看起來挺調皮的，但是沒想到她居然情緒這麼外露，抓著他衣領的力道大得就像是老鷹抓小雞似的，他連掙扎都沒辦法。

蔣南洲十分無辜地看著林清音。「小大師，我聽說您是高考狀元，英文甚至還得了滿分，交流起來肯定沒問題啊。」說著說著，蔣南洲忽然恍然大悟。「小大師，您之前沒有和美國人直接交流過，所以有些擔心是不是？放心好了，要是妳哪句話想不起來了，我可以幫您翻譯的！」

這話說得林清音找不出藉口，牙有點癢。

信不信我把你們一起扔出去！

若是Jagger自己花錢來算卦，林清音絕對不會接這筆生意，可是蔣南洲拿她送給蔣家的十卦來請卦，她現在是不想接也得接。

「這個桔梗面相和我們不同、時區也不同，我沒法給他看相或者看八字算命。」林清音苦大仇深地看了Jagger一眼。「不過可以測字、算卦。」頓了頓，林清音補充。「只能測中文字，英文我測不出來！」

林清音說完以後，Jagger一臉茫然的看著林清音，一看那表情就知道沒聽明白。

林清音無力地看了蔣南洲一眼，咬牙切齒地擠出三個字。「你，翻譯！」

蔣南洲總算發現林清音的臉色不對，趕緊把她說的話翻譯給Jagger聽。Jagger雖然覺得不能算命有些遺憾，但是他此次來算命倒不是主要的，是有一件困擾他們家多年的事想找林清音算。

Jagger來之前雖然上過語言課，但他的中文僅限於日常對話，要是敘述比較複雜的事情就很勉強了，他乾脆用英語將自己要算的事情講了出來。

「我的曾祖父年輕的時候是赫赫有名的軍人，他曾經被授予過司令勛章以及維多利亞十字勛章。他年輕時一直效力於軍隊，老了以後才從軍隊離開，居住在鄉下養老。那時我的祖父，在離他一個小時車程的地方工作，只有在週末才能帶著家人去看望他，有的時候我曾祖父也會開車到城裡來和家人聚會。

「後來他的身體不太好，我祖父邀請他到城裡住，但是我的曾祖父捨不得離開他的房子。在一次和朋友的聚會中，我的曾祖父因為飲酒過度引發了心臟病去世了。我的祖父繼承了曾祖父的所有遺產，可在清點遺物的時候發現少了好幾樣曾祖父常用的東西，兩枚珍貴的勛章也消失了。」

Jagger遺憾的攤了攤手。「對我們家來說，那兩枚勛章是榮譽，一定要保存傳承下去的，可是這麼多年了，我們一直沒有找到它們。而且，我祖父穿過的軍裝以及一些珍貴的私人物品也都再沒見過，沒有人知道我曾祖父把它們藏在哪裡了。」

Jagger用藍色的眼睛祈求地看著林清音。「林大師，我聽蔣說妳會超級厲害的周易，像我這樣丟失東西的情況，妳一算就可以算出來，能不能麻煩妳幫我算一下呢？」

林清音聽了半天，就最後兩句話聽懂了，憋屈得她直摳臉。

說起來她在高中時天天被李彥宇盯著學英語，還在新東方花了十萬塊錢找楊大帥補了一年的英語課。說她英語不好，她可以連音調都不差的複誦出所有的英語課文。除此之外，她也能做出各種類型的英文試題，但她的英語程度僅限於考試，用英語和人交流根本就不在她的計劃裡。Jagger要是說課堂裡學的標準英語還好，可他的敘述之中夾雜俚語、專用詞語，她直接聽成了蚊香眼。

林清音沈重地看了眼蔣南洲，伸手戳了他一下。「你帶來的人，你負責給我解釋，那個桔梗說的是什麼意思？」

蔣南洲無奈抓了兩下頭髮。「是Jagger，不是桔梗。」

林清音鬱悶地抹了下臉。「反正你就跟我講桔梗說了什麼吧。」

蔣南洲把Jagger說的事情重複了一遍，又說道：「這兩枚勛章十分難得，尤其是維多利亞十字勛章對他們家而言十分重要，他們很想找到這些東西。」

林清音掏出龜殼。「我搖一卦看看吧。」

說起來這是小大師算過最遠距離的卦了，隔著半個地球呢。

因為距離太遠，為了穩妥起見，林清音這次連續搖了八次卦，卦象合在一起後結果逐漸清晰起來。林清音作為神算門的掌門人，直覺是非常準的，她看到合出來的卦象就知道自己這卦沒有算錯。

「你曾祖父的房子有三個房間，對嗎？」林清音摸著龜殼，感應著卦象給出的訊息，說道：「房子的前面有一個漂亮的花園，後面是一座山。」

蔣南洲進入了狀況，林清音說完後就接著翻譯。

Jagger聽到這句話驚訝得眼睛直冒光，他一直覺得蔣南洲把林清音介紹得太過離奇了，沒想到她真的只搖了幾次錢幣就說出了曾祖父房子的樣子。

「我的天啊，妳居然真算對了，不愧是周易大師，簡直太神奇了。我曾祖父的房子後面確實有一座山，那座山十分茂密，他很喜歡上去探險，難道他把自己的勛章藏在了山上？那樣的話太難找了，說不定早就被人撿走了。」

Jagger有些懊惱地搖了搖頭。「花園也不可能，我曾祖父不像是會往花園裡藏東西的人，他可不喜歡童話故事。」

林清音沒有理會Jagger的話，她根據卦象顯示的結果繼續說道：「你祖父平時最喜歡待的地方就是位於房子東南方向的書房，書房裡有一個老式的書櫃，卦象顯示你要找的東西就在書櫃下面。」

# 第八十六章

「書櫃下面？」Jagger搖了搖頭。「書櫃很大很重，如果勛章放在書櫃底下的話會被壓扁，我曾祖父瘋了才會那麼做。」

林清音將古錢一枚枚收起來，慢條斯理地說道：「不是直接放在書櫃下面，那棟房子的下面有一個地洞，入口就在書櫃的下方，你們家想找的勛章就在那個地洞裡。另外，地洞除了書櫃下面的入口，在花園的樹底下和後面山上各有一個出口，只是從卦象上看已經被封住了，你們也可以找找看。」

Jagger聽到林清音描述的內容瞠目結舌，他沒想到曾祖父的房子下面居然有一個地洞。不過他對算出來的結果絲毫沒有懷疑，畢竟林清音連他曾祖父房子的花園、後山以及房間裡的書櫃都能說清楚。

此時美國正好是早上，Jagger趕緊打電話給父母，說自己找了個大師用神奇的周易算出來曾祖父遺物的放置地點，就在書櫃下面的地洞裡。

Jagger的父母聽到這件事都有些驚訝，Jagger的祖父以前每週都會去一趟鄉下，打掃修葺房屋。今年Jagger的祖父和祖母還賣掉城裡的房子，搬到曾祖父留下的屋子去養老，可兩人從來沒發現有什麼地洞。

雖然覺得Jagger說的事情挺不可思議的，但是Jagger的父母還是把這件事轉達給了父親老達力。老達力聽到這件事以後甚至連電話都沒來得及掛斷，匆匆忙忙跑到了書房，叫來妻子一起把那個沈重的書櫃推開了半公尺。

書櫃下面的地板上有一層厚厚的灰塵，連地板的本來顏色都遮住了，看起來也沒什麼特別的地方。老達力露出了失望的神色，不過他還是和妻子拿來打掃工具，準備清理。

在吸地的過程中，老達力發現一塊靠近牆壁的地板踩起來聲音不對勁，他連忙將手裡的吸塵器遞給妻子，用拖把將那塊地板擦乾淨，這才發現兩塊地板的中間有一個小小的方槽，剛好可以放進去一根手指頭。

老達力馬上蹲下將手伸了進去，摸到一個鐵環。他勾住鐵環用力往上一拽，居然將旁邊的那塊地板抬了起來，露出下面的紅色鐵門。

老達力將地板丟到一邊，一口氣連續掀開十幾塊，直到地板下面藏著的長寬各半的鐵門全部露了出來，他才興奮的大笑起來，這裡明顯是一個地洞的入口。

老達力深吸了一口氣，他沒想到書櫃下面居然真的藏了一個地洞，那個華國大師簡直太神奇了。就是不知道這個地道是父親自己挖的還是早就存在的，畢竟這棟房子已經有一百多年的歷史了。

小心翼翼地將鐵門挪開，露出了石頭打磨的樓梯和黑黝黝的地道。密封了多年的地洞必須透氣一陣子才能進入，老達力將這個入口敞開，又到花園的樹底下去轉了一圈，在鏟開不少土以後發現了一個石頭的大門，這大概就是那位大師說的被封起來的入口。

老達力並不想打開這個石門，他只是想驗證那位大師的說法，沒想到居然是真的。

Jagger的父親傑森在接到母親的電話後就趕了過來，此時書房的地洞入口已經開啟一個多小時了，傑森興奮地登錄了直播軟體，準備和網友們共享喜悅。

傑森登錄的直播軟體在西方國家人氣很高，再加上傑森用了「華國周易大師算出祖父藏寶之地」這樣的標題，瞬間吸引了大批的網友進入直播間。

傑森舉著自拍桿前情提要了一遍，用攝影鏡頭照了照地洞的入口。「現在我們就要下去看看勳章是不是像林大師說的那樣，就藏在地洞裡面。」

老達力十分謹慎的用一條細細的繩子將點燃的蠟燭先放下去，大約一分鐘後拉上來見蠟燭依然在燃燒，這才拿了強力手電筒準備下地洞一探究竟。

入口進去就是用石頭建的臺階，一看就知道歷史悠久了。十級臺階並不算長，只是有些狹窄，到了最下面瞬間開闊起來，就像是進入一間屋子裡。

傑森父子用手電筒照向這個地下的房間，這裡大概有四、五坪，整間屋子是用石頭打造的，除了這個入口以外另外有兩條通道伸向他處，傑森拍了拍那兩個通道，擠了擠眼睛。

「據林大師說，這裡一個通向後面的山，一個出口在花園裡，不過已經封死了。」

螢幕上瞬間被評論擠滿，有的要求打開那兩個出口看是不是真的和林大師說的一樣，有的則催促他們趕緊去找勛章。

將幾個手電筒同時打開，這間地洞瞬間亮如白晝。傑森環視了四周一圈，發現牆上掛了幾幀照片，他走過去看了一眼，眼眶有些濕潤。「瞧這照片上年輕英俊的軍人，這就是我的祖父。」

「看這對幸福的戀人，這是我祖父和祖母年輕的時候，他們一直都很相愛。」

「我想這真的是我祖父的私人空間沒錯了，他把他最珍愛的照片都放在這裡。」

和直播間的網友們一起欣賞了照片，傑森這才舉著手機來到房間的中央。這裡的布局十分簡陋，只擺了一張老舊的單人皮沙發，沙發的旁邊是一張高腳桌，上面擺了一副銀質的茶壺和杯子。那茶壺和杯子不知道在這裡放了多少歲月，如今表面已經發黑了。

沙發的前面是一張長條桌子，上面擺著一支老式的放大鏡，一個木頭的眼鏡盒，除此之外有一本相簿和一個有些破舊的小皮箱。

老達力輕輕翻開相簿，裡面第一張就是他五歲的照片，那時的他騎在爸爸的脖子上，手裡拿著一把玩具槍，小嘴噘得圓圓的，似乎在模仿開槍的聲音。

老達力看到這張照片後眼睛頓時就紅了。「你們看，這是我人生中的第一張照片，那時我父親從軍隊回來探親，帶了這把玩具槍給我做禮物，我媽媽特地去借了相機為我們拍照。其實自從我母親去世後我就沒見過這些老照片了，我一直以為它們早就丟了，沒想到我爸爸居然一直珍藏著。」

老達力翻看著相簿裡的照片，每看到一張他都能想起照片背後的故事。傑森和網友們都安靜下來，陪著老達力一起重溫過去的美好時光。

終於看完了相簿，老達力拿出手帕來擦了眼淚，這才將一邊的皮箱拿過來，輕輕地拂去上面的灰塵，鄭重地打開箱子。

箱子裡有很多老舊的物件，擺在最上面的就是那兩枚勛章。

瞬間，直播沸騰了！

Jagger在和家人通完電話後一直心神不寧的，他非常想知道曾祖父的房子裡到底有沒有地洞，也想知道有沒有找到勛章。

時間一分一秒過去，Jagger在吃完晚飯後終於接到了父親傑森打來的電話，電話一接通就傳來了老達力興奮的聲音。「上帝啊，太神奇了，我們真的在書櫃下面發現了地洞，並在裡面找到了我父親的勛章和其他所有的東西，這簡直太神奇了。」

傑森不甘示弱地喊道：「我特意把尋寶的過程直播了，你一定要去看影片，我保證你會看到哭。」

Jagger一直懸著的心終於放下了，他打開社交系統，這才發現他父親的直播已經被剪輯成片段發布在網上了。很多網友在享受尋找的激動過程中也不免提到了傑森說的周易林大師，很多美國網友都對神秘的周易起了濃厚的興趣。

Jagger看到評論特別激動，興奮的留言道：「我是老達力的孫子，就是我請周易大師為我們家算卦的。給我們算卦的林大師是一位漂亮的女生，在華國最好的帝都大學學習數學，平常還在社團裡為學生們講解周易。說起來林大師是我的一個好朋友Colin介紹給我的，她幫助Colin的祖父找到了失散了六十年的弟弟，要知道在這之前Colin的家人已經足足找了二十年，可是一直沒有任何消息，而林清音大師只用兩分鐘就幫他完成了心願。」

Jagger的評論就像是爆竹一樣瞬間炸開了，不僅是美國人，就連周邊幾個國家的人看到影片和評論也對華國的周易充滿了好奇，覺得這比華國的武功還讓人稱奇。

林清音在給Jagger算完卦後總覺得心神不寧，像是有什麼不好的事將要發生。可她自己無法給自己算卦，姜維又不會搖卦，林清音只能給在齊城的王胖子打了個電話，讓他為自己算一卦。

王胖子現在看面相還勉強，搖卦對他來說有些困難，他蹲在屋裡算了一天，最後合出一個生意興隆的卦。王胖子看到卦象就覺得自己肯定是算錯了，生意興隆是好事啊！怎麼會讓人心神不寧呢。

林清音見王胖子算不出來，又給自己在琴島遇到的張七鬥打了個電話。張七鬥也曾經得到林清音的指點，林清音和他有半師之誼。張七鬥聽說林清音心神不寧後趕緊起了一卦，可卦象也是生意興隆，並沒有算出不好的事。

這下林清音奇怪了，自己的直覺是不會出錯的，到底是哪裡不對呢？

林清音疑惑了好幾天，覺得自己越來越焦躁，正當她琢磨著要怎麼避開的時候，一群不知道從哪來的金髮碧眼的人把她圍住了，一個個激動得顴骨發紅。

「林大師，我要算卦！」

「林大師，我要拜妳為師！」

「林大師……」

聽著耳邊的英語，林清音絕望的捂住臉。蔣南洲、桔梗，你們到底做了什麼？

林清音被一群老外圍著，有的要算卦、有的想拜師、有的就是單純來看看華國周易大師長什麼樣。也不知道是不是碰巧，來的這一群人似乎就沒有中文說得好的，除了語速超快的英語以外就是帶著濃重腔調的中文，聽得林清音一個頭兩個大，頓時想起了高中時被英語支配的恐懼。

正在她思考是不是要瞬移離開的時候，從圖書館出來的姜維正好看到了被一群外國留學生擠在中間、委屈巴巴的小大師，他趕緊衝過去排開人群，把小大師護在身後。

「小師父，妳沒事吧？」姜維看到林清音委屈的表情差點沒憋住笑，連忙輕咳幾聲，控制住自己的表情。「這麼多人是怎麼回事啊？」

林清音也一頭霧水，不過她能猜到這些人肯定是桔梗招來的，氣得她直嘆氣。「蔣南洲帶來了個美國人找我算了一卦，這些人一定都是那個美國人介紹來的。」

「那妳要不要給他們算啊！」姜維扭著頭看向林清音。「我看這裡頭有一大半是想找妳算卦的。」

「算什麼算啊？」林清音不開心地說道：「我就沒想過給外國人算卦，我學英語是為了考試，也不是為了算卦用的。」

姜維是林清音的第一個補課老師，是十分清楚林清音當時英語的學渣程度，連考試都靠算卦啊。姜維看著林清音苦大仇深的表情忍不住笑了起來。「我看他們熱情高漲，肯定不會輕易作罷，妳越不算他們越覺得妳神秘，說不定之後來的人更多。」

林清音看著一張張興奮的臉，縱使和華國人面相不同也能看出來他們眼裡的狂熱，看起來不亞於齊城公園裡的大爺、大媽，同樣不帶惡意，只是單純的期待。

「你英語不是很好嗎？」林清音伸手戳了戳姜維的肩膀。「來，給師父翻譯翻譯，告訴他們排隊預約，五千一卦，不打折。」

姜維訝異地回頭看了林清音一眼。「小師父，妳又漲價了？」

林清音的表情十分嚴肅。「必須漲價，誰教我聽見英語就煩呢。」

姜維給任性小師父豎了個大拇指，把林清音的規矩翻譯成英語。

很多人只是看了影片以後過來湊熱鬧，一聽說真的可以算卦，一時間不知道算什麼，另外有的只是想驗證一下網上的影片說的到底是真是假。

既然人家算卦有規矩，真要算卦的乖乖到姜維那裡報了名，姜維知道林清音的性格，每天只安排兩個留學生，按照先後順序往後排，兩個擠在最前面的拿到了第一天的號。

算卦的地方依然是在周易活動室，除了算卦的兩個人以外，其他的人也都跟來了，一個個都舉著手機拍影片。林清音打高二算卦的時候就被大爺、大媽們圍觀算卦，早就已經習慣了，只要這些人不說話，對她一點影響都沒有。

第一個算卦的美國女生，她給自己取了個中文名叫李薇。李薇和林清音說，她有一枚白金刻著名字的戒指丟失了，想讓林清音幫忙找回來。

林清音搖了一卦，看到卦象後憐憫地看了李薇一眼。「這是妳已故的戀人送妳的第一件禮物對嗎？它在五年前失蹤在一個雨天的夜裡。」

李薇雖然看過桔梗家尋找祖父勛章的影片，但她沒想到這位周易大師似乎比影片說的更神奇，她只說了戒指的樣式，大師就將戒指的來歷和丟失的時間講得明明白白的。

「是的。」想起記憶裡的男孩，李薇有些唏噓。「傑是我的初戀，在我十四歲生日那天我接受了他的表白。我們在一起的時間很快樂，為了讓我們在一起的第一個聖誕節特殊一些，他送了大半年的牛奶和報紙，用賺的錢訂製了一對對戒，裡面有我和他名字的縮寫。

「五年前，傑遭遇車禍死了，我出席他的葬禮後在墓地待了一天，晚上離開時天空下起了暴雨，我一邊走一邊攔車，等我終於搭上車回到家，我才發現我的戒指不見了。」李薇看起來十分的難過。「那是傑留給我的唯一紀念，我真的很想找到它。」

林清音手指輕輕撫摸龜殼上的紋路。「從卦象上看，那枚戒指是在葬禮的時候丟失的。如果妳有機會再去傑的墓地，墓碑左邊那棵樹的底部有一個凸出來的疙瘩，妳順著往下挖一公分，戒指大概被掩埋在那個地方。」

李薇捂著嘴，臉上露出驚訝的神情。「妳是說，我把戒指丟在那兒了？」

林清音朝她微微一笑。「去看看就知道了，祝妳早日把戒指拿回來。」

李薇朝林清音道謝後獨自走到活動室外面的草地上，抱著膝蓋坐著靜靜地看著遠方。一個拿著手機的男生跑了出來，一屁股坐在李薇的旁邊，直截了當地問：「妳相信剛才那位大師給妳算的卦嗎？」

「是的！」李薇十分認真地點了點頭。「畢竟在我什麼都沒說的情況下，她就將我和傑的事說得清清楚楚。我聽說這樣的大師連人的生死都能算出來，若是我在五年前那時遇到她就好了，她肯定會幫助傑躲過車禍。」

男生拿著手機有些遺憾地聳了下肩膀。「那妳要去找那枚戒指嗎？」

李薇點了點頭。「馬上要聖誕節了，我會去看看他。」

男生徵詢了李薇的意見以後把影片傳到了網上，由於最近國外的某知名影片網站上這位華國周易大師林的人氣特別高，男生的影片發出去才一天就獲得了上萬的點擊。不少人都被林清音炫酷的搖卦手勢吸引了，還有的震驚於她的年齡，沒想到這位大師居然這麼年輕，另外有不少人是被林清音的顏值給迷住了，覺得她的長相帶著華國的「仙氣」。

李薇的影片的點擊率在幾天內暴增，很多人都很關心她是否能按照大師的指點找到那枚戒指。李薇請了一週的假回到美國，在聖誕節那天她和朋友一起來到傑的墓地。

好友開了在線直播系統，李薇將帶來的鮮花放在墓碑前，然後來到了墓地左邊的那棵樹下，李薇一眼就看到了樹幹下方靠近地面的位置有個嬰兒拳頭大小的凸起。

她拿起帶來的小鏟子往凸起的部位挖去，因為已經過了五個年頭，下面的土地已經十分硬實，李薇費了好大的力氣才把這裡挖開。連續挖了七、八下，一個白色的小戒指露了出來，李薇看到這一幕瞬間丟下鏟子，跪在地上將那枚戒指挖出來。

在地下埋了五年，戒指已經不復以前的光澤了，但是李薇看著那枚刻著她和傑的名字的戒指像是挖到了世界上最好的寶藏，緊緊握在手心裡失聲痛哭。

直播間裡，有被感動得默默流淚的，也有激動為大師打CALL的，也有影片達人連忙將直播影片剪輯發布到社交網站上去。

這一部影片快速的在各大網站上傳播，在帝都留學的學生們紛紛在下面留言，尤其是從林清音那算過卦的，留言都充滿得意。漸漸，影片從外網傳到了華國內，有一天早上，姜維起來一邊刷牙一邊滑手機，一支影片躍入了眼簾。

「華國周易大師？」姜維點了進去，幾分鐘後他神色恍惚地關上了手機。「沒想到小師父算了好幾年的卦，居然是在國外先紅的。」

外網傳到內網，網友們看到剪輯起來的精華影片嘖嘖稱奇，有好奇的就順著線索找，居然找到了不少論壇帖子都在說這位大師的，尤其是齊城和琴島兩地，據說這兩個地方房價最貴的住宅區都是這位年紀輕輕的林大師親自設計的風水。

光是這些也就罷了，最讓人嘖嘖稱奇的是這位林大師居然才大一，還是齊省的高考狀元，以接近滿分的成績考上了帝都大學。另外有齊城的網友和帝都大學的學生把偷拍的照片傳到網上，顏值真的是三百六十度無死角，尤其皮膚白嫩得彷彿能掐出水來。

吃瓜的網友們紛紛表示不平，這林清音絕對是老天爺精雕細琢的產物，而他們就是隨便甩出來的泥點子。大家都是爹媽生養的，做人的差距怎就這麼大呢？

林清音的名氣越來越大，網傳的消息也越來越多，還有自媒體跑來想拍林清音，可在校園裡轉了好幾天都找不到人。有時候明明特地等在教學樓裡，林清音一出教室的時候也看見了，可是剛要追上去就發現已經不見了蹤影。也有的自認為聰明的想打著算卦的名義找林清音，可找了不少門路卻只拿到一個電話號碼，打過去一問預約已經排到好幾個月以後了，慢慢等著吧。

聯繫不到林清音，就有不少走迂迴路線，到齊城去採訪林清音的高中老師和校長，想知道他們對於自己學校培養出一個算卦大師是怎麼想的。

面對鏡頭，班導師于承澤有些無奈。「林清音學習很認真，很刻苦。」

英語老師李彥宇一臉的壞笑。「聽說小大師現在有很多歐美的客戶，想必英文口語越來越好了吧，老師看好妳哦！」

校長王清豐摸了摸自己烏黑濃密的頭髮，笑得一臉幸福。「林清音是個非常好的學生，她在周易等傳統文化方面造詣很深。網上都傳她算卦靈驗，其實她刻的符也是一絕，你們看到我的頭髮了嗎？多虧了小大師的生髮符。」

影片播放到這還有一張王校長的對比照片，五年前的王校長腦門光亮，稀稀疏疏的頭髮已經蓋不住頭頂了，眼看就要全禿；而現在的王校長頭髮濃密得讓拍影片的小夥子都眼熱，他摸了摸自己細軟的髮絲，決定回帝都就去請生髮符，他還沒娶妻呢。

# 第八十七章

隨著網路上的傳播越來越廣，連鄭光燕都知道了，她有些擔心地給林清音打電話，問道：「現在網上傳得這麼厲害，你們學校的老師對妳會不會有不好的印象？」

林清音十分淡定。「應該不會吧，我們學校說有容乃大。」

掛上電話，林清音剛準備去吃飯，輔導員打來了電話。「林清音同學，現在有時間嗎？院長請妳到他辦公室去一趟。」

聽到電話裡的內容，三個室友都湊了過來，一臉的擔心。「清音，不會妳算卦的事被院長知道了吧？」

「我聽說院長很古板，妳們說他會不會開除清音啊？」

「我覺得第一次不會開除，但警告是少不了的。」

三個人腦補了一番林清音被處罰的畫面，一個個眼淚汪汪的看起來要哭了。林清音被室友們的想像力震驚。「我覺得沒那麼嚴重吧，我完全沒有不好的預感。」

陳子諾三人都知道林清音的預感有多準，但是林清音因算卦聲名大噪的事太特殊了，室友們心裡多少還是有些不安，非要陪著林清音去院長辦公室，想看情況幫忙求情。

林清音無奈的帶著三個小尾巴來到辦公樓，一路上遇到不少老師，看向林清音的表情都有些一言難盡。被這樣的眼神看多了，不僅是陳子諾三人，就連林清音都有些心虛了。

終於到了院長辦公室門口，林清音讓三人在外面等著，一個人走了進去。院長胡明從書籍中抬起頭來，露出了一個錚明瓦亮的腦袋。「請問生髮符怎麼賣？」

林清音一時愣了。

回過神看著院長淡定的表情下隱藏的緊張，林清音有些無語地揉了揉太陽穴。明明是買符，居然這麼嚴肅，她還真以為自己要被開除了呢。

胡明是帝都大學數學科學院的院長，平時為人嚴謹認真，向來不苟言笑。胡明三十多歲的時候髮際線就往後移動，四十多歲的時候頭頂中央已經寸草不生，只能靠邊上的頭髮遮擋一二，如今五十歲的人了，旁邊的頭髮終於也扛不住重任了，每次洗頭都掉一把，頭上已經沒剩幾根了。

胡明這幾天聽人提起自己學院裡有個學生因為會算卦的事鬧得世人皆知，起初他是有些不悅的，但他打開網路看到自媒體到林清音高中採訪的新聞後他就不淡定了，那個王校長一開始比他還禿，怎麼可能長出這麼多的頭髮？

看到影片裡王校長那得意洋洋的表情，胡明嫉妒了，他也想要那樣的頭髮！

「院長想要哪種符？」林清音從包包裡掏出一張符紙、一塊石頭和一枚玉石。「三個材質價格不等，要見效快的可以買玉石，一夜之間就能長出頭髮；石頭的效果要慢一些，不過三個月也能見到成效，紙符效果最慢，而且一張符也就夠用三個月，之後還要換新的。」

要是讓胡明選，他恨不得一分鐘就能擁有一頭烏黑亮麗的頭髮，可速度太快的話太顯眼了。他皺著眉頭糾結半天，總覺得三個月的時間還是太久，再過一個多月就是他結婚三十週年紀念日了，他還想帶太太去補拍婚紗照呢，頭髮這樣多難看啊。

「我選玉石的，但是一天時間太短了，我怕我太太受不了這刺激。」胡明小心翼翼地伸出一根手指頭。「能不能控制讓我一個月才恢復髮量？」

「當然可以。」林清音拿出一塊玉石刻了個生髮的陣法，穿上繩子遞給胡明。胡明一臉肉疼的把存了十幾年的私房錢轉帳給林清音，小心翼翼地把玉符掛在脖子上，從抽屜裡摸出個鏡子照了半天才心滿意足地去工作。

胡明這一忙就忙到了晚上，他長舒了一口氣起身去了洗手間，等對著鏡子洗手的時候，他忽然看到自己的頭皮有些發黑。胡明是十分看重形象的人，他下意識用剛洗過的手抹了下頭頂，手指尖居然被剛剛冒出來的頭髮扎了一下。胡明驚了，他小心翼翼地把腦袋湊到了玻璃前，再次抬起手在頭頂上輕輕地摸了摸，熟悉又陌生的手感讓胡明激動的想哭，如今他也是將要有頭髮的人了。

從那以後，胡明每天早上起來第一件事就是對著鏡子照照自己的頭髮，並且拍張照片記錄下來。頭髮開始幾天冒出來得比較慢，只是看著頭皮發青。等過了一個星期，頭髮就像是雨後春筍一樣冒了出來，胡明院長時隔三十年再一次擁有了平頭。

胡明的頭髮不僅他自己關注，學校有一半的教授都偷偷盯著他的頭髮。他們眼睜睜地看著胡教授從油亮的頭頂到短短的板寸，又從細軟的板寸逐漸越長越長。

很快，林清音就發現自己的玉石有些不夠用了，這些教授老師們居然組團來團購。又過一個月，林清音發現石頭也快不夠用了，學長、學姊們生髮的需求也很迫切。

林清音一下鬱悶了，到底還有沒有人記得她其實是一名算卦的大師？

時間在替老外算卦還有刻符中過得飛快，轉眼要到期末考試的時間了。教室裡、自習室、圖書館室坐滿了複習功課的學生們，林清音屬於最輕鬆的一個了。她考帝都大學就是奔著學數學來的，專業課她光靠平時的理解就比其他學生鑽研得要深，而其他課程她有過目不忘的記憶足以應付過去了。

室友們平時雖然學習也認真，但是要考試了總覺得沒信心，一個個恨不得拿出所有的時間來看書。大家都忙起來，就顯得林清音有些閒，她正想給自己找點事做的時候，一個東北的同學找到了她，希望能請她到自己家裡幫忙處理一點事情。

林清音重生以後還沒怎麼出過遠門，對於東北那片土地十分好奇，而且前陣子算了一堆外國人，有姜維幫忙翻譯她也感到心累想放假，便答應了。

姜維知道林清音放假後要去東北，便也給自己買了一張票。有事弟子服其勞，怎麼能讓小師父一個人出遠門呢？必須跟著！

請林清音去老家的同學叫李珂，是數學系大二的一名學生，也是周易社團的社員。在親眼目睹林清音的本事以後，李珂和家人商量，將這位小大師請到了自己的老家長白山。

轉火車坐公車，等到了李珂家已經是兩天後了，縱然是李珂這種年輕力壯的青年也覺得疲憊不堪，不過林清音和姜維都已入仙門，旅途的奔波對他們來說倒是沒影響。

李家住在山腳下，世代以採參為生，幾代人靠山吃山，和長白山有著深厚的情誼。李珂將林清音和姜維帶到自己家，有些歉意地笑了笑。「家裡是平房，可能簡陋了些。」

林清音環顧了房子一眼，雖然是平房但窗明几淨，每個房間都很大，更何況這山腳下的靈氣是她來這個世界後見過最濃郁的，這對她來說很有吸引力。

李珂的祖父和爺爺聽到說話的聲音快步走了出來，熱情地朝林清音和姜維打招呼。「是林大師和姜大師吧，快請進，屋裡暖和。」

林清音的視線從兩人的面相劃過，這次和姜維一前一後走了進去。李家已經準備好了熱水讓三人沐浴，回來一趟轉了好幾趟車，泡個熱水澡是最解乏的。

李珂的媽媽熱情的招呼林清音。「我們家後院有口小溫泉，泡澡最舒服了，妳在裡面坐一坐什麼病都沒了。」

林清音對泡不泡澡沒什麼執念，她喜歡的是裡面的靈氣。看著李珂家人都身強力壯沒有脫髮的跡象，多半就是和長期泡帶有靈氣的溫泉水有關。

後院有一大一小兩口溫泉，李家人特意蓋了兩間屋子將溫泉圈起來。林清音選了那口小的、只夠一個人坐在裡面的溫泉池，別看這個池子小，可裡面蘊含的靈氣比那個大溫暖還要濃郁。

盤膝坐在溫泉池裡打坐，林清音運轉起大周天，將溫泉裡的靈氣源源不斷的吸到體內，讓靈氣在身體裡遊走，洗刷每一條經脈，溫泉的溫暖加上靈氣，讓她覺得十分享受。

足足在裡面待了一個多小時，林清音才從溫泉池裡站起來，白嫩的皮膚被溫泉水蒸得粉紅，就像是跌落在凡間的仙子。

姜維坐在外面的屋子一邊烤火一邊等林清音，聽到開門的聲音下意識轉頭一看，正好看到了林清音白裡透紅的臉蛋，頓時呆了一下。他一直都知道小師父長得好看，可是沐浴後的小師父好看到居然難以形容了。

林清音順手在姜維的頭上拍了一下。「傻愣著幹麼呢？」

「等小師父呢！」姜維隨即從木凳上爬起來，將手裡的大毛巾遞給林清音。「小師父把頭髮擦乾再出去吧，這裡冷容易生病。」

林清音沒接毛巾，用靈氣將頭髮上的水氣烘乾，朝姜維一笑。「是不是該吃飯了？」

姜維抱著毛巾，愣愣地點頭。「……是！」

為了招待貴客，李家準備了各種野味，別看烹飪手法樸實，但大鍋柴火燉出來的肉又香又嫩，別有一番風味。

酒足飯飽，也該說正事了。

李珂的祖父摸了摸腰間的煙袋，想起孫子說不能在大師面前吸菸又放回去，沒滋沒味喝了口面前的茶。

「這次請大師來是為了我家的孫女李黎。」李老頭說起孫女臉上露出了愁苦的表情。「不知道李珂有沒有和大師說過，我們家世代都是採參人。其實採參人很苦，我們都希望後輩子孫能考出去，以後有一份輕鬆的工作，不用像我們這樣靠山吃山。李珂和她姊姊李黎學習都不差，在班裡都是數一數二的成績。」

喝了口茶，李老頭繼續說道：「姊弟倆成績好，我們採參也有了目標，可就在他們高考的那一年，我孫女在考試前說上山看看風景喊喊山，放鬆放鬆。當時我們也沒理會，就隨她去了。姊弟倆都是山裡長大的孩子，會走路起就跟著我們爬山，這附近就沒有他們不熟悉的地方，我們大人根本就不擔心。可誰知那天李黎上山以後到下午也沒回來，我趕緊和她爸爸去找，可直到晚上也沒看見人，當時我的汗就下來了。」

李珂的爸爸李大壯想起當初那一幕也覺得很害怕。「當時我爹趕緊跑回來叫人拿著火把帶上家裡的狗找人，一直尋到了後半夜才找到昏迷不醒的李黎。當時她躺在一塊石頭上，腿和兩隻手伸得筆直，手還是伸到頭頂，就像是什麼儀式一樣。」

李老頭點了點頭。「當時我們看到這樣的情況都有些慌，趕緊把人揹回家裡。不瞞大師說我們家是信仰薩滿的，看到孩子的情況不對，我趕緊請屯子裡的薩滿師跳大神做法，可是一點都沒有用。

「一開始我們以為屯子裡的薩滿師法力不夠，又特意到幾十里之外請了有名的薩滿師回來，但是孩子還是沒醒過來。」李老頭看了李珂一眼。「當時我孫子不樂意了，讓我們趕緊把他姊姊送到醫院去，不能在家耽誤了。我說這種狀況送去沒用，可他不信，結果最後都到省裡的醫院了，也查不出問題。」

李珂聽到這話有些不服氣。「那你們請薩滿師做法也沒用啊！」

李老頭氣得鬍子直翹，要不是有外人在他非把孫子踹出去不可。喘了幾口粗氣，老頭瞪了李珂兩眼，繼續說道：「我孫女足足昏迷了一百零八天後突然醒了過來，當時家裡人都很高興以為她好了，還安慰她說錯過了高考沒關係，明年還有機會。可是我孫女李黎聽到這話根本就沒反應，這時候我們才發現她就像是失了魂，雖然能吃能睡，但是沒有任何表情也不說話，就像是一具行屍走肉。」

李大壯想起女兒的樣子忍不住掉下了淚。「已經兩年過去了，李珂都上大二了，我女兒還是那副樣子，看著她的樣子我心裡就難受。」

李老頭長嘆了一口氣。「早知道這樣當初就不應該讓她上山。可是話又說回來，我們家世世代代都生長在這山上，天天上山採參，還從沒見過這種讓薩滿師都束手無策的事呢。」

林清音知道了前因後果，點點頭。「把人領出來我看看吧。」

李珂的媽媽將女兒扶了出來，李黎二十出頭，面容看起來十分清秀但神情呆滯，臉上沒有一絲神采。

李大壯看到女兒的樣子嘆了口氣。「大師您看，這兩年她就是這個樣子，叫吃就吃叫睡就睡，若是不管她，她可以呆愣愣坐一整天。」

林清音看了李黎一眼，微微愣了一下，李黎的這具身體已經引氣入體，具有練氣一層的修為了，但她身體的魂魄卻不完整，主管智慧的那部分消失不見了。

看到林清音的神色有異樣，李大壯小心翼翼地問道：「大師，發現什麼問題了嗎？」

「她的魂魄丟失了一部分，所以現在沒有神智。」林清音也覺得李黎的情況有些奇怪，她要來了李黎的八字搖了一卦，等將卦象合在一起後林清音表情有些一言難盡。「她是主動將魂魄離體的。」

「這怎麼可能？」李大壯不敢置信地說道：「她為了高考每晚學到一、兩點，幾次模擬考試的成績也很優秀，她沒有理由這樣做啊？再說，她就一個普普通通的學生，連薩滿師都不是，怎麼可能會魂魄離體？」

林清音淡淡一笑。「等把她魂魄找回來就知道了。」

李家人聽到這話眼睛都亮了。「大師，您的意思是說我們家孩子有救？」

「要不我幹麼過來？」林清音拉著李黎的手讓她盤膝坐在屋裡最中間的位置上，李黎雖然沒有神智但是十分聽話，乖乖坐在地上，大大的眼睛直勾勾地看著前方。

在上輩子林清音所在的時代，鬼門宗對魂魄最為了解，這種離魂之症，他們不費什麼事就能將魂魄給勾回來。林清音也是到了這個世界才接觸過一些關於魂魄的事件，對她來說，用陣法也能將魂魄召回來，只是不如鬼門宗的那麼輕鬆。

林清音掏出一把石頭在李黎身邊布了一個陣法，又將神識探入李黎的體內輕輕地刺激了一下她的識海，力道既不讓李黎的識海受傷，又得讓她的魂魄感受到威脅。

李黎如今雖然才只是練氣一層，但她體內已經出現了識海。修仙人的識海十分重要，即便李黎對修煉的事情一無所知，但她的本能也會促使離體的魂魄迅速回來保護識海。

林清音很有節奏的每隔十秒鐘刺激一下李黎的識海，大約三分鐘後，一個透明的身影從窗子外面衝了進來，一頭鑽進了身體裡。

李家人緊張地看著坐在地上的李黎，忽然她的眼睛閉上了。看到這一幕李家人連大氣都不敢喘，就怕影響林清音做法。可林清音完全沒有要動手的意思，就那樣靜靜地看著李黎。時間一分一秒地過去，李黎忽然睜開了眼睛，警戒地環視了四周一眼，隨即看到了站在一邊的林清音，她往後躲了兩步。「妳是誰？」

聽到李黎說話，李家人「呀」的一聲又哭又笑起來，都想過去看看李黎，可他們剛到跟前就像是被一個無形的東西擋住了。

林清音一揮手撤掉了陣法，李黎的媽媽一下子撲過去將女兒抱住，摟著她嚎啕大哭起來。李黎似乎有些不解，但還是耐著性子在媽媽身上拍了兩下，看起來十分無奈。「媽，妳哭什麼啊？」

「妳說我哭什麼？」李黎的媽媽又氣又恨地舉起手想打李黎，可看著女兒靈動的眼睛又不忍心，只能抹了把眼淚恨恨地說道：「妳這兩年到底怎麼了？想急死媽媽啊！」

「我怎麼了？」李黎一臉無辜。「我最近不是很聽話嗎？就是上了趟山，妳怎麼就哭成這樣？」

她說完這句話才發現似乎有些不對，遲疑地轉了一下腦袋，看了眼屋裡的幾個人，頓時僵住了。「你們怎麼都穿著棉襖？」她推開媽媽，幾步跑到門口，猛然推開了大門。

漫天飛舞的雪花落在地上、飛到屋裡，帶來陣陣寒風。李黎猛然睜大了眼睛。「怎麼變成冬天了？不才開春沒多久嗎？我明天就高考了怎這麼突然變成冬天了？」

林清音有些無奈。「妳還記得高考啊。」

李黎看了看家人，有些難以置信地低呼出來。「難道我真的錯過了高考？怎麼可能？」

李珂看到李黎的神情不由得也有些難受，他和李黎當年都在這裡的前段班，姊弟倆的成績不相上下，他倆總是比，在高三那一整年每天只睡四個多小時，簡直都快把命搭上了。他們雖累也知道苦，但是沒辦法，他們只有這樣的苦讀才能走出這片山，才有機會接觸到新的天地，而不是和祖輩一樣一輩子都在山裡採參。

李珂心疼地看著李黎。「姊，妳知不知道妳這一睡就是兩年？」

「兩年？」李黎不敢置信地睜大了眼睛，隨即臉上露出了迷茫的神色。「我沒有啊，我感覺就離開了一會兒。」

林清音掃了一眼窗外的大山，用神識鎖定了藏在附近的一個小小身影。「妳當時在山上是不是吃了別人的東西？」

李黎癱坐在炕上，好半天才抬起頭來，臉上的神情十分複雜。「我那天上山想隨便走走，舒緩下考試前緊張的心情。當時心裡想的都是考試的事，不知不覺走得就有些偏了。我有些累了，想坐在石頭上歇歇再回家。這時我看到旁邊有個大石頭，石頭上還有個朱紅色的果子，我就走了過去。」

李珂聽到這裡露出了頭疼的表情。「妳別告訴我說妳把那果子吃了？」

「我一開始沒想吃的。」李黎露出尷尬的神情。「但我坐了一會兒覺得口乾舌燥的，而那果子散發出一種特別的香氣，勾得我口水都流出來了。」她小心翼翼地看了眼李大壯，心虛地說道：「小時候我們上山也採野果吃，爸和爺爺曾教過我們怎麼辨認毒果，我看那果子不像是有毒的，我就沒忍住啃了一口。」

李珂呵呵了一聲。「啃著啃著就啃完了是吧？」

李黎輕不可聞地「嗯」了一聲。「那果子也不大，我三、四口就吃完了。說來也奇怪，那果子沒有核也沒有籽，一咬一包甜滋滋的水，吃完了肚子裡暖融融的，就覺得有些睏，正好那石頭又足夠大，我就想躺一躺再起來，結果躺下就睡著了。」

李黎回憶起當時的情景，臉上又露出了迷茫的神色。「我好像剛睡著就有個胖娃娃把我推醒了，問我是不是把他的果子吃了。我當時覺得很不好意思，完全沒去想怎麼會有三、四歲的娃娃獨自在深山裡的問題。」

李家人聽到這話臉色都有些不對，他們家世代住在長白山，關於長白山的傳說不知道有多少，就連他們採參這一行也有很多講究和傳說。像那種獨自出現在山裡的白胖娃娃，一聽就知道肯定是什麼東西成了精，雖然這種事很少有人遇到，但並不代表著沒有，祖先可是留下了不少這樣的傳說。像李黎這種情況，肯定不知道吃了小妖精的什麼東西被迷了神智，要不然早就發現不對了。

「我當時覺得挺抱歉的，說我實在是太渴了，問他哪裡還能摘到果子，我願意去摘果子還給他。當時小娃娃不高興地說這個果子不是從外面採的，是他自己精心養大的。他接著又說其實我吃了他的果子沒什麼，果子本來就是要給有緣人的，不過既然我吃了就要陪著他玩。」李黎想起當時的情景有些無奈。「我雖然不知道能和這個小孩一起玩什麼，但是把人家東西吃了總得有表示，我就站起來跟著他走了。」

# 第八十八章

李黎說到這，林清音和李家人說道：「她吃的那個果子是一種靈果，如今她長命百歲肯定是沒問題了。但是這種果子靈氣太足，普通人一時間承受不住，所以李黎當時才昏了過去，等身體適應了果子裡的靈氣後才醒過來。」

李黎愣住了，她指了指自己。「可我只是睡了一會兒，很快就醒了。」

「不是妳醒了，是妳在用魂魄和小娃娃對話。」林清音耐心地提醒她。「妳以為是妳跟著他走，其實妳的身體還躺在石頭上，跟著小娃娃一起飄走的是妳的天魂。」

李黎愣住了，她仔細回憶了一下，雖然不知道自己那時是不是魂魄狀態，但當時確實好像走得挺輕鬆，好像一眨眼就到了人煙罕至的大山深處。

李黎心情有些複雜，半晌才說道：「我到娃娃的家裡，他家住著很多的族人，但是他的族人對我並不是很歡迎，說我會給他們帶來滅族之災。娃娃很失落地帶我離開了族裡，說要帶我去山上轉轉。在山上，我們一路走一路玩，看到了很多稀罕的動物和奇怪的景觀，我們正在小松鼠的洞裡摸松子的時候，忽然我覺得腦袋就像是被針扎了一樣疼，緊接著我就感覺自己身不由己地跑回來了。」

李黎說完了依然覺得有些不敢置信。「我心裡惦記著考試的事，一直看著日頭呢，感覺就好像玩了半天的時間就回家，根本就沒在山裡多待啊。」

「洞中一日，世上千年。」李大壯嘆了口氣。「好在只虛度了兩年而已。」

屋裡一下子變得安靜下來，李黎還在傷心自己錯過的高考，李家人則對她經歷的事情有些擔憂，他們真的怕哪一天沒看住，李黎的魂魄再被妖精拐走了。

李老頭把煙袋桿抽了出來，沒點火，只叼著煙嘴吧嗒了兩口。「不行就把丫頭送到城裡去復讀，讓她離大山遠點，別讓那妖精娃娃再找到她。」

「爺爺，那個娃娃沒有害我的意思。」李黎有些難堪地說道：「是我先把他的果子吃了才惹出後面的事。」

李老頭不說話了，剛才那位林大師已經說了那枚果子有多珍貴，能讓人長命百歲的果子可不多見，這是多大的機緣才能遇到啊。可說實話，他寧願孫女普普通通的去考大學、去外面工作上班，也不願意她得到這稀奇古怪的機緣，總怕哪一天孫女就此消失不見了。

「我們想辦法賠！」李老頭悶悶地開了口。「我們家裡有幾顆幾百年的老山參，不行就拿那個賠給他。」

林清音輕輕地嘆了口氣。「可若是她遇到的是人參娃娃，吃下去的是人參朱果呢？」

聽到人參娃娃和朱果兩個詞，李老頭和李大壯猛然站了起來，一臉震驚。他們世代採參，聽到最多的就是人參娃娃的傳說，他們採參的各種規矩也是因為人參能化人的傳說而來。可傳說畢竟是傳說，他們雖然敬畏、雖然採參的時候嚴格按照規矩辦事，但其實並不怎麼相信人參真能化人，所以一聽到人參娃娃四個字，都有些傻眼。

「娃娃看起來白胖白胖的，穿了件紅肚兜，綁著兩根朝天辮，身上確實有一股參味。」李黎有些糾結的皺了皺眉頭。「那娃娃活靈活現的，看起來特別可愛，真的是人參變得嗎？」

李老頭也不知道那是多少年的人參，不過他家幾百年的人參都有，可都沒有變成娃娃的本事。而他孫女不但遇到了人參娃娃，還吃了人參朱果。

關於人參朱果的傳說也有許多，在當地傳得最廣的是天女吃人參朱果誕下一子，賜姓愛新覺羅的故事。其他的傳說也有不少，但細說起來都差不多，基本上都是說每株人參只能結一個人參朱果，吃了人參朱果就代表著願意和這株人參成親。

「丫頭啊！」李老頭長嘆了一口氣。「妳不知道吃人參朱果代表著什麼嗎？」

李黎搖了搖頭，雖然小時候她沒少聽傳說故事，但是上學以後忙著唸書忙著交朋友，喜歡看各種課外書，早就把小時候聽的傳說故事忘光了。

李大壯嘴唇動了動，本來想說這種事當不得真，可話到嘴邊他又嚥下去了。李黎離魂遇到人參娃娃的事都發生了，那朱果的事情誰敢說是假的？他拍了兩下額頭，女兒不但失智了兩年，還莫名其妙多了門親事，這讓他真的不知道該怎麼辦了。

看著父親和爺爺都愁眉苦臉的，李黎有些忐忑地問：「有什麼不對嗎？」

「哎！」李老頭一言難盡地看了孫女一眼。「妳吃了人家的朱果，就要給人家做老婆了。」

「老婆？」李黎雖然因為錯過高考心情有些苦悶，但是聽到老婆這個詞以後還是啞然失笑。「那還是小娃娃呢，穿一件肚兜就敢漫山遍野的跑，我給他當什麼老婆？」

李黎說得輕鬆，但是李珂的神色卻有些緊張，畢竟李黎失智兩年他們對此都束手無策，說實話他真的怕哪天姊姊在睡夢中魂魄又被人參娃娃給勾走了。

「要不然就把我姊送到市裡復讀，等考上大學以後就不回來了。」李珂咬了咬牙。「總不能真讓她去給什麼人參當媳婦吧。」

不遠處，一個胖乎乎的娃娃似乎聽見了李珂說的話，十分委屈地鑽進雪堆裡，頭上兩根朝天辮都垂了下來，看起來沒精打彩的。

林清音見到這個情景有些不忍地說：「那個朱果裡面有大量的靈氣，李黎吃了朱果算得上是步入仙途了，她和人參娃娃之間的因果太大了。這種因果躲是躲不過去的，若是恩將仇報，還會遭天譴。」

老長白山人信奉神明，也敬畏自然。一聽涉及到因果問題，李老頭拍板做了決定。「這事還得商量著來，畢竟是白吃了人家的東西，看人家怎麼說。」

李大壯有些發愁。「這怎麼問啊？還能把人參娃娃請來商量嗎？」

「那就叫他來商量商量吧，我去找人參娃娃。」

林清音站起來推開門走了出去，李老頭和李大壯連忙跟著站了起來。因為拿皮襖、戴皮帽子比林清音慢了兩步，等兩人出了門已經不見林清音的身影。

李老頭還以為林清音已經走出去了，趕緊追著出院子，可是到外面一看，方圓幾十里都是一片白茫茫的，林清音早已不見了蹤影。

父子倆對視了一眼臉上都帶了震驚的神色，沒有人比他們更知道這雪地是多麼難走，一腳踩下去就到膝蓋，抬起來別提多費力了，若是走不習慣的人只怕十分鐘也走不出一百公尺去。而眼前的積雪上只有寥寥幾個腳印，看起來只踩下去淺淺一層，就像是人用腳一點就離開了。

李老頭把煙袋抽出來點上了火，默默吧嗒了兩口，聲音低沈地說道：「別看這位林大師年紀輕，她這能耐和仙人差不多了。」

李大壯看著被白雪覆蓋的村落，有些糾結地摳了摳臉。「爹，你說現在這得道的高人怎這麼接地氣呢？居然還去上大學，這不是閒得慌嘛。」

李老頭抽著煙袋，聲音有些悠長。「你懂什麼？得道的高人才講究入世呢。」

清音。

李老頭連抽了兩桿煙袋總算是把憋了半天的煙癮緩解，父子倆正準備進屋，就見一個身影由遠及近，好像僅僅邁了幾步就走過來了。李老頭揉了揉眼睛仔細一看，來的人果然是林清音。

細密的鵝毛大雪自動避開了林清音，連片雪花都沒落在她身上。林清音依然是穿著薄薄的毛衣，像是完全感覺不到冷。更令人吃驚的是她手裡領著一個白嫩嫩、胖嘟嘟的光屁股娃娃，只穿著一件紅肚兜，圓圓的臉上帶著可愛的小酒窩，長相十分俊俏討喜。

李老頭聞著空氣裡的濃郁參味就知道，這肯定是人參娃娃沒錯了。李老頭和李大壯目不轉睛的盯著人參娃娃，採了一輩子的參還是頭一回看到化成形的，這可是太難得一見了。

「大師，這人參娃娃要怎麼稱呼？」李老頭有些糾結的看著才到他大腿的胖小子，這娃娃長得太可愛了，若不是人參變得，他都想帶回家養了。

林清音顯然也很喜歡這個娃娃，伸手在他的辮子上揪了一把。「娃娃，你叫什麼呀？」

「我還沒起名字呢。」人參娃娃鼓著小臉蛋說道：「隨便叫我什麼都行。」

林清音啞然失笑，拉著他的手往裡走。「那就先叫你娃娃吧，我們進屋說。」

三個人領著一個胖娃娃進了屋，屋裡的人見狀都站了起來，除了李黎露出了幾分欣喜的表情以外，李珂和姜維兩個都快把眼睛給瞪出來了。

人參娃娃看到李黎後就從林清音的手裡掙脫開了，邁著小胖腿蹬蹬跑了過去，一把摟住了李黎的大腿，抬起胖嘟嘟的小臉露出一臉委屈的表情。「姊姊，妳說好了陪我玩的，怎麼一個人跑回來了？」

李黎心情有些複雜的摸了摸娃娃的小臉，耐心地解釋道：「魂魄離體太久了對身體不好，我不能在那陪你太久。」

「妳吃了我的朱果以後百病全消，身體不會不好的。」人參娃娃一臉的不服氣，紅紅的小嘴嘟了起來。「妳就是不想和我玩！」

李黎有些無奈。「可是我還要上學，不能一輩子在山裡陪你玩啊。」

「為什麼不能？」娃娃大大的眼睛裡滿是不解。「我哥哥還有我的族人他們的小夥伴就一起生活在山裡啊，沒有一個要出去上學的。」

林清音好奇了，蹲下來戳了戳娃娃的腦門。「你哥哥的玩伴長什麼樣啊？」

「白白的、長長的耳朵。」娃娃在腦袋上比劃了一下，又轉過身露出白嫩嫩的小屁股。「這裡還有個短尾巴。」

林清音看著人參娃娃的光屁股，沒忍住哈哈大笑起來，她手裡的龜殼不幹了，要不是屋裡的人太多必定飛起來給人參娃娃一龜殼。

小龜不高興地直接給林清音傳音。「不穿衣服不要臉！丟人！」

李黎趕緊把人參娃娃拽過來，自己回屋找了塊絲巾給人參娃娃綁在了腰上。人參娃娃低頭瞅了瞅身上的絲巾，覺得挺好看的，立刻露出了大大的笑臉，不遺餘力地誇讚她。「姊姊，妳比我哥的玩伴漂亮多了，還會給我做漂亮的裙子！」

李黎覺得好笑，卻不知道該說什麼。拿她和兔子比美，她是不是該說謝謝？

林清音拍了拍龜殼安撫了下小龜的情緒，把笑出來的眼淚擦掉。「行了，既然人參娃娃來了，也該說正事了，首先李黎妳必須明白人參娃娃到底給了妳多大的機緣。」她拿出石子擺了個聚靈陣後讓李黎坐在陣法的中央。「一會兒妳按照我說的去做。」

李黎已經知道自己是被林清音喚醒的，對她無比的信賴，她按照林清音所說的盤膝而坐。林清音引導李黎控制神識內視體內的經脈，然後輸入一絲靈氣領著她體內的靈氣運轉大周天。

李家人雖然不知道林清音和李黎在做什麼，但是看著兩人的表情就知道這事很嚴肅，誰都不敢吭聲，就連人參娃娃都老老實實地坐在一邊玩自己身上的絲巾，看起來無比乖巧。

林清音帶著李黎運轉了九個大周天才將屬於自己的靈氣抽離，李黎卻捨不得這種運轉靈氣的感覺，又自己運轉了幾個大周天，直到附近的靈氣已經不足以供她運轉才停下來。

李黎雖然結束了修煉，但依然坐在原地沒動，默默體會剛才運轉靈氣的感覺。她想起剛才內視經脈的過程，嘗試著閉上眼睛，將神識投入自己的體內，果然看到了有一根棉線粗細的靈氣在經脈裡遊走。

她盯著靈氣看了一會兒，又好奇的用神識看向其他地方，但因為修為有限，只能看到身體周圍一公尺的位置。

李黎看了幾分鐘就覺得有些頭疼，連忙把神識收回來，總算覺得好些了。她睜開了眼睛，這才發現家人不知什麼時候已經吃完了晚飯，李媽媽正在收拾桌子，而林清音和人參娃娃一人抱著一顆凍梨啃得正開心。

林清音把手裡的梨核抛到垃圾桶裡，又從盆裡拽了一個泡軟的凍柿子咬了一口，將裡面冰冰涼涼的蜜汁吸進嘴裡。

李黎從地上站了起來，低頭活動了下自己的手腳，感覺身體十分輕盈，就像是脫胎換骨了。她有些興奮地走到林清音身邊，十分恭敬地問道：「大師，剛才您教我的是什麼？」

林清音吃柿子吃得正開心呢，隨手一指姜維。「小徒弟，你跟她講講。」

姜維放下松子三言兩語地講了修煉以及各種境界，最後告訴李黎。「這個世界上想修煉得道的人很多，但是很多人窮極一生都做不到引氣入體。像妳這種普普通通的女孩，因為誤打誤撞吃下朱果有了修煉的機會，真是天大的機緣了。」

機緣這事林清音之前就提過，當時她還有些懵懂，現在徹底理解了這個詞的含義，也明白林清音所說的因果了。

李黎坐到人參娃娃的旁邊，拿紙巾替他擦了擦小嘴，聲音溫柔地問道：「娃娃，我吃了你的朱果，你希望我用什麼報答你呢？」

聽到李黎的問題，李家人全提起一口氣，都有些緊張地看著人參娃娃。

「我想要妳一直陪著我呀！」人參娃娃天真無邪地說道：「妳身上有我朱果的氣息，我喜歡和妳一起玩。」

「行，那我就進山去陪你。」李黎回答得十分緩慢，但語氣卻格外的堅定。「你要我陪你多久，我就陪你多久。」

聽到李黎的回答，李家人全都站了起來，李珂的表情甚至有些崩潰。「姊，妳忘了妳的願望嗎？妳是要考大學的！」

「是，我以前是想考大學的，因為只有考上了大學我才能過更好的生活。」李黎微微一笑，伸手摸了摸人參娃娃的頭。「可現在我的人生目標已經改了，我覺得我既然得到了這份機緣就該好好珍惜，在大山裡我才能更好的修煉。」

李珂上大學以後也看過幾本修真的小說，大致知道李黎說的修煉是什麼。他一直覺得這都是作者的天馬行空，就和山精野怪的傳說一樣都是假的，卻沒有想到今天都成了現實。

「姊，縱然修煉很重要，但是妳也可以上學啊。」李珂總覺得李黎就這樣放棄學業太可惜了。「妳讀了十幾年的書，真的就這麼放棄了？」他越說越急，一轉頭看向林清音，乾脆拿她當正面教材。「就連林大師也在讀大學，還是高考狀元呢！」

林清音叼著柿子一臉無辜地抬起頭。「我上大學主要是為了學數學，學數學則是為了研究術數之學，和其他的沒什麼關係。」不過林清音很快又將話鋒一轉。「修煉一途十分艱難，山裡的靈氣和外面相比確實比較濃郁，更適合修煉。但妳沒有修煉心法，對修煉又一無所知，很難走得太遠。」

李黎沈默了，人參娃娃看了看林清音，皺著小臉抓住自己的小辮子，心疼得拽下一根頭髮遞給李黎。「妳拿這個找她拜師吧。」

李黎下意識伸手去接，那根頭髮一碰到李黎的手就變成了一根人參。李老頭在旁邊看到後不由得吸了一口氣，這根人參至少有六、七百年。

林清音好笑地捏了捏人參娃娃的胖臉蛋。「一根人參就想讓我收徒，你想得挺美啊！」人參娃娃可憐巴巴地說道：「可是我總共也沒有幾根頭髮，要是都給妳，我就不好看了。」

「那倒也是！」林清音笑咪咪地將人參娃娃拎了起來。「要不你也給我當徒弟好了，沒事讓我捏兩把就當補償。反正收一個也是收，多收一個也不費什麼力氣。」

人參娃娃緊張地看著林清音。「給妳當徒弟就不用拔光我頭髮了？」

「當然。」林清音捏了捏人參娃娃的胖臉。「我可不想要一個禿子徒弟。」

「那好！我願意！」人參娃娃鄭重地點了點頭。「就這麼說定了！」

姜維在旁邊目瞪口呆地看著林清音輕描淡寫就收了兩個徒弟，心底湧起一股強烈的危機感。

他以後再也不是小師父的唯一徒弟了，感覺很快要失寵了怎麼辦？卻沒想到他師父第一個徒弟應該是王胖子。

李老頭和李大壯剛才已見識了林清音的本事，覺得李黎能拜她為師是福分。

「丫頭，想去就去吧。」李老頭開口了。「跟著大師好好學，有空回來看看家人。」

李黎心裡有些發酸，眼睛也紅了。「爺爺，我有空會常回來看看的。」

人參娃娃愛惜地摸著自己的小辮子，蹬蹬幾步跑了過來，奶聲奶氣地說道：「我可以陪著姊姊一起回來呢。」

「你就不要回來了，以後記得千萬別再到有人煙的地方來了。」李老頭伸出手摸了摸人參娃娃的胖臉蛋。「這裡採參人多，要是有人認出你是人參變的肯定不會輕易放過你，到時候你可能就再也見不到姊姊了。」

人參娃娃雖然有些懵懂貪玩，但是聽到以後再也見不到姊姊頓時緊張起來。「那我再也不下來了。」

李黎看到這一幕不由得想起自己被娃娃族人排斥的一幕，之前她還不知道是為什麼，現在想想就明白了，因為她是採參人的後代。

「師父，」李黎咬了下嘴唇，有些憂心地問道：「娃娃的族人說我會給他們帶來滅頂之災，我想知道是不是真的會發生這樣的事？」

林清音對人參娃娃挺上心的，尤其在現在這種靈氣稀薄，已經沒有什麼精怪的世界裡，她還真不希望這些稀少、可愛的人參精們就此消失了。

林清音抬腿上了炕，取出古錢準備搖卦。人參娃娃知道這是涉及他們族人的大事，老老實實地坐在旁邊睜著一雙大眼睛看著林清音，軟萌的樣子讓林清音忍不住抬手又捏了一把小胖臉。

小龜在桌上看見簡直要酸死了，哼哼唧唧的表達不滿。「妳都沒捏過我的臉！」

林清音有些無奈了。「你當年沒化形，我就是想捏也沒地方捏啊，總不能掐你腦袋吧？」不過想到小龜陪伴自己漫長的歲月，死了還化為法器陪伴自己，林清音就不忍心讓它傷心，連忙抱起龜殼來撫摸幾下。「你和小娃娃計較什麼？他能像你一樣一直陪我嗎？」

小龜一被哄頓時就滿足了，藉著林清音的動作蹭蹭她的手心，開心得連龜殼都燦爛了。

林清音連搖了六卦，合了卦後倒是放心不少。「估計是人參精誤以為妳是採參人才這麼說的，人參精只會因為靈氣稀薄或者人類肆意破壞才會滅絕，和妳並沒有多少關係。不過因為妳是採參人的後代，他們不歡迎妳是理所當然的，我建議妳以後也不要去人參族的地盤，免得引起他們的敵意，也破壞娃娃和他族人之間的感情。」

李黎認真地點了點頭。「幸好我上次去是渾渾噩噩的狀態，完全不記得人參族人居住的地方，以後我再也不去了。」

李老頭把煙管籮裡的煙袋拿了出來，默默往裡面續上了旱煙，聲音沈悶地說道：「人參養活了我們家幾代人，沒想到到了我孫女這一輩，還能和人參牽扯出這麼大的緣分，以後我們老李家再也不採參了。」

# 第八十九章

李大壯跟著點了點頭。「爹說得是，小珂如今都上大學了，家裡的錢夠他上完這兩年大學的了，要想考研究所也足夠。等他畢業以後就能自己賺錢了，也花不了家裡多少，買房買車靠自己就行。我種地加上給旅遊的人當嚮導也夠一家人吃喝了。」

李黎的媽媽摸了摸女兒的手，滿是皺紋的臉上露出了慈祥的笑容。「考大學只是一條出路，既然有了別的選擇，考不考大學也就無所謂了。妳既然得到了人家娃娃的機緣，就好好報答人家，別做忘恩負義的事。」

李黎鄭重地點了點頭，轉頭又去看李珂。

李珂低下了頭，他承認他確實有些自私的想法，明明知道是自己姊姊吃了人家人參娃娃的參果欠下因果，可一想到姊姊的人生就此和人參娃娃綁在一起，不但放棄了高考、放棄了帝都的大學，還可能幾年、十幾年甚至一輩子不回家他就無法接受。

況且，就像林大師所說，修煉的路不是那麼好走的，李黎只是拿到入場券，至於以後怎麼樣沒有人知道。或許一百年後李黎依然年輕，但她也有可能一輩子待在深山裡無法突破，最後滿懷失望的死去。

人人都說仙緣好，可卻看不到仙緣後面的荊棘，對於一母同胞的雙胞胎姊姊，李珂覺得自己無法做到那麼理性。他只想讓姊姊走一條好走一點的路，縱使人生短暫，但起碼有家人的陪伴，以後還會遇到愛的人，會生可愛的小娃娃，雖然平平淡淡但確實最簡單的幸福。

「姊，妳真的想好了嗎？」李珂有些急切地說道：「其實妳不用顧慮太多的，有什麼天罰、什麼報應我替妳承擔，妳不要勉強。」

「我不是勉強。」作為雙胞胎，李黎十分明白李珂的擔憂，她耐心地和他解釋。「雖然我以為和娃娃在山裡待的時間很短，但是那種與自然融為一體的感覺非常好，我可以欣賞天上的雲，感受從身邊颳過的風，跳進河裡和魚群嬉戲，不用做題也不必擔心高考，或許這是我逃避，但是我真的很喜歡那種全身心放鬆的感覺。更何況娃娃實在很可愛，我吃了他的朱果就要完成和他的約定，我覺得能遇到他是我的福分，我不想破壞。」

李珂心裡雖然有些難受，但還是點了點頭。「我尊重妳的選擇。若是他玩夠了回家了，或者是妳修煉累了想放棄就放心的回來，以後每個月我都會為妳存一筆錢。現在我打工掙得少，每個月就存五百，以後我出社會就多存，我就是妳的後盾，無論什麼時候妳放心回來就行。」

李黎臉上掛著笑容，眼睛卻有些發紅。「好，姊知道了！」

看完了一場依依惜別的大戲，林清音也啃完了一盆的柿子。「又不是不能回來，離家這麼近，每天能回來吃三餐呢，有什麼好傷感的？」

李珂有些傻眼。「可是小說上不是這麼寫的……」

「都說了是小說嘛，就拿我來說不和你們一樣嗎？放假就回家，一天一次和家人視訊。」林清音看了眼窗外陰沈沈的天色，不高興地撇了撇嘴。「無欲無求、不懂人情世故、事事不操心是成就不了大道的，老天不喜歡這種，一不小心就容易被雷劈死。」

姜維順著林清音的目光也朝外面看了一眼，總覺得天色好像瞬間陰了下來……

不管怎麼說李黎的事算是解決了，李珂請林清音的時候花了兩萬塊錢，可現在林清音都收了李黎為徒，李老頭就覺得這兩萬塊錢不夠了，乾脆把自己家裡珍藏了幾十年的老山參拿了出來，還找出一袋靈芝。

李老頭拿出那枚幾百年的老山參時還有些不好意思，畢竟人參娃娃在這裡。他把老山參遞給林清音，有些拘謹地說：「大師，家裡沒什麼好東西，也就山參和靈芝是能拿出手的，妳別嫌棄。」他說完趕緊又向胖娃娃道歉。「這是以前採的，往後再也不採了。」

人參娃娃摸了摸老山參，露出了惋惜的表情。「再長個兩千年就能開靈智了，可惜了。」

李老頭都不敢接話了，幾代人下來就沒見過超過一千年的參，要是兩千年會長成什麼樣啊？林清音接過山參，裡面的藥性和靈氣保存得還不錯，可以用來煉丹。而人參娃娃給的山參更好，靈氣足得都能溢出來。

林清音忍不住摸摸娃娃的頭，這也是娃娃命好遇到了自己，要是換個心術不正的人，早就把這種靈物吞下肚了。

把人參收起來後，靈芝只挑了幾個靈氣足的隨身收了起來，其餘則讓李珂幫忙寄回家。這袋子裡的靈芝雖然靈氣微弱，但對普通人來說剛剛好。

把東西都安排好，林清音遞給李黎一本薄薄的冊子說道：「這是我們門派的基礎功法，一會兒讓妳師兄給妳講一講，以後妳就按照功法修煉。」

李黎接過功法鄭重地道謝，林清音擺了擺手說道：「人參仙果的靈氣很足，妳煉化的不足百分之一。以妳現在的修為根本就進不了山的深處，不如先在家裡好好煉化體內的靈氣。等到明年長白山的冰開化的時候再上山，到時候娃娃會來接妳的。」

李黎恭恭敬敬地點頭應是，人參娃娃雖然有些捨不得，但是在他的時間概念裡，幾個月一晃而逝，一下就想開了。

林清音處理完李黎的事後並不想在她家過夜，叫上姜維，領著人參娃娃朝深山裡走去。長白山的山脈很長，越往裡走樹木越粗壯，靈氣保存得也越好。人參娃娃揮舞著絲巾蹦蹦跳跳地走在前面，林清音和姜維則跟在人參娃娃的後面。

修煉之人眼裡其實是沒有日夜之分的，但是姜維的修為還淺，林清音也過慣了普通人的日子，晚上除了修煉就是睡覺，根本就不想走夜路。

林清音和姜維都是運氣逆天的那種人，兩人剛想要找個地方休息，就看到了一個一人多高的山洞。林清音放出神識想探看山洞，可神識卻不知道被什麼東西擋了回來，除此之外並沒有危險的感覺。

林清音想了想，轉頭問旁邊的天道兒子姜維。「你覺得這個山洞怎麼樣？」

姜維摸了摸頭，露出乖巧的笑容。「這個山洞給我感覺特別的舒服。」

林清音一聽這話立刻拍掌做了決定。「今晚就住這了！」

人參娃娃對山洞不太感興趣，他在洞口跑來跑去，一會兒鑽到了樹上、一會兒倒栽蔥似的鑽進了雪堆裡，只留下兩個胖腳丫在外面蹬啊蹬。

林清音抓住圓滾滾的腳踝把人參娃娃拎出來。「走了，和師父進洞去玩。」

人參娃娃一聽說進山洞馬上蹦蹦跳跳地跑了進去，可剛走了沒兩步就像見到怪獸一樣衝出來，抱住林清音的大腿瑟瑟發抖。「娃娃不喜歡裡面，怕怕的。」

「那你就在外面玩吧。」林清音摸了摸娃娃的胖臉，並不擔心他走丟了，這漫山遍野就沒有他到不了的地方，要是真遇到什麼凶險，往地下一鑽就能遁走。

人參娃娃聽見讓他自己去玩，歡天喜地揮了揮胖手。「我給師父找好吃的。」

林清音看人參娃娃蹦蹦跳跳的背影覺得挺有趣的。這是不是就是養孩子的感覺？

林清音看著人參娃娃笑，姜維在旁邊看著林清音的笑臉不知不覺看走了神。

林清音回過頭正好看到姜維傻愣愣地望著自己，順手從一邊的樹上抓了把雪糊了他一臉。「發什麼愣呢？還不給小師父帶路！」

姜維被雪冰了一下回過神，有些不好意思順手用雪抹了臉，總覺得自己這兩天有點怪怪的。小師父雖然越長越好看，但這可是小師父啊，看她看呆了簡直是欠揍的前奏。

姜維定了定神，從包裡掏出手電筒。「小師父，我給妳照，妳說去哪兒我就去哪兒。」

林清音被姜維的油腔滑調逗笑了。「進山洞吧，你覺得該往哪兒走我就往哪兒走。」

姜維摸了摸鼻子，總覺得自己的用途和警犬差不多，警犬幫警察找犯罪證據，他負責給師父尋寶，說起來好像他還更高級一些。

姜維比著比著洋洋得意起來，昂著頭挺著胸一副驕傲的神情。林清音疑惑地看了姜維一眼，總覺得自己這個徒弟好像越來越傻了。

山洞比較寬敞，可進去五、六公尺就逐漸狹窄，兩面石壁幾乎剩下一人側身的距離。姜維站在石縫前糾結了半天，走的話怕卡在石縫中間，可是不走裡面似乎有什麼東西在召喚著他，讓他非常想進去看看。

林清音踮起腳從姜維的肩膀上往前面的石縫看了一眼，轉頭問姜維。「怎麼不走啊？」

姜維感覺林清音的呼吸拂到自己的腮邊，不由自主又紅了臉，甚至連頭都不敢回了。這按照小說裡的劇情，一轉頭嘴唇碰上的機率太大了。想到這一幕，姜維的心跳忽然有些加速，甚至帶點雀躍的小期待。

感覺到心臟越跳越快，姜維喉嚨也有些乾，他輕輕咳嗽了一聲，鼓起勇氣剛微微轉過頭去，就見林清音抬起手一巴掌揮了出去，前面擋路的石壁瞬間崩塌掉一半，露出一條寬敞的路。

姜維的口水嚇到跑進了氣管裡，登時咳得驚天動地。林清音無語地拍了拍姜維的後背。「小徒弟你走神走哪兒去了，怎麼嚇成這樣？臉都咳紅了。」

姜維從口袋掏出手帕捂著嘴，咳得什麼都說不出來，即使能說出來他也不敢說，萬一他說想親師父想得臉紅心跳的，他覺得自己和這石壁的下場也差不多。

林清音出手十分有分寸，坍塌下來的都是大石頭，只有半公尺寬，拓寬了路又不至於讓山洞坍塌。這條路大概十來公尺，再往裡走出現岔路，姜維毫不猶豫地往下面那條又陡又滑的路走去，也不知道走了多久，山洞裡的怪石更多了，還有不少的鐘乳石和石筍。

這些鐘乳石和石筍裡蘊含的靈氣都不少，但是林清音如今也知道這種自然景觀十分難得的，不願意破壞這裡的美景，反正這山洞裡的靈氣足夠她修煉了。

山洞一直蜿蜒向下，岔路無數，姜維完全不用分辨，他覺得就像是有什麼東西在前面勾著他，只要跟著感覺就行了。可走了兩個多小時，終於走到了盡頭後那種感覺陡然消失了。

山洞的盡頭不知道在地底多深了，這裡空氣十分稀薄，也就林清音和姜維這種修行之人才不受困擾。

姜維困惑地原地轉了一圈，這裡倒是挺寬敞，足足有十七、八坪，可是地面平平的，四面都是山石，看不出什麼特殊來。但讓他原路回去，他又覺得捨不得，只想待在這裡。

「小師父，這裡好像沒什麼寶貝。」姜維有些愧疚地看了眼林清音，總覺得是自己帶錯了路。

「這裡這麼濃郁的靈氣你還想要什麼寶貝？」林清音從包包裡翻出自己帶的玉石盒子開始布陣，不是她誇張，這裡的靈氣幾乎是一條小靈脈了，是她來這個世界以後遇到靈氣最濃郁的地方。

擺好了陣法，林清音樂滋滋地坐了進去。「我要閉關幾天衝擊一下境界，包裡有吃的，你要是餓了就自己解決，無聊就出去轉轉，以你的運氣肯定能捉到野兔什麼的。」

修煉對林清音來說是駕輕就熟，她盤膝剛剛坐好就入定了。姜維倒是不需要修煉，他體內的龍氣自然運轉就能將修為提升，甚至對靈氣的需求都不大，也怪不得每次林清音看到他修為增長了都覺得生氣。

圍著石洞轉了一圈，姜維又回到聚靈陣的外面，托著下巴靜靜地看著林清音。記得剛認識林清音的時候她還是高一的學生，打扮得普普通通，臉上還帶著稚氣就坐在公園裡擺攤算卦了。

他還記得當初小師父叫住自己的時候，是他人生最絕望的時候，甚至都不想活了。是小師父把他從谷底拉了回來，幫他破除身上的詛咒，找回了他的氣運。那時候他真的覺得自己是被上天眷顧的，要不然怎麼會在那麼絕望的時候就幸運的遇到了林清音。

在他滿心膜拜這位小大師的時候，卻見到了小大師的另一面。做題靠算卦，各科內容學得一塌糊塗，他恨不得從國中幫她補，最可氣的是她卻連作業都不想寫，理直氣壯地讓他代勞。一補課就想耍賴，一吃冰棒眼睛亮得像星星似的，讓人完全無法把這個饞嘴的丫頭和那位神乎其神的小大師聯繫在一起。

不過說實話，他真的更喜歡這樣的小大師，而不是那個坐在神壇上的高人。後來小大師的名氣越來越大，成績越來越好，脾氣也越來越可愛了。他不過占便宜叫了她一聲學妹，她就死活非要收自己為徒，真是一點虧都不肯吃。

姜維回想起那一幕忍不住輕笑起來，可是笑著笑著他又苦惱地托住了臉，當初他拜師時候也沒想太多，可現在好像對小師父有點心動了怎麼辦？

姜維苦惱的摳了摳臉，目光忍不住又落在了林清音臉上。小師父怎麼越看越好看了呢！

難道是在小師父身邊太久沒有接觸女生的原因？姜維仔細地回想了一下自己的女同學，卻都完全沒有什麼印象。

還是小師父最可愛，讓他總想逗她怎麼辦？也不知道自己會不會有一天因為欺師滅祖的罪名被小師父打死。

姜維坐在一邊默默地看著林清音胡思亂想，看著看著就睏了。他隨手關起手電筒，靠著牆壁就睡著了。這一覺也不知道睡了多久，姜維醒了以後手機也沒電了，不知道是幾點，山洞裡也看不出是黑夜白天。

姜維摸到手電筒，打開了背包，裡面有餅和火腿腸。在這種情況下有吃的已經算不錯了，但姜維和林清音待一起久了，嘴也變挑了，看到這兩樣覺得沒什麼胃口，索性站起來想四處轉轉看能不能找一些吃的。

姜維剛站起來忽然聽到石壁處有簌簌的聲音，他拿起手電筒照過去，只見一隻胖乎乎的小動物一下躥進一條石縫裡，速度快得姜維都沒看清楚是什麼東西。

姜維好奇地走過去，只見一塊巨石後面有一條又窄又矮的通道，走是走不進去的，必須用爬的。姜維還是有些擔心自己會被卡住，可他又還沒小師父劈石的本事，用工具鑿的話又擔心影響小師父修煉。

姜維不太想進去，可是又想到剛才那隻胖乎乎的動物，他就離不開，心想要是烤來吃肯定很香。

正在他猶豫不定的時候，裡面又傳來窸窸窣窣的聲音，聽動靜好像還不止一隻。姜維回頭看了看坐在暗處的林清音，他想著小師父這次入定至少要七、八天，若是不進去的話他就必須吃好幾天乾巴巴的餅。想到這裡，姜維乾脆把手電筒叼著，卡住也無所謂，反正小師父醒了以後會把他拉出來的，要是沒有卡住他就有肉吃了。

匍匐著往裡前進了好幾公尺，石縫漸漸大了一些，他可以跪著爬了，再往前一段勉強能夠站起來了，還出現分叉路口。姜維順著動靜選擇了右邊的路，將一窩野兔堵個正著。

姜維驚喜地抓住離自己最近的一隻野兔。「想不到這裡居然有兔子，還挺肥的。」把可憐的胖兔子一窩端了，姜維用繩子把兔子捆好，發現這裡的空氣流通。他順著微弱的光亮往上看了一眼，發現上頭有一道狹窄的細縫，應該是和外面相通的。

從兔子窩出來，姜維好奇地往另一條路走去，沒想到這裡竟然別有洞天，不但有一條暗河經過，還有不少枯枝野草。

姜維看到這一幕摸了摸頭。「怎麼感覺這些東西像是為我準備的？正好可以烤兔子。」

有暗河就說明這裡和外界相通，雖然靈氣不如林清音打坐的地方好，但是空氣確實不錯。姜維抱了一堆枯枝點火，一邊用棍子撥弄著火苗一邊往裡添柴。添著添著，姜維忽然覺得自己摸到的這根樹枝手感有些奇怪，他連忙湊到火光前看，像是什麼動物的犄角。

姜維頓時來了興趣，從柴火裡扒拉了一下，果然又找出一支一模一樣的角。姜維也看不出這是什麼動物的角，順手把兩支角比在頭頂上朝暗河看去，想照照看自己是什麼模樣。

火苗舔著枯枝發出噼啪響聲，姜維剛從河裡看到了自己的模樣，還沒等笑出來就眼睜睜看見犄角消失在自己的頭頂上，緊接著他的臉好像變成了一條龍。

姜維兩眼一翻，暈死了過去。

林清音入定了十天後醒過來，她掐了驅塵咒將自己清理乾淨，這才發現姜維不見了。林清音圍著這裡轉了一圈就找到了入口，等進去以後才發現這裡居然別有洞天。

姜維躺在河邊呼呼大睡，旁邊是一窩捆得結結實實的兔子，被足足綁了十天，原本胖得跟球似的兔子都瘦了不少。

林清音蹲下來拍了拍姜維的臉。「哎，醒醒，你又吃了什麼暈倒？」

姜維睜開眼睛，朦朦朧朧中看到了林清音的臉，他剛咧開嘴想朝她笑一下就想起了昏迷之前的事情，頓時嗷的一聲緊緊地抱住林清音。

「小師父，我剛才看到我變成一條龍了！」

林清音揪著姜維的耳朵把他給拽開。「所以你又背著我吃了什麼好吃的？」

姜維癟了癟嘴。

小師父，妳的腦回路是怎麼轉的？難道我不比吃的重要嗎？

不過姜維看到林清音氣鼓鼓的樣子，覺得受的那點驚嚇都不算什麼了，趕緊把事情解釋清楚，要不然小師父真要生氣了。

「我什麼都沒吃呢！」姜維舉起雙手一臉無辜。「我剛逮了一堆兔子生起火，就從柴火裡發現兩支角，不是很長，但看著挺粗的，我就手殘的在腦袋上比劃了一下……」

想起自己在河裡看到的一幕，姜維又哆嗦了。「我就看到了我的腦袋變成了龍頭。」頓了頓，姜維不甘心地補充。「不過我仔細回想了一下，那龍其實還挺萌的。」

林清音把姜維拽下來讓他蹲下身，伸出手在他的頭髮裡摸了摸，果然一左一右摸到了兩個小小的凸起，就像是小犄角。林清音摸了摸覺得手感挺好的，忍不住伸手按了一下，姜維的身體瞬間軟了下來，無力地癱在地上，可憐兮兮地看著林清音。「小師父，妳對我做了什麼啊？我感覺我身上像是觸電了一樣，雞皮疙瘩都起來了。」

林清音輕咳了一聲，有些心虛地收回手。「幫你檢查犄角而已。」

姜維有些疑惑地摸摸自己的頭，很快他的表情就僵住了。「啊啊啊，這是什麼啊？」

「犄角啊！」林清音伸出手比了個「V」的手勢放在頭頂上。「就是你拿著往頭上戴的那個，看起來還沒全鑽進去，沒事，過幾天就都進去了。」

哪裡沒事？感覺更嚇人了好嗎？

「小師父啊，妳覺得我這是怎麼了？」姜維坐在地上抱著膝蓋委屈得有點想哭，他一直覺得自己氣運很好，人生順風順水，就算是曾經被人暗算過，但關鍵時候遇到了林清音，害他的人也受到了天譴。眼看著人生回到正軌，又拜了人人崇拜的小大師為師，就在他突然開竅，對小師父產生異樣情緒時，一對犄角把他打落到谷底。

姜維忍不住抬手又摸了摸自己腦袋上的小犄角，難道這是覬覦小師父得到的天譴？想讓他收起欺師滅祖的心思？

姜維忍不住胡思亂想起來，林清音伸手拍了拍他的腦袋。「沒事的，即使變成小龍也很可愛，帶出去多威風啊？到時候你還可以給師父當坐騎！」

姜維被林清音的話氣笑了。「小師父，那妳得先為我申請條航線，要不然我也不敢亂飛啊！」

林清音也笑了，伸手又摸了下姜維的腦袋，覺得手感不錯，拍了兩下。「別胡思亂想，再不吃這些兔子就瘦了。」

「已經瘦了。」姜維有些遺憾地嘆了口氣。「早知道我就該早點把牠們烤了！」

# 第九十章

眼看著寒假放了半個月林清音還沒回來，不僅林旭夫妻倆著急，齊城的大爺、大媽們也著急啊，半年沒看到小大師，生活缺少了很多樂趣。

王胖子建的群組天天被刷屏，電話都快打爆了，內容只有一個，那就是——小大師什麼時候回家？

王胖子委屈極了。他哪裡知道啊！小大師放假前就只說了句要去長白山，可能過年前回來，至於幹麼去、回來是哪天的機票都沒告訴他，他這個助理也很辛酸好嗎？

林清音和姜維吃完兔子肉，滿足地拍了拍肚子，姜維還很貼心的把垃圾都清理乾淨，免得以後別的兔子不敢來做窩，就瞅小師父對這裡的滿意度，說不定一有空就會來這裡修煉。

兩人一路往回，等從山洞裡再鑽出去正好是凌晨，天光大亮。林清音用神識覆蓋住整座山，找到了正在掏黑熊洞的人參娃娃，傳音給他說自己要走了。

人參娃娃一頭栽進了土裡，不到五分鐘就出現在林清音面前，白嫩嫩的胳膊抱住了林清音的大腿。「小師父，妳都沒陪我玩就要走了？」

林清音捏了捏人參娃娃藕節似的胳膊，輕笑著說道：「我要回家過年去了，還要給人算卦，不能老待在這裡，不過以後我每個月都會來一次。」

「妳家好不好玩啊？」人參娃娃兩隻食指對在一起，大眼睛期冀地看著林清音。「我能不能去啊？」

姜維聽這話差點沒笑瘋。「就你這滿身的人參味，不怕被人給燉雞湯了啊？」

人參娃娃癟了癟嘴，看樣子委屈得想要哭。林清音真的很喜歡這個軟萌得有如白團子一樣的人參娃娃，便道——

「你要是真想去也行。我在家待一個月，一個月後送你回來。」

人參娃娃興奮地把頭點得如小雞啄米似的，抱著林清音的胳膊就要走。林清音笑著從包裡掏出一塊玉石給人參娃娃刻一枚隔絕氣息的玉符，免得他被有心之人發現。

姜維看著人參娃娃毫無戒心的樣子直搖頭。「這也是幸運遇到了小師父，要是換個心術不正的，這個小傻子準得被騙。」

林清音和人參娃娃同時瞪了姜維一眼。「你才是小傻子呢！」

姜維被說得鬱悶又不敢回嘴，心忖：小師父喜新厭舊！

帶著人參娃娃，林清音就不能乘坐交通工具了，她將姜維送到山下後讓他自己找車去機場，自己則抱著人參娃娃消失在雪地裡。李家人自從林清音師徒上山那天起就成天在山底下轉，有時候也進山裡去找找，擔心小大師在山上會遇到什麼危險。轉了十來天也沒見到那對師徒的身影，李老頭正和兒子嘟囔是不是大師已經走了，就見姜維一個人揹著背包從山上下來了。

李老頭把煙袋敲了兩下趕緊迎了上去，熱情地把姜維的背包接了過來。「姜大師，你們在山上待得真久啊，我們還以為你們從別的地方下山了呢！」

李大壯往他身後看了看，沒見到林清音的影子，趕緊問：「怎麼沒見到林大師？她還在山裡？」

雖然李家人很熱情，但人參娃娃已經跟林清音下山了，姜維不想告訴他們太多，含含糊糊地說道：「她早就走了。」

李家人雖然覺得挺遺憾的，但還是熱情的把姜維請到家裡來，準備好了熱飯菜。姜維倒是不餓，但是他想洗澡，便借用了李家的溫泉池。脫衣服的時候，姜維發現自己一直戴在脖子上的那枚鱗片消失不見了，他下意識摸了摸胸口，好像有一處皮膚硬硬的，他對著池水看了看，隱隱約約能看出鱗片。

連龍角都出來了，鱗片鑽進去好像也沒什麼吃驚的，畢竟他是連龍珠都吞了的人。

姜維把自己洗乾淨後準備回家，李黎正好結束完修煉出來了，見到姜維客客氣氣叫了聲師兄，然後問了問師父和人參娃娃。

姜維對這個新鮮出爐的師妹並不太熱情，也不想把林清音的事告訴她太多，總覺得心理上沒有那麼親近。客套了幾句後姜維順勢站起身，一邊揹背包一邊說道：「妳其他的事不用多想，好好修煉，早日進山陪人參娃娃。」

在姜維還在坐公車轉火車奔向機場的時候，林清音已經回到了齊城。鄭光燕正在念叨女兒怎麼還不回來的時候忽然門鈴響了，她趕緊從沙發上蹦起來衝到門口，等打開門後傻眼了，女兒回來了，但牽的孩子是誰？

鄭光燕一邊讓女兒進來，一邊忍不住直瞅那孩子，白白嫩嫩的不說，好看得就像是從年畫裡走出來的孩子，長得特別惹人喜歡。

「這孩子從哪兒帶回來的？可不能隨便帶別人的孩子回家來！」鄭光燕見娃娃只穿了一件肚兜，下面裹了一條花花綠綠的圍巾，頓時直瞪林清音。「妳怎麼就這麼把孩子抱回來了？不知道拿衣服包上，快讓奶奶摸摸冷不冷。」

鄭光燕把小娃娃摟了過來，感受到懷裡軟軟肉肉的觸感，鄭光燕笑得眼睛都看不見了。「這孩子可真好，我想養！」

林清音淩亂了。「剛才妳還說別隨便把別人的孩子帶回來的！」

雖然是親生父母，但是為了人參娃娃的安全林清音也沒說實情，就說這是自己新收的小徒弟，和他家人打過招呼才帶他來過年。

一聽說是林清音收的徒弟，鄭光燕眉開眼笑地誇林清音眼光好，徒弟就等於孩子，四捨五入不就等於自己孫子了嗎？白得一個大胖孫子，能不高興嗎？

鄭光燕一邊埋怨林清音不給娃娃買衣服，一邊叫林旭去廚房做飯，她自己抱著胖乎乎的娃娃不放手，聲音甜得膩人。「娃娃喜歡吃什麼告訴奶奶，我們家冰箱裡有剛送來的新鮮魚蝦，你喜不喜歡吃？你喜歡吃什麼就讓爺爺做什麼，我們都聽寶的！」

林清音震驚得心酸了。

這不是之前我的待遇嗎？怎麼感覺一下就失寵了呢？妳到底是誰親媽啊！

林家這兩年日子越過越好了，除了連鎖的超市以外，還開了婦幼用品店，別墅外面就有一家，上下三層的，除了嬰兒用品、衣服鞋襪玩具以外還有嬰兒洗澡按摩、攝影等項目，生意興隆。

雖然鄭光燕想抱著娃娃出門去選衣服，可是娃娃渾身上下除了件肚兜什麼都沒有。鄭光燕只能十分遺憾地打開自家店鋪的軟體，選衣服、選玩具，看那架勢根本想把整間店搬回家。

林清音完全被親媽遺忘在腦後，眼睜睜地看著她一會兒放熱水要給人參娃娃洗澡，一會兒就趕忙把新送來的衣服放到洗衣機裡，還叮囑她別忘了烘乾，要確保娃娃洗完澡出來就能穿上乾淨軟和的衣服。

林清音酸溜溜地倚在浴室門上，看著親媽給娃娃上搓搓、下搓搓，搓了半天一點灰都沒搓下來，倒是把娃娃洗得白裡泛紅。樂得鄭光燕忍不住在娃娃的胖臉上親了一口。「奶奶的小娃娃可真乾淨。」

看不下去了！

林清音忍不住吐槽。「媽，妳把娃娃的洗澡水喝了，能延年益壽。」

鄭光燕笑罵著撩了林清音一臉的水。「多大的人了還跟娃娃吃醋，也不嫌羞！」

林清音把臉上的水抹下來，聞著水裡淡淡的參味和絲絲靈氣，林清音嘖嘖了一聲。「這參湯浪費了！」

喝是不能喝，不過浪費了也可惜，林清音挽起袖子把娃娃的洗澡水全都澆花了。

林旭做了滿滿一桌子的菜，等脫了圍裙來到客廳叫家人吃飯，一抬頭嚇了一跳，怎麼感覺客廳裡的發財樹變大了呢？

一說吃飯，鄭光燕立刻抱著洗得白白嫩嫩、打扮得漂漂亮亮的人參娃娃進了廚房，桌子上魚蝦肉應有盡有，看得出來林爸爸已經把廚藝發揮得淋漓盡致。

林清音趁著媽媽給娃娃盛湯的時候趕緊把人參娃拎到一邊，小聲地問道：「你這種喝風吃露長大的小東西，可以吃人類的食物嗎？」

「當然可以！」人參娃娃學林清音的聲音小聲地告訴她。「化成人形就和人一樣了，什麼都可以吃的，我以前還偷偷溜去過別人家裡偷吃雞腿呢！」

林清音一臉黑線，那山下可有不少的採參人家，連這樣都沒被逮到也算他命大了。

既然能吃就吃吧。林清音眼巴巴地看著鄭光燕把娃娃抱到了兒童餐椅上，把最大的那隻蝦挾過來剝開放到了娃娃的碗裡。

事實證明，人參娃娃不僅可以吃飯，而且吃得還不少，這桌上最能和她搶食的就是人參娃娃了。別看他胳膊短，可人家有堅強的後盾，只要軟軟的叫一聲奶奶，鄭光燕直接就站起來把盤子端到娃娃面前。

林清音感覺自己帶回來的不是徒弟，而是帶回來了一個祖宗！

好在林旭做的飯菜不少，林清音這才沒餓到肚子。吃飽飯，手機也充滿了電，小大師終於想起給王胖子打電話了。

王胖子看到手機螢幕上顯示的小大師三個字，激動得都快哭了。「我的祖宗！哎，妳可終於回來了！」

林清音心虛地嘿嘿了兩聲。「那什麼，我下午有空，正好給大家算算卦。」

「已經都安排好了！」資深助理王胖子專業的拿出自己的名單。「我現在就給他們打電話，您看今天安排幾個人？」

林清音看了看時間已經下午一點，估算了一下說道：「先安排十個人吧，我半個小時後到卦室去。」

「好！」王胖子喜氣洋洋地說道：「半個小時後我在卦室等您！」

隨著王胖子打電話通知，預約的人一點半準時到卦室算卦，小大師回來的消息迅速傳開了。等王胖子打完電話到卦室的時候，頓時被等在門口的人群給嚇到了，這是組隊來的嗎？關鍵是這一個個的手裡都拿著東西，這個罈子是什麼啊？那個罐子裝什麼玩意兒？怎麼聞起來那麼香呢？

也許是王胖子的表情太過明顯，排在最前面的大媽抱緊了自己的罈子，警戒地看了王胖子一眼。「這可是給小大師的！」

「大媽您昨天還請我吃茶葉蛋呢！怎麼能變臉變這麼快呢？」

「昨天是昨天啊！誰教你沒有小大師長得可愛！」大媽理所當然地說道。

此時，林清音一邊換鞋，一邊看著自己爸媽趴在地上興致勃勃的陪人參娃娃玩小火車，酸溜溜地說道：「也不知道每天發訊息在說想我的人是誰？騙人！」

鄭光燕白了女兒一眼。「誰叫妳沒有娃娃長得可愛！」

林清音一到卦室就被熱情的大爺、大媽們圍了起來，大爺、大媽們卯足勁往林清音懷裡塞自己帶的東西，都是些自家做的食物，都是大家對小大師的心意。

小大師對這些常年圍觀自己的大爺、大媽們都十分熟悉，一邊接過他們遞過來的東西交給身後的王胖子，一邊和他們寒暄。看到有身體不好的，提點兩句，家裡有小波折的給個建議，足足花了半個多小時才打完全場。

林清音坐到了自己算卦的竹屋裡，大爺、大媽們自動在下面的草地上坐好，一個個都十分期待地等著小大師算卦。

排在一號的是林清音在帝都大學周易社團的同學李楠楠的姑姑，當時李楠楠在社團裡都把林清音吹出花來了，在震懾了同學之後還走後門找林清音替自己姑姑拿到了預約號。

李楠楠的姑姑叫李薇，面色十分憔悴，穿著打扮又比較老氣，不認識的見到她還以為她快六十了。

林清音看了看她的面相，將沏好的茶遞給她一杯。「是來算姻緣的吧？」

李薇坐在林清音面前，將茶接了過來。「我想離婚，但是又這麼過了半輩子，女兒不贊同我們離婚，所以我心裡有些徬徨。」

李薇苦笑了一下說道：「我和我丈夫當年是同事，在同一所中學教書。當時是他主動追求我，我看他挺上進的，長得也不差就同意了。剛結婚的時候也挺好，他回家也知道主動做家事，晚上我們出去散散步，回來一起備課，感覺情投意合的。在我們結婚的第二年，我帶的學生上初三了，這是很關鍵的一年，我若是懷孕生產的話肯定會分心，而且那一年我還有機會評上我們學校的學科帶頭人，如果懷孕的話肯定就錯過這次機會了，我就和我丈夫商量，晚一年生孩子。當時我丈夫就不太樂意，但他也是中學老師，知道這個機會多難得，對於老師來說這個稱號多麼重要，他就答應了。

「我一直覺得要不要孩子是夫妻兩人之間的事情，只要我們兩個商量好了就可以。沒想到那年過年他母親氣勢洶洶地問我們為什麼不要孩子，甚至極力諷刺我身體有問題。當時我真的是整個人都傻了，心裡都是被羞辱的感覺，連年夜飯都沒吃就奪門而出，一個人跑回家裡哭了一個晚上。」李薇冷笑了一聲。「可我的丈夫，他直到大年初一早上才回來。還埋怨我，說我不該大過年的耍小性子，讓我過去給他媽道歉，好好表現表現。

「聽到我丈夫的話我真的心都涼了，我覺得他就像一個陌生人，我完全不認識他。」雖然過去了二十來年，但李薇提起這件事依然渾身發抖，看起來內心十分不平靜。「那時候我也年輕氣盛，覺得自己占理，也不想去向潑婦似的婆婆道歉，我不知道我婆婆怎麼說的，反正從那時起我和我丈夫的關係就降到了冰點。」

李薇低頭喝了幾口茶緩和了一下情緒，又繼續說道：「一開始我也和他嘔氣不理他，很快就開學了，我每天忙於教學工作，就把這事拋到了腦後，每天早出晚歸的，完全沒有心思放在家庭上。就這麼忙了大半年，我帶的初三學生畢業了，我終於有空審視我和我丈夫的關係。」

林清音提起茶壺給李薇續了杯茶，她知道李薇來這裡不僅是想做個決定，也想把憋在心裡的苦悶說出來，便沒有打斷她，只是時不時的給她續茶。

「我當時是想離婚的，可是我家人不同意。我媽就覺得，夫妻倆沒有說不開的話，床頭吵架床尾和，而且人家又沒動手打人，怎麼就非得離婚呢？再說結婚兩年了不要孩子，人家生氣是正常的，如果我要離婚，以後就愛上哪兒去上哪兒去，她不認我這個女兒。」

李薇惆悵地嘆了口氣。「家人不支持真的是我當時最無奈的事，而那時我丈夫終於察覺了我的心思，他找學校領導訴苦。學校領導隔三差五的給我做思想教育，還說讓我放心要孩子，學校會做我的後盾，結果就是原本計劃讓我帶的初一重點班分給了別人，我甚至連班導師都沒當上。」

面對這樣的結果，李薇心裡十分鬱悶，她獨自在家喝了頓悶酒，等起來以後發現已經分居了半年的丈夫睡在了自己身邊。

李薇和丈夫那時候才二十七、八歲，身體年輕力壯的，一次沒做安全措施就懷上了孩子。

「有了孩子家人就更不支持離婚了，我丈夫又開始噓寒問暖地獻殷勤，甚至我婆婆還來看我一次，就好像之前那些惡言惡語不是從她嘴裡說出來的。」

李薇的手指摸了摸茶杯，嘴角露出個譏諷的笑容。「不過這面具也只維持了大半年，當護理師抱著洛洛從產房出來說我生了個女兒以後，我婆婆掉頭就走了。」

回想起那時的艱辛，李薇心裡很苦。「婆婆不管，我媽當時帶著我才一歲多的姪女幫我兩個月。可那時候我姪女還小，即便是給我幫忙也讓她累得夠嗆，我媽也累病了。那時候我自己還算能支撐起來，可是我的產假只有幾個月的時間，等產假結束了孩子還是沒人看，還沒等想好該怎麼辦，我丈夫就直接去和學校申請直接給我請了長假。

「長假從一年請到了三年，孩子眼看著要上幼兒園了，又三天兩頭的生病，別說去上班了，我那時候就連覺都睡不好，自學按摩推拿，全部心思都放在孩子身上。等孩子大一些身體也好了，我卻因為長期空職被學校辭退了。」李薇嘴角露出了淒涼的笑容。「從此我就成了一名全職的家庭主婦。」

李薇抱著自己的胳膊沈默了片刻說道：「當時是我不夠果斷，我當初就應該辭職，家人不讓我回去我就出去租房子住，而不是一拖再拖變成今天的這個地步。現在孩子都上大學了，我覺得我這些年費心費力的也對得起她了，以後我想為自己而活，去追求一下被我放棄的事業。」

林清音笑了。「妳這不是有決定了。」

李薇遲疑了一下，說道：「在我女兒錄取通知書到了以後我提過一次，當時我女兒的反應十分激烈，我……」

李薇沒說完，但林清音明白她的意思。她如今可以不在乎父母怎麼說不在乎丈夫怎麼想，可她卻不能不在乎呵護了二十年的女兒。

「我不知道我女兒是怎麼想的。」李薇有些痛苦地說道：「當時她看起來十分生氣，一直問我到底是怎麼想的，看到她那個樣子我就不敢說了，直到現在我都不敢提。」

林清音拿起龜殼搖了一卦，看到卦象後她微微地笑了。

「妳女兒只是為妳擔憂而已，覺得妳沒有工作，又為家裡付出了這麼多，擔心妳離婚以後會生活孤苦。我覺得妳只要和她說清楚，她會支持妳的。」林清音從桌上撿起一枚古錢說道：「其實妳的事業運一直不錯，我相信妳能就此一飛沖天的，妳已經為孩子錯過了一次機會，就別再錯過第二次了。」

李薇聽到這話激動的站起來，興奮得都有些語無倫次。「我早就想開一個輔導機構了，別看我二十年沒教書，可這二十年來初一到初三的課本我每年都買一套，教學大綱期中期末考試的卷子我每年都複印回來看，中考題更是年年都分析，除了沒實際講課，其他我一點都沒落下。」

林清音就靜靜地看著她笑，李薇看到笑容覺得備受鼓舞。「我都想好了，我家兩間房子，離婚了我就要那套兩房的老屋子，在裡面開數學補習班，要是能被人認可，以後再租間店面開大一點的補習機構。」

李薇在描繪自己的願景時，原來的死氣沈沈都不見了，臉上綻放出奪目的光彩，整個人看起來無比鮮活。

林清音告訴她，把妳的計劃詳細和女兒說說，她看到妳的樣子一定會贊同的。

# 第九十一章

李薇鄭重地點了點頭，掏出手機轉帳。許多預約的人都是先付卦錢，她先前靠著李楠楠的關係佔了位，如今問完了事，自然得補上。

林清音從抽屜中拿出一個紅包遞給她。「這是提前送妳的開業賀禮，祝妳生意興隆。」

李薇愣愣地接過來，打開紅包一看竟是一疊百元大鈔，目測起碼有三十多張，李薇瞬間明白，這是小大師把卦錢還回來了，甚至還多給。

李薇連忙手足無措地推了回去。「不行，這太多了，我不能收。」

林清音臉上依然掛著讓人心裡暖暖的笑容，堅定地把紅包又推了回去。「帶著我的祝福哦，有好運的，不收太可惜了，我是真的希望妳和妳的事業都能有好的開始。」

李薇聽到這話頓時忍不住哭了起來，小大師給了她從來沒有感受到的理解和支持，讓她心裡又是暖和又是酸澀，壓抑了二十年的情緒終於爆發出來。

李薇痛哭了五、六分鐘，像雨過天晴，覺得心裡變得很明亮，林清音遞給她一包面紙，語氣溫和說道：「快去吧，過年前把事解決了，開開心心過一個年。」

「嗯！」李薇拿著紅包站起來朝林清音鞠了一躬，匆匆忙忙地走了。

王胖子坐在卦室最後面無奈地直撓頭，一個沒注意小大師又往外送錢了！

而李薇離開卦室後給女兒劉夢陽打了通電話，約她在公園見面。劉夢陽雖然不明白媽媽大冬天的約自己去公園幹麼，但想起最近媽媽一直悶悶不樂，還是穿上大衣出門了。

這兩天正趕上齊城降溫，北風吹得臉疼，即使有人來公園也是抄近路走過，行色匆匆。劉夢陽幾乎沒費力氣就看到了媽媽的身影，出乎意外的是，媽媽居然一個人在盪鞦韆。

劉夢陽趕緊跑過去，一邊埋怨一邊把自己脖子上的圍巾解下來掛在媽媽的脖子上。「妳大冷天的在幹麼啊，不怕凍著嗎？」

「夢陽，媽媽想和妳談談。」李薇伸手拉住了劉夢陽的手，帶著懇切的語氣問道：「我希望妳給我個機會讓我把心裡話說出來。」

劉夢陽感受到媽媽手掌的粗糙，心裡有些酸，反手抓住李薇的手，用彆扭的語氣說：「誰要在這裡聊天啊？凍都凍死了，我們去那邊的星巴克。」

母女兩人在角落的位置上相對而坐，一人捧著一杯熱咖啡。

劉夢陽在咖啡的熱氣裡看著母親神采飛揚的談論自己的創業計劃，眼裡的光亮和臉上的笑容是她以前從沒有見過的。劉夢陽有些愧疚，之前媽媽和她說想離婚的時候她應該好好聽聽的，而不是簡單粗暴的吼回去。她覺得自己是為了媽媽好，可以讓她有安逸的晚年，但很明顯這種生活並不是媽媽想要的。

「媽，妳和爸離婚吧！」劉夢陽忽然開口說道：「妳想做什麼就去做吧，還有我呢，即使失敗了也沒關係，我可以打工，畢業了我也能養妳。」

李薇笑容裡帶著淚花，她一邊擦眼角一邊笑得哽咽。「真煩人，我這一天被鬧哭兩場了，本來就不好看，一哭更醜了。」

劉夢陽也跟著笑了。「之前是誰惹妳哭的？」

李薇的目光閃爍著光芒。「是我的貴人！」

母女倆說開了心事後，親熱的挽著手，一進家門坐在沙發上看報紙的劉康年就一臉不滿地說道：「吃完飯碗也不洗就出去，到現在才回來，也不知道早點回來做飯啊。天天不上班也不賺錢，不知道妳怎麼好意思往外跑不顧家。」

李薇把包包摔在他臉上。「劉康年，趁著天還亮，我們去離婚！」

劉康年氣急敗壞地站了起來。「大過年的妳鬧什麼鬧？」

「新房子給你，舊房子給我，家裡的十萬塊錢存款咱倆一人一半。」李薇冷冰冰地看著劉康年。「女兒跟我。」

劉康年一把將臉上的眼鏡摘下來。「還要錢？妳沒賺一分錢妳要什麼錢？」

「爸，婚姻法懂不懂？婚內財產理應分我媽一半。」劉夢陽摟住了李薇的肩膀，站在旁邊替她撐腰。「按照我媽說的簽協議，要不然我可以替我媽爭取到更多的家產。」她臉上掛著一抹笑，聲音聽起來卻有些冷。「別忘了我是讀法律系的，雖然我才大一，但是我有好多學長、學姊呢，能幫我的人多得是。」

「瘋了，簡直都瘋了！」劉康年把手裡的報紙摔在沙發上，怒吼道：「我不會同意的！」

「不同意我就訴請離婚。」李薇彎腰將包包拿起來揹在肩上，朝劉康年一笑。「你等法院的傳票吧。」

劉康年氣得嘴唇顫抖，不知道該說什麼好。就在這時李薇想起了什麼，轉身去了房間，片刻後拿出一個信封來，從裡面抽出了兩張照片在劉康年面前晃了一下。「我還藏了你和別的女人的親密照呢，我會一併交給法院的。」

劉夢陽臉色一變，伸手將照片搶過來，粗粗掃了兩眼後恨恨地罵道：「無恥！」

劉康年的臉色瞬間就白了，無力地替自己辯解。「妳奶想要個孫子，妳媽年紀大了生不了，所以我才找了個人。但是後來這事也沒成啊，她要價太高，錢沒湊起來。」

劉夢陽已經不想聽劉康年說什麼了，她抖了一下信封。「老房子給你，其他的所有財產都給我媽，要不然我支持我媽起訴你，到時你出軌的證據也會擺上法庭。」

聽到這句話，劉康年頓時慌了，他馬上就要退休，要是這時候曝出這種事來一輩子的面子都沒了。

「陽陽，我是妳爸，妳怎麼能這樣對我呢？」劉康年露出了傷心欲絕的表情。「妳這樣，爸爸真的很傷心。」

劉夢陽輕笑了一聲。「爸，你別裝了，從小到大你就沒喜歡過我，小時候我被奶奶打罵你從沒管過，每次都是我媽上去護著我和她拚命。長大了奶奶倒是打不過我了，倒是攛掇你三天兩頭來教育我，甚至在我高考的前一天，你還把我大爺家的兩歲孫子帶到家裡來，說要住上一個禮拜。要不是我媽帶我去飯店住，我還不知道能不能考上大學，也不知道她存的什麼心思。

「其實媽不是第一次和我提想離婚了，我拿到錄取通知書的時候媽媽就和我說過，當時我沒同意。」劉夢陽看了劉康年一眼，譏諷的一笑。「你別露出感動的表情，我不是因為你，我只是擔心媽媽為我操勞了二十多年，如果離婚了就沒有經濟來源也沒有保險，生活會變得艱難，我不想讓她老了還出去吃苦。不過我現在知道我的想法是錯的，我應該尊重媽媽的意見。爸，你要是想好聚好散，拿上證件和媽媽去離婚，老房子歸你，其他的歸我媽。要是不願意……」

劉夢陽微微一笑。「女兒只能不孝順了。」

劉康年有些慌亂了。「離婚這麼大的事總要商量商量，我還得和妳奶奶說說。」

「你離婚後可以和奶奶商量一輩子。」劉夢陽揚了揚手裡的信封。「在這件事上，她沒有發言權。」

劉康年不知所措，李薇卻將所有的證件都準備好了，捉住了劉康年的手臂。「走吧，還真想等我起訴啊？」

劉康年的腦袋垂了下來，絕望地被妻子拖了出去。

他已經習慣了有妻子打理的家。他其實並不想離婚啊！嗚嗚嗚！

算完了十卦，王胖子把大爺、大媽們帶來的禮物一樣一樣地裝在後車廂裡準備給小大師送到家去。過程中，李薇帶著女兒路過這裡，看到林清音頓時露出了驚喜的笑容。「小大師，我們又見面了。」

林清音看著她微微一笑。「恭喜妳，重獲新生。」

王胖子將後車廂關上，朝林清音打了聲招呼。「小大師，我們走吧。」

「來了！」林清音朝李薇笑了笑，不忘提點一句。「正月十五是開業的好日子。」

李薇用力地點了點頭，目送林清音的車離開。

「媽，這是誰啊？」劉夢陽好奇地問。

李薇笑了。「這是我的貴人啊！齊城最有名的小大師，去年的高考狀元呢。」

劉夢陽露出了驚訝的表情，原來這就是那位名聲如雷貫耳的小大師啊，和傳聞中的一樣好看呢！

大爺、大媽們送的東西太多，林清音只拿了一半，剩下的留給王胖子。林清音和王胖子左手鐔子右手袋子，大包小包的把東西搬進別墅，一開門發現家裡來客人了。

王胖子一進來就看到客廳裡有個白白胖胖的小娃娃，腳步頓時慢了好幾拍。王胖子的妻子李瑩瑩懷孕八個月了，即將當爹的王胖子對孩子有些愛心泛濫，尤其是娃娃這種白白胖胖又好看的。

「小大師，這是誰家的孩子啊？真可愛。」王胖子看著娃娃咧著嘴，手裡的東西都拿不穩了。林旭趕緊把他手裡的東西都接了過來，否則東西摔到地上事小，萬一嚇到娃娃可不得了。

林清音和來的客人打了聲招呼，然後給王胖子介紹。「這是我新收的小徒弟，小名叫娃娃。」

「這名字好！名字和人一樣可愛。」王胖子誇完了以後才後知後覺地找到重點。「小徒弟？小大師，您說這是您的小徒弟啊！」王胖子頓時樂壞了。「這不就是我師弟嗎？」

林清音前世收的徒弟都是修煉、術數天分都極高的人，還得優中選優，最後只收了九人。而這輩子條件有限，收徒弟也像玩鬧似的，王胖子修煉、術數天分都一般，但是占了天時地利，在小大師未發跡的時候就結識了，之後又盡心盡力地將小大師助理的工作接過來，讓小大師省下不少的心。

王胖子業務能力好，小大師平時也會指點他看相算卦以及修煉的事，總算讓他對算卦開了點竅，最後又在王胖子險些在岳母嫌棄的情況下，說自己是王胖子的師父，王胖子立刻順桿爬給自己封了個首席大弟子的身分，不過他已經習慣叫小大師了，一直沒改口，如今依然管林清音叫小大師。

而林清音收姜維純粹是因為他嘴賤，一口一個小學妹叫得她不爽，按頭讓他叫了師父。也不得不說姜維越來越傻了，前一秒還不願意叫師父，等被逼著叫了師父以後又滿嘴小師父叫得樂此不疲，甚至直接將王胖子忘到了腦後，覺得自己是林清音唯一的徒弟。

至於李黎和人參娃娃兩個也很隨意了，人參娃娃純粹是太可愛了，還是人參成精，讓林清音喜歡得不得了，不管能教什麼，先收了徒弟再說。李黎則屬於機緣比較好，先因為吃了人參娃娃的參果引氣入體，後又因為林清音喜歡人參娃娃的可愛，不願意讓娃娃不開心順手收了她。不管怎麼說，有林清音在，李黎在修煉上能少走彎路了，不過最後能走到哪一步就看她自己的努力了。

除了這四個像玩似的徒弟，林清音還相中了個至陽體質的鄭穎果，這孩子的體質在修真時代都是難得的好苗子，在這種靈氣凋零的年代更是鳳毛麟角的存在。林清音是打算收他當傳承弟子的，不過要等他再長大一些，看看術數天分再做決定。

王胖子還不知道小大師收了好幾個徒弟，此時他正盯著娃娃流口水，要不是此時娃娃坐在一個女子的懷裡，他都想搶過來抱抱了。

鄭光燕一邊招呼王胖子坐下，一邊將親戚的來意說了。「清音，這是妳表嫂還記得吧？去年過年時在妳姥姥家見過一面，妳大姨的兒媳婦。」

林清音笑咪咪地說道：「我當然記得，要是我忘了就對不起這些年回老家大姨給我做好吃的了。」

鄭大姨哈哈大笑起來，親暱地摸了摸林清音的臉。「大姨沒白疼妳。」

「是這樣的，大姨今天來是為妳哥和妳嫂子的事。」鄭大姨摟著林清音說道：「妳也知道，妳傑哥結婚快兩年了，妳嫂子從結婚就開始備孕了，可就怎麼也懷不上，去醫院查也沒什麼大毛病，看中醫就說氣血不足，而這一年補氣血的藥也沒少吃，可肚子就是沒什麼動靜。妳嫂子有些沈不住氣，想問問妳，看看她是命中無子呢還是怎麼回事？」

鄭光燕在旁邊笑道：「大姊多慮了，肯定不會是命中無子的，上次過年的時候清音不是見過她嫂子？要是有問題早就會說了。」

聽到鄭光燕的話，不僅鄭大姨，就連抱著人參娃娃的江雲舒都鬆了口氣。

林清音上次見江雲舒是過年那時候，當時來拜年的人多，老家人乘機來算卦的人也多，林清音只和江雲舒打了個照面，都沒怎麼說過話。這次既然是自家人求上門了，林清音自然盡心盡力。

江雲舒見林清音打量得仔細，頓時緊張起來，抱著人參娃娃的手都不禁收緊了。坐在她懷裡看動畫的人參娃娃挪動了下肥嘟嘟的屁股，正好動畫片裡的主人公親了媽媽一口，娃娃含著手指歪著頭想了想，抬起頭在江雲舒的下巴上也吧唧親了一口。

感受到軟軟的親吻，江雲舒一下子笑了起來，也抱著人參娃娃吧唧吧唧親了兩下，渾身的緊張已經不翼而飛了。

林清音看到這一幕笑了，江雲舒的身體略微有些血虛，其實並沒有大毛病。從面相上來看，也不是無子，調養好身體自然會有孕的。

可事情就是這麼湊巧，江雲舒剛好在這個時候來到了林清音家，又因為看娃娃可愛把人家抱在懷裡不撒手。娃娃可是人參精，這抱在懷裡這麼長時間，什麼氣血補不過來啊？更別說剛才兩人還你一下我一下互相親了一口。

隨著江雲舒的笑聲，子嗣宮上漸漸明亮起來，亮到連王胖子都看出來了，笑容滿面地說道：「我看就要有添丁之喜了。」

聽到王胖子的話，鄭大姨有些驚訝也有些不敢置信，林清音朝人參娃娃招了招手，人參娃娃立刻從江雲舒的身上蹦下來一屁股坐到林清音的懷裡。林清音一臉黑線，看來這個胖小子一天沒少被人抱，往人家懷裡坐得十分熟練。

捏了捏娃娃的小胖臉，林清音笑著說道：「傑哥和嫂子今年過年好好吃、好好玩，等明年過年的時候就要照顧小寶寶了，怕不能玩得那麼盡興。」

江雲舒登時樂得合不攏嘴。「多謝清音吉言。」

鄭大姨也喜不自禁，她看著林清音懷裡粉雕玉琢的娃娃越看越喜歡，自己兒媳婦結婚兩年沒有動靜，來這裡抱了這胖小子一個小時就要有添丁之喜，豈不是這胖娃娃給帶來的好運？

鄭大姨將自己的想法說了，末了還許願。「我明天就去買個大金鎖謝謝娃娃。」

林清音摸了摸娃娃脖子上的玉符笑道：「大姨，我這徒弟有點特殊，除了我給的玉符，其他都不能戴，否則對他不好。」

既然這樣，鄭大姨只能打消了給娃娃買金鎖的念頭。「那我給娃娃買衣服、買玩具、買好吃的！」

娃娃眨了眨眼睛，吸了一下口水。「想吃雞腿！」

鄭大姨簡直快笑出聲來了。「大姨姥家養著好幾隻大公雞，明天就給娃娃殺雞吃。」

林清音忍不住伸手捏了捏娃娃的胖臉，小聲地和他嘀咕。「天天吃雞腿，過幾天直接把你燉了都不用放雞肉了。」

娃娃咯咯一笑。「姥姥捨不得！」

林清音都糊塗了，出門的時候還喊爺爺奶奶，這會兒怎麼變姥姥了？

也許是林清音的表情太過明顯，鄭光燕十分貼心地給解釋了一番。「上午那時候我們歡喜過頭了，下午仔細想想，從妳這論還是叫姥姥才對，而且聽起來親近，到外面一說別人就知道這是我親外孫！」

林旭美滋滋地跟著補充。「我就是親姥爺！」

鄭光燕一拍掌，說道：「對了，我拿回來一個嬰兒床給娃娃，放在我房間了，今晚我哄我大外孫睡覺。」

林清音被自家爸媽寵孫子的興致弄得無語，失笑著搖搖頭。

「行吧，你們高興就好！」

摟著大胖娃娃睡覺，鄭光燕和林旭早上起來簡直可以稱得上是神清氣爽，兩人終於明白別墅區裡的老頭、老太太都那麼樂意帶孩子的原因了，簡直是其樂無窮。

至於娃娃呢？他也覺得很高興。像他們這種人參精沒有父母，一堆人參聚在一起就是族人了。老人參對於小人參們多是注重管教，像這種當寶一樣天天親、天天哄根本不可能，甚至因為人參生長歲月太過漫長的原因，能化人的可以說是鳳毛麟角，像和小人參同齡的存在幾乎都沒有，比他大的都是成人的相貌，不愛帶他玩。要不然娃娃也不至於因為參果被吃掉就賴著李黎不放，他實在是太想找個人和他玩了。

在這裡就不用擔心玩的問題了，所有見到他的人都願意哄他玩，還有各種各樣有趣的玩具，比看松鼠吃松子好玩多了，更別提還有各種有趣的動畫，要不是他不能在這裡待太久，他都不想回山裡了。

林清音戳了戳娃娃的腦門，叮囑兩句後就出門了，到了卦室，林清音發現今天人非常多，二房一廳的屋子都快塞不下了，還有好多站在走廊裡的。這些人裡面不只大爺、大媽，還有很多中年大叔和年輕人。

林清音很有經驗地往他們腦門上掃了一眼。好喔，這又是組團來買生髮符的。

「王虎！」林清音一伸手把王胖子叫了過來。「先把買生髮符的登記一下，要玉符的留下根據八字刻符，紙質的和石頭的我弄好了再讓他們過來拿。」

「成！」王胖子一揮手領走了一大群。

林清音看剩下的人還是有點多，轉頭問旁邊的一個阿姨。「妳是來幹麼的啊？」

「買護身符啊！」阿姨喜氣洋洋地說道：「馬上要過年了，我過來買給全家人護身符保平安啊。戴上您的護身符，我們全家都很順心。」

「那好吧，你們也在王虎那排隊登記吧。」林清音看著瞬間增長的隊伍不禁有些發愁。

「人手還是不夠啊，還好姜維快到家了！」

林清音是帶著人參娃娃直接飛回來的，姜維公車轉火車再轉飛機就沒那麼快，不過再慢三天也就到家了。可誰知又等了一天姜維沒回來，再等一天姜維還是沒回來。林清音疑惑了，嘗試著給姜維打了電話，沒想到居然接通了。

姜維的聲音聽起來喜氣洋洋的。「小師父啊，我過年可能不回家了，我被人綁架了！」

林清音震驚了。是誰這麼想不開啊？

林清音撫了撫額頭，有些無語地問道：「你到底是怎麼被人綁走的？」

姜維現在雖然修為不高，但是他都快把龍身上的部位給收集齊了，光他體內的龍氣就能讓人吃不消，就別提他那逆天的氣運了，說有人能把姜維綁走林清音是不信的，除非他自己甘願被綁。

「坐高鐵時湊巧旁邊是一個老頭，那老頭身上不知有什麼東西，一靠近我就吱吱響，當時老頭的眼珠子一轉，想盡方法要給我下藥，我就想人家一大把年紀了也不能白讓人這麼累啊，所以就跟著他走了。」

林清音呵呵了一聲。「你還挺貼心的呀！」

姜維很不長心地說完以後終於想起了自己的爸媽。「對了，小師父，麻煩替我和我媽說一聲，就和她說我出去玩了。另外，妳不用擔心我，我覺得我挺安全的。」

林清音十分無語。「我是不擔心你，我只擔心那個老頭被雷給劈死。」

姜維剛笑了兩聲，一轉身看到了老頭和幾個年輕人氣勢洶洶地走了進來，姜維朝他們打了個手勢，語氣輕鬆地和林清音說道：「小師父，他們來了，我先不和妳說了，替我跟胖哥問好。」

# 第九十二章

掛上電話，林清音露出一臉無語的表情。

王胖子在旁邊幸災樂禍地笑道：「姜維那小子被綁了？是誰這麼不長眼啊！」

此刻，那個不長眼的老頭正站在姜維對面，他身後站著五個年輕人，都虎視眈眈地盯著姜維。

「他哪來的手機？」老頭氣得鬍子都翹了起來。「我不是叫你們看好他嗎？」

其中一個小夥子聞言，趕緊上前把姜維手裡的手機搶了過來，翻看一下傻眼了，結結巴巴地說道：「師父，這是我的手機，可我也不知道怎麼到他手裡的啊。」

姜維好心地替他解釋。「我作證，不是他給我的，是我在房間洗手間的洗手檯上撿到的。我手機沒電了，我就把我的卡摳出來裝到這手機上了。」

小夥子的臉頓時白了，手足無措地解釋。「我剛才進來看看他有沒有醒，誰知正好肚子有點疼，我來不及出去，就用了一下這裡的廁所。」

老頭不用細問都知道，肯定是這小子洗手時對著鏡子臭美，等臭美完就忘了手機的事，正巧他一出房門又被自己叫走了，所以都沒發現手機不見了。

「把你的手機收好了，查查有沒有報警。」老頭瞪了他一眼，轉頭看著姜維露出陰森的笑容。「小子，既然來了就別想耍花招。好好給我辦事，我自然會放你一條生路。」

姜維看了看老頭的打扮，只見老頭穿著一身灰色的大褂，頭皮錚亮，嘴上還留著鬍子，活像民國時候的人。

老頭手裡拿著一把不大的紫砂壺，一邊說著話、一邊喝著茶，喝上幾口他身後一個中年男人就弓著腰把茶壺接過去倒上新茶，看起來十分恭順。姜維忍不住嘖嘖兩聲，看不出來，這糟老頭還挺會享受的。

搶回自己手機的小夥子拿著手機擺弄了半天，確定姜維只打了一通電話後微微鬆了口氣，湊到師父跟前小聲地說道：「師父，他就打了剛才那一通電話。」

剛才那通電話老頭聽了個話尾，他朝小夥子使了一個眼色。「打個電話過去試探試探。」

小夥子連忙撥通了電話並且按下擴音，電話撥通後還沒等說話，就聽電話那邊傳來一個不耐煩的女孩聲音。「你不是去玩了嗎？沒事老打什麼電話，不知道我年前最忙了嗎？掛了！」

那邊乾脆俐落地掛了電話，老頭微不可察地鬆了口氣，在這個時候他並不想節外生枝，能少一事最好。

姜維似乎預料到電話那邊的態度，十分心大地笑了兩聲。「我家小師父心可大了，誰耽誤她賺錢都不行。」

小夥子見姜維拿到電話後沒報警沒打給家人，而是打給了女孩子，料定兩人關係不一般。又聽他用親暱的口吻說「我家小師父」，他登時忍不住心裡直泛酸。都是年輕人，怎麼人家就那麼會玩呢？還小師父！談戀愛都談出花樣來了。

老頭對姜維沒有給自己惹麻煩表示非常滿意，對他的態度也比剛才好了不少。「我看你身分證上的名字叫姜維？以後我就叫你小姜了，你可以叫我宋爺，我身後這幾個都是我徒弟。」

宋老頭伸手點了點給自己倒茶的中年男人。「老大。」然後依次往下數。「老二、老三、老四……」最後點了點丟手機的那個小夥子。「這是老五。你們正好同歲，年輕人在一起有話聊，沒事的時候讓老四和老五陪著你就行。」

姜維明白這意思就是老四、老五兩人以後就是貼身監視自己的人了。他看看老四，不到三十歲但是瞧著挺精明的，不過老五這個小夥子看起來倒是挺好騙的，而且看起來還有點粗心，要不然也不會把手機丟在他房間裡。

「既然都認識了，我也不繞圈子了，我有件事想請你幫忙。」宋老頭將茶壺遞給大徒弟，從懷裡摸出一個小罐子，姜維立刻好奇地湊過去，還沒碰到那個罐子，就聽裡面傳來吱吱吱的響聲，和他在高鐵上聽到的聲音一模一樣。

宋老頭掀開蓋子，裡面居然是一隻像甲蟲的東西，只是外表是金色的，姜維還真不知道這是什麼品種。

「別看這小東西模樣貌不驚人，可能耐卻很厲害。」宋老頭看了眼姜維，露出了意味深長的笑容。「它能替我找到寶貝。」

姜維一聽就了悟。這不和他的能耐差不多嗎？他家小師父找寶的時候也喜歡帶著他，不過這玩意兒看起來似乎不太靈驗，他又不是寶貝，它朝著自己吱吱叫是什麼意思？

「你這蟲是不是不太靈啊？」姜維順手拿起桌子上的一根吸管朝小蟲子的背上戳了兩下。「它朝我叫什麼？」

話音剛落，剛才還叫得很起勁的小蟲子忽然僵住了，隨即啪嗒一聲翻了過來，幾根細小的腳一動也不動，像是死了。

姜維趕忙把手裡的吸管丟掉，舉起雙手露出無辜的表情。「我只是拿吸管碰它兩下，沒想到它的殼這麼不禁戳啊！」

老頭不敢置信地看了姜維一眼，手忙腳亂地把那隻金貴的小蟲子從盒子裡撿出來放在手心裡，可無論他怎麼翻看，那隻小蟲子都一動不動，腿都僵直了，一看就知道已經掛了。

若說這隻小蟲子是被吸管戳死宋老頭還真不信，他這隻金蟲背上的殼十分堅硬，就連石頭砸在上面都砸不碎，若說被吸管給戳死了簡直是對它的侮辱。可說和吸管沒關係也說不過去，這隻蟲子剛剛培育成年，正是最強壯的時候，根本就不可能猝死。

宋老頭越想越鬱悶，老五看看滿臉心虛的姜維又瞅瞅欲哭無淚的師父，小聲地嘀咕。

「可能是蟲子自己崩潰了？」

宋老頭也不知道到底是怎麼回事，不過現在想這些也沒用，這蟲子雖然珍貴，但此時它真沒有姜維重要，老頭還真捨不得對姜維動手。

宋老頭拿來自己的茶壺鬱悶地灌了一肚子茶水後，狠狠地把茶壺往桌面上一放。「不等了，現在就出發。」

大徒弟聞言露出遲疑的神色。「師父，朱大師掐算的吉日是在明天。」

宋老頭看了眼姜維，意有所指地說道：「反正有血引了，早半天、晚半天無所謂。」

東西是早就準備好的，姜維穿上厚厚的羽絨大衣後就被戴上眼罩推進一輛車裡。車子一路顛簸，姜維戴著眼罩一片漆黑，沒一會兒就睡著了。坐在他身邊的老五扭頭看著將腦袋搭在自己肩膀上的姜維，露出了鬱悶的神情，總覺得這個人質比他這個綁匪還輕鬆。

一路顛簸了兩個多小時，直到車子再也無法前進了才停下來。

老五趕緊拍了拍姜維，順手把他的眼罩扯下來。「別睡了，到了。」

姜維打了個哈欠睜開了眼，揉了揉脖子露出滿足的表情。「這一覺睡得可真香，哎，老五那個眼罩你送給我吧，我覺得戴那玩意兒入睡特別快！」

老五一臉鬱悶地看著他，揉了揉發麻的手臂和肩膀，默默地將眼罩塞進了自己的口袋裡。「不給，我自己還失眠呢！」

姜維遺憾地嘆了口氣，覺得這綁匪服務態度還真差。

上山的路不好走，更何況這裡的積雪足足有四、五十公分。但從宋老頭倒騰的東西來看，就知道他也是玄門中人。

既然是玄門中人肯定有自己的招數，別看宋老頭六十多了，可是在厚厚的積雪裡行走的速度並不慢，甚至年紀最小的老五都有點追不上他。

姜維就更不用說了，他都快變成龍了，這種惡劣的環境對他來說根本不算什麼，不過他並沒有表現出來，也做出一副吃力的樣子和老五並肩而行。

因為姜維的「體力」有限，總得走走歇歇，每到休息的時候不是要上廁所就是找人說閒話。宋老頭本來就因為他弄死了自己的寶貝心裡鬱悶，聽他囉嗦更是心煩了，每次休息的時候都刻意走得遠一點，讓自己的幾個徒弟看守他。

在宋老頭的幾個徒弟看來這個叫姜維的小夥子也沒什麼特殊的，只不過因為血液正好能開啟陣法被金蟲感應到了，所以老頭才下藥將他帶回來。對於他們來說，姜維就是沒有接觸過玄門的普通人，根本就不足為慮。而且在這種地方也不怕他逃跑，他們身上有的是寶貝可以將他逮回來。

大徒弟不耐煩在姜維身上浪費時間，他有那力氣還不如在師父跟前獻殷勤呢。老二和老三兩人看著大徒弟追著師父去了，兩人對視一眼，也不甘示弱地跟過去。師父有不少好寶貝，老大因為拜師早占了先機就很讓他們虧了，若是再成了師父最寵愛的徒弟，那他們倆少不得會被老大排擠。

一轉眼，姜維的身邊只剩下兩個人，老四比老五大兩、三歲，性格也穩重一些。他一開始還認真地盯著姜維，可沒一會兒突然覺得肚子疼得像是鬧肚子，趕緊囑咐了老五兩句就匆匆忙忙跑到一邊去方便了。

姜維趕緊做出嫌臭的表情，捂著鼻子往前走，老五傻乎乎的一邊嘲笑老四一邊跟了上去，沒一會兒兩人身邊就沒有旁人了。

姜維找了棵樹，拍了拍上面的雪靠在上頭，用閒聊的語氣問老五。「這山上除了樹就是雪的，連條路也沒有，我們會不會迷路啊？到時候前不著村後不著店，這深山老林連個求救電話都打不出去，到時我們就死在這裡了。」

「我師父有羅盤，不用擔心迷路的事。」老五從口袋拽出一包辣條撕開吃著，姜維很自覺的湊過去也拉了一根。

兩人湊在一起吃辣條，氣氛和諧，姜維順嘴問：「你知道你師父要帶我們去哪兒嗎？」

「你可別套我話啊！」

老五居然還有點心眼，姜維看著他遞給自己的辣條笑了一下，滿不在乎地說道：「這有什麼好套話的？反正到了我也會知道的，這不閒著無聊聊天嘛。」

老五想了想覺得這話沒毛病，頓時嘴鬆得像褲腰帶似的，什麼都往外說。「我們要去的地方在深山裡，那裡是我師父年輕時發現的地方，據說羅盤到了那裡就失靈，多靈的法器都不好用。當時我師父就覺得那裡有寶，他那時本事低微，不敢告訴別人，自己一個人偷偷摸摸探查。那個地方有很多自然形成的陣法，十分玄妙，我師父努力了一輩子，到現在還沒有把那裡完全研究明白。上次他在那裡得到一塊石頭，石頭上有血的味道，我師父研究了許久說這是開啟下一個陣法的關鍵，必須用有相似血液的人做引子才能把那個陣法打開。」

姜維明白了。「原來我就是你師父找的炮灰啊！」

「也不能說是炮灰。」老五將最後一根辣條塞進自己嘴裡，毫不在乎地說：「就是往那石頭上滴點血，死不了人。」

姜維拿出濕紙巾擦擦手，漫不經心地問道：「那你師父怎麼知道我就是適合的人？」

「還不是因為那隻金蟲嘛！我師父把它和那塊石頭關在一起好幾年，它大概作夢都是那股血味。」老五露出遺憾的表情。「可惜就這麼死掉了，你說你手怎麼那麼賤呢？幹麼拿吸管戳它。」

姜維衝他一笑。「這不開的嗎？我覺得也不一定是我戳死的，也有可能是那蟲子好不容易擺脫了血的氣味，一扭頭又遇到了我，而且我的味道肯定比石頭濃，蟲子絕望一下就自盡了。」

「你可真會扯！」老五笑了兩聲。「不過還真有可能，那小東西很有靈性。」

老五這種長舌讓他閉嘴就痛苦，說多了不問他也會自己說，反正在他看來姜維又跑不了，告訴他這些無關緊要，反正到了地方也知道是怎麼回事。

「我和你說我師父找這血液可費力了，花了好幾年。這次還是我師父求一個老友給算出來，才正好和你碰上了。」老五說到這忍不住笑了起來。「你說準不準？給我師父算卦的朱大師都沒想到這麼巧，他知道以後都震驚了。」

一聽說算卦算出來的，姜維的耳朵微微動了一下。「什麼朱大師啊？我怎麼沒聽說過？」

「你不知道很正常，你們平常人又接觸不到，是花都的一個算卦大師，很有本事的。」老五說到這忍不住多叨叨。「最近咱們北方有個林清音林大師也挺有名的，據說年紀輕輕搖一手好卦，看面相更是神乎其神，只是人不好相處。」

姜維聽到這個評語頓時覺得奇怪了。在他眼裡小師父的高冷維持不了一秒，萌萌的非常可愛，怎麼會不好相處呢？

「真的！」老五鄭重其事地點了點頭。「我聽我師父說不少和那位林大師打交道的玄門人士都莫名其妙被雷給劈死了。你說一個是湊巧，兩個是意外，這多了就不得不讓人多想，這林大師可能想排除異己，一門獨大啊！」

姜維差點笑出來。

他怎麼不知道他家小師父還有這遠大理想呢！

老五看著姜維憋笑的表情，還以為他不信自己，有點急的說道：「真的，那天朱大師和我師父打電話的時候我正好在後面伺候，聽得一清二楚。朱大師已經聯合了不少同行要和那位林大師鬥法，等我師父這樁事了結也要一起去。要不是為了這個，朱大師也不會這麼好心給我師父算，主要是他捨不得我師父這麼強大的助力，畢竟在風水界，我師父的機關之術是數一數二的。」

老五正口若懸河的吹噓著宋老頭，老四拎著褲子急匆匆地趕了過來。他知道老五碎嘴的本性，一過來就警戒地問道：「老五，你和這小子說什麼？」

「沒說什麼，我誇師父呢！」老五傻乎乎地笑了一下，將手裡辣條的袋子隨手一扔。

「四哥，我們趕緊追師父吧，晚了師父要生氣了。」

該問的都問完了，姜維不再故意拖沓，一步跟著一步一點也不脫隊。

宋老頭雖然發現姜維的體力好像忽然變好了，但是他此時完全沒有心思想這些，他恨不得馬上就到陣法前面，趕緊用姜維做血引將陣法打開，好看看裡面到底藏了什麼寶貝才會形成這一道又一道的天然陣法。

既然帶著陣法又是藏寶的地方，離有人煙的地方自然很遠。一夥人即使完全不懈怠也足足走了五天，眼看著老五都快體力不支了，宋老頭終於在一個山洞前停了下來，臉上露出了興奮的表情。「我們到了。」

站在洞口的姜維感受到了那股熟悉的吸引力，他終於知道宋老頭為何會順利的遇到自己了，根本就是冥冥之中有天意將他引到這裡來。

想到自從吃了龍珠後一連串的湊巧，姜維的心裡不由得有些緊張。

他上次已經在河裡看到一閃而過的龍的影子，若是這次再發現什麼，他是不是就真的變成龍了？

宋老頭發現這裡至今已經幾十年了，一層層天然的機關破下來，耗費了他不少心血。他這麼費心盡力，自然不想別人占便宜，每次離開的時候都在這裡又布上重重陣法，生怕被人進到裡面。

以前宋老頭連這個洞口都要用陣法將其遮擋起來，可要在山洞外面布陣法耗用的法器真是不少，每布一次陣法都等於挖一次心肝。後來在山洞裡破開的陣法越來越多，他才捨棄了洞外的陣法，把所有的法器都用在山洞裡面。

宋老頭走在最前面將自己布下的陣法一一卸除，雖然他覺得姜維看不懂這些，但還是很謹慎的讓兩個徒弟跟在自己身後遮擋姜維的視線。

姜維對宋老頭的防備絲毫不在意，這種陣法也只在宋老頭眼裡是個寶，要是來的是他家小師父，只怕連眼神都不會給一個，一腳踩過去就能把這些陣法破了。更何況，他要是真想看也不用眼睛，他神識好用著呢。

宋老頭的陣法既防外人卻也防了自己，雖然他知道布的是什麼陣也知道陣眼是什麼，但破開這些陣法依然要費一些力氣。姜維跟在後面走走停停，越往裡走停留的時間越久，到最後每次停下來姜維都找個舒服的地方先靠著牆壁睡一覺。

山洞裡蜿蜒曲折，岔路無數。宋老頭在這裡頭還真是費了不少的心思，光厚厚的小本本就有好幾冊。每當宋老頭對複雜岔路口不知該選哪一條路的時候或者破陣的時候忘了步驟的時候，就會掏出小本子瘋狂翻找，看得姜維都替他覺得累。

在山洞裡又待了兩、三天，姜維背包裡的食物已經吃得差不多了，一行人終於走到了山洞的盡頭。

「姜小子，你過來！」宋老頭不懷好意地伸手把姜維叫了過來，指了指面前的山壁說道：「接下來就需要你的幫忙了。」

姜維伸手在牆上摸了摸，轉頭問宋老頭。「這也是陣法嗎？你研究清楚了嗎？可別白浪費我的血。」

宋老頭發出陰惻惻的笑聲。「放心，我和你一樣珍惜你的血。畢竟找到你就花了我不少力氣，我可沒有時間去找下一個人了。」

「你這樣說我就放心了。」姜維把身上的空背包解下扔到地上，把老五給他穿的厚羽絨大衣也脫了下來，露出裡面的休閒裝。

姜維活動了一下手腳，轉了轉脖子。「行了，我準備好了。你說該怎麼辦？」

宋老頭對姜維的識時務十分滿意，從懷裡掏出一個盒子，打開一層又一層，最後露出一枚暗紅色的石頭。

老頭小心翼翼地捧著盒子，眼睛裡露出火一樣的光芒。「這塊石頭是我破開這個陣法得到的，我覺得它是開啟下一關陣法的鑰匙。」宋老頭看著姜維，聲音變得格外的悠長，似乎還帶了一絲催眠的效果。「現在需要你將這塊石頭放在石壁上那個凹進去的地方，然後用血液將縫隙塗滿，陣法就破開了。」

「聽起來挺簡單的呀！」姜維撇了撇嘴。「我怎麼感覺和你前面破的陣法相比簡直太容易了，你確定沒搞錯？」

宋老頭但笑不語，聽起來好像不複雜，但其實這關才是最難的，先不說這血有多難找，就是世界上這麼多人，怎麼分辨誰的血有用就是一樁難事。也是他運氣好，在離開這裡沒多久就意外得到了一枚幼齡的尋寶金蟲來培養。

宋老頭想到這件事心裡十分得意，連老天都這麼幫他，這事一定會成功。

見宋老頭越笑越得意，姜維不再看他，而是低頭研究自己手裡的這塊石頭。這塊石頭有他兩個拳頭合起來那麼大，看著有些像人類心臟的模樣。握在手裡雖然是實質的，但是他總感覺這裡面像是包著什麼東西，而且這東西似乎和他十分親近，就好像與他血脈相連。

也許是姜維研究石頭的表情太過於專注，宋老頭有些不安，連聲地催促他。「別拖延時間，趕緊將石頭放上去。」

姜維依言將石頭放在山壁裡凹進去的地方，說來也怪，那個凹槽並不深，可石頭放上去以後卻十分穩固，完全不會掉下來。

姜維摸了摸石頭和山壁，兩者之間有大約一個指頭粗細的縫隙，圍著轉這麼一圈肯定需要不少的血。宋老頭就在旁邊等著，此時他已經抽出一把銳利的小刀，十分警戒地看著姜維，若不是怕他掙扎浪費血，他早就替他動手了。

「你自己割，割深一些。」宋老頭舔了舔乾涸的嘴唇，眼裡露出了貪婪的目光。

# 第九十三章

姜維接過刀來只在手指上劃了淺淺的一道傷口，似乎剛破了一層表皮，就滲出幾滴血珠。宋老頭一看就急了，剛要說話就見姜維已經把手指放到了石頭上，體內的龍氣帶著一絲血霧衝了出去，瞬間將縫隙填滿。

就在這時放進去的那塊心形的石頭忽然震動起來，一片片碎石從上面剝落，露出了一枚紅通通像是心臟一樣的東西瞬間將縫隙裡的血霧吸得一乾二淨。

感受到心臟散發出來的濃郁龍氣，姜維不用猜都知道那是什麼了，他現在很想轉身往外跑，可是身體就像是定住了，連動都動不了。

宋老頭看到那東西眼睛頓時亮了，既有些懊惱又有些後悔，雖然他不確定這是什麼，但是光看這麼強大的氣息就知道是好東西，早知道他在抓到姜維的時候就應該血祭，由他自己破陣，否則哪會拖到這個時候。

宋老頭反應快手也快，手一抽就拽出一個金色的小網子，朝那枚心臟直扣了過去。未料那枚心臟靈巧地一閃，避過金網徑直朝姜維撲來。

姜維已經麻木了，他在吞了龍珠以後什麼龍骨、龍角都往他身體裡鑽，果然那枚心臟在接觸到姜維後倏地一下鑽進了他的體內。宋老頭看到這一幕後怒不可遏，伸手就要揪姜維的領子。就在這時山洞忽然晃動起來，山壁裂開，一塊巨大的石頭滾落下來，朝宋老頭砸去。

老五年紀最小被擠在最後，他伸脖子還沒看清楚，就見一塊西瓜大小的石頭砸中了宋老頭的肩膀，他伸向姜維的手臂頓時垂落下來，估計整個肩膀都碎了。宋老頭疼得眼冒金星，跌坐在地上抱著自己的手發出了一聲嘶啞的吼叫。

老大、老二、老三看到這一幕後不約而同的朝姜維撲過去，就在這時山洞晃動的更厲害了，一塊塊石頭從天而降，每塊石頭都大得能把人砸死。

老五見狀轉頭就往外跑，一邊跑還一邊鬼哭狼嚎喊地震了。

老四則往後退了幾步，他看了看被石頭砸中的師父和師兄，再看一眼完好無損連衣角都沒被碰到的姜維，咬了咬牙也轉身朝外跑去。他雖然不知道現在是什麼情況，不過那個叫姜維的小子明顯是扮豬吃老虎，他們所有人都被騙了，尤其是他師父，不但得不到這裡頭的東西，恐怕連人都要陪葬。

姜維此時也不好受，上次龍角鑽進他體內後他昏迷了好久才醒過來，這次他倒是沒昏倒，但是體內的血液像是遇到了狂風暴雨呼嘯著朝心臟湧去，疼得他捂著胸口、嘴唇發白。

很快石洞晃動得越來越厲害了，幾人腳下裂開了一條巨縫，宋老頭和他的三個徒弟外加姜維都掉了進去。

姜維此時疼得神智有些不清醒，但他出於本能還是將身體裡的龍氣釋放出來，托著他的身軀穩穩的落在地上。

而宋老頭和他的徒弟就慘了，宋老頭多少還有點本事，身上也有不少的好東西，勉強保住了命，而他的三個徒弟躺在地上不省人事，也不知道是活著還是死了。

宋老頭只剩下半條命，渾身上下都是血，微微動一下都承受了極大的痛苦。他仰面躺在地上，怎麼也不甘心自己努力了一輩子的東西最後卻落到了姜維的手裡。

此時的姜維完全沒有力氣理會宋老頭，他跪坐在地上看著面前的血滴。

這裡明明一片漆黑，伸手不見五指，但不知為何他卻能清楚的看見那滴血靜靜懸浮在空中，像是在等待什麼一樣。

身體裡的血液流動的速度更快了，快到讓他全身上下產生難以忍受的燥熱。姜維煩躁地將自己的衣服扯開，露出了勁瘦的胸膛，他揚起脖子發出了一聲嚎叫。

宋老頭剛用盡全身的力氣爬起來，就被一聲震聾欲耳的聲音給震趴下來，身上再次傳來一陣疼痛。就這一下，宋老頭身上的骨頭又碎了一批。

宋老頭震驚得連刺骨的疼痛都忘了，他不停的回想剛才聽到的那個聲音，怎麼那麼像傳說中的龍吟呢？可是這種傳說中的東西真的有可能存在嗎？還是說這裡頭的好東西是和龍有關？

想到這點，宋老頭的心又熱了，他身殘志堅的扶著山石又爬起來，每動一下都疼得渾身冒汗，折騰了半天總算摸索到一塊高點的石頭，勉強靠坐在上頭。

身上的寶貝剛才都用得差不多了，宋老頭一手在身上摸了半天最後掏出一支手電筒。他手指按住開關，緊張的吞了吞口水，猛然按住開關朝剛才有聲響的方位照去。

強光將黑暗的空間照亮，宋老頭顧不得看別的，他眼睛直勾勾地盯著自己面前的姜維。只見姜維兩眼一片血紅，瞳孔像是被點燃的火苗，光看一眼就讓人覺得膽戰心驚。

而在姜維的前面，一塊像紅寶石一樣的東西懸浮在空中，美得讓人屏息。宋老頭吞了吞口水，十分垂涎地看著那塊紅寶石，心裡飛快地分析自己搶奪那塊寶石有幾分勝算。

可讓宋老頭絕望的是，無論他怎麼算都找不出一絲能戰勝姜維的可能性，人家年輕力壯自己渾身骨折，靠力量是沒戲。要是靠本事呢？他覺得自己那點本事可能還真比不過滿眼血紅的姜維。

就在宋老頭猶豫這幾秒鐘，姜維忽然往前走了一步。似乎感應到了姜維的動作，那枚紅寶石忽然轉動起來，宋老頭這才發現，那根本就不是什麼紅寶石，而是凝聚在一起的血珠。

血滴感應到了姜維的主動，歡喜地朝他飛了過去，鑽入他身體裡消失不見了。有這滴血液的注入，姜維體內奔騰的血液量彷彿從湖泊變成了大海，將他的血管擠得滿滿的，似乎馬上就要撐碎了，疼得姜維眼睛一閉倒在地上昏死了過去。

山洞又恢復了安靜，宋老頭看著昏迷不醒的姜維吞了吞口水，有些猶豫的站起來。東西都被姜維吞了，他肯定是拿不回來，實在不行割開他的胳膊喝兩口血也成，總不能白折騰一輩子吧？

腦子裡剛閃過這個想法，一塊石頭就從頭頂上掉落下來，把宋老頭砸翻在地，宋老頭躺在地上看著自己僅存的那隻手也廢了，頓時覺得人生都是絕望。

上天怎麼就怎麼不待見他呢？

姜維覺得自己身體很熱，就像是什麼東西被點燃了，讓他痛苦難忍。他靠本能翻了翻身，耳邊隱隱約約傳來「撲通」的一聲落水聲，隨即身體被涼涼的東西包圍，他舒服的哼了兩聲，又沈沈睡去。

姜維感覺自己作了好多夢，只是那夢都像是片段，讓他連不起來也看不懂是什麼意思。朦朦朧朧中，他只知道自己要守護一個人，為了讓那個人存活下去，他可以忍受抽筋剝骨之苦、魂魄撕裂之痛，他甚至放棄了自己的神魂、甘願沈入底下化為龍脈，只希望為那人換取一線生機。

他成功了嗎？姜維迷迷糊糊之間似乎看到了鳳凰涅火重生，昏迷中的他露出了一個笑容，他好像真的做到了。

可那人知道自己涅火重生的代價後十分震怒，姜維不知道她做了什麼，只是在黑暗來臨之前姜維似乎看到她手捧他神魂的碎片輕輕親吻。「我會救你回來，你等我。」

畫面漸漸模糊最後消失，姜維感覺自己離夢境越來越遠，面前只剩下一片白霧。他翻了個身，感覺身體的疼痛逐漸減緩，他舒服的放開身軀，陷入沈沈的睡眠中。

宋老頭扭著腦袋眼睜睜地看著姜維翻身掉進地下湖裡沖走了，他心裡既覺得痛快又覺得失落，自己努力了一輩子，不知道往裡頭付出了多少法器和寶貝，最後什麼都沒得到，還弄了一身的殘疾。

姜維那小子雖然搶了自己的機緣，可那機緣看起來也不是那麼好得的，如今昏迷不醒還掉進了河裡，只怕難逃一死。

宋老頭正琢磨著，忽然山洞又晃了一下，一塊巨石掉下來把地下湖的入口封得死死的。宋老頭倒抽一口氣，有些惋惜地咂嘴，覺得姜維是真的沒救了。

宋老頭在洞裡睡了又醒醒了又睡，在他覺得自己要死了的時候，洞口上面終於有了光線，他用虛弱的聲音喊了一聲，就聽見上面傳來了老五興奮的聲音。「師父，你還沒死吧？」

宋老頭一口老血梗在了心口，頭一歪氣暈了過去。

睡了不知多久的姜維翻了個身，忽然覺得身體一沈，他猛然睜開眼睛，驚愕地發現自己居然在地下河裡睡著了，現在都不知道被河水給沖哪兒去了。

姜維在進山洞前已經在山上徒步走了好幾天，後來又在山洞裡折騰了兩天，身上又是泥又是汗，髒得渾身發癢。他乾脆在河裡把衣服脫了扔到岸上，自己在清涼的河水裡痛痛快快的洗了個澡。

姜維一邊搓身上的灰一邊回憶自己昏倒前的事，好像是石頭裡蹦出個心臟鑽他胸口裡，然後他掉到了一個洞裡，緊接著他覺得身上又熱又疼，像是渾身的血液被煮沸了，後面的事他就不記得了。

姜維趕緊摸了摸自己的身上，好像沒多什麼零件，也沒少什麼東西，關鍵是渾身上下十分舒坦，好像之前的難受是作夢。姜維困惑的歪了歪頭，他好像真作了一個什麼夢，可是夢到了什麼事卻想不起來了。

姜維下意識抹了把頭上的水，驚喜的發現之前的小龍角已經消失不見了。雖然可能是龍角徹底鑽進身體了，但是姜維已經不在乎了，反正體內那麼多東西也不差這一個，總比露在外面來得好，不小心摸一下像渾身觸了電似的，渾身酥酥麻麻的簡直太難受了。

痛痛快快地洗了個澡，姜維索性把岸上的衣服也拿到水裡來洗一洗穿上，休閒服撕成了碎片不知道丟哪去了，那件襯衣倒是勉強能當衣服穿。姜維動用身上的龍氣將衣服烘乾，就連腳上的鞋裡面都弄得乾乾淨淨。

渾身上下乾淨舒爽，姜維順著地下河隨便找了個方向就走，大約一個多小時終於看到了一絲亮光。等從一個約莫一人多寬的縫隙裡擠出來的時候，姜維發現自己出來的地方居然離下車處不遠，甚至他還看到了那兩輛停在雪地裡的車。

姜維身上只穿著一件被自己撕爛的破爛襯衣，腿上的褲子也十分單薄，雖然他身體感覺不冷，但是思緒上他依然覺得自己要被凍壞了，趕緊朝停車的位置跑了過去。

說來就是這麼幸運，他來的時候坐的那輛車的車門沒有關好，車鑰匙還插在車上，像是走之前十分匆忙。姜維打開車門坐了進去，覺得車裡面還挺暖和的，摸了摸出風口還有些暖氣，聯想起自己掉到山洞前看到的老四、老五拚命往外跑的情景，大概是他們跑了以後又回來了，現在應該上山去救他們師父了。

姜維不想等這幾個綁匪，他開著車下了山，雖然他上山的時候被蒙著眼罩還睡了一路，可他憑著直覺開車，居然直接找到了宋老頭的別墅。他把車停在別墅門口，進去裡面轉了一圈，不僅從老五的手機裡把自己的手機卡拿了回來，還找到了一個滿電的行動電源。

姜維把羽絨大衣套在身上，也沒拉拉鏈，直接揹上自己的背包就走了。

走到門口的時候姜維想了想又退了回來，這裡不知道離火車站多遠，自己得先把這輛車借走。姜維在客廳裡翻找了一圈終於找到了紙和筆，寫了便條放到客廳的茶几上，心裡默默的給自己的高尚品德點了個讚。

姜維出門發動車子的時候，手機電池已經快充充到了百分之十二，他把手機放到支架上，找到林清音按了視訊通話。很快視訊通話被接了起來，小師父的頭像出現在手機螢幕上。

姜維露出燦爛的笑容。「小師父，過完年沒？我的事辦完了，現在準備回家呢！」

林清音看見姜維羽絨大衣裡被撕得破破爛爛的衣服，露出了震驚的表情。「姜維，你是被人強暴了嗎？這麼刺激啊！」

看著螢幕裡小師父震驚的表情中還帶著興奮，興奮之後還忍不住笑了起來，姜維呵呵了一聲。

「小師父，寒假快結束了吧？妳的寒假作業寫完了嗎？」

林清音興奮的表情凝固在臉上，眼睛不由自主的瞪圓了一圈。

她把這事給忘了！

其實剛放假的時候她還記得呢，可是去了趟長白山在那裡待了好幾天，再回家就投入算命的事業中，她早把寫作業的事忘了。

不過話又說回來，別人上大學都沒有寒暑假作業，為什麼他們居然還會有寒假作業這玩意兒？簡直不可理喻！

看到林清音絕望的表情，姜維哈哈大笑起來，他就知道小師父肯定把作業的事忘光了。教林清音的一個老師當年也教過他，這個老師不按牌理出牌，每到放假都會給學生發厚厚的一疊卷子，讓人有一種瞬間回到高三的感覺，整個假期都鬆懈不下來。

看著小師父委屈的臉，姜維隔著螢幕都能感受到她的絕望。

林清音想想那厚厚的一沓卷子，再想想自己沒剩幾天的寒假，頓時也想蹲在地上扯頭髮了。

她終於知道現在禿頭的年輕人怎麼這麼多了，現實給的壓力實在是太大了！

王胖子看著小大師崩潰的樣子，頓時想起了當年剛認識小大師的時候，當年的她也是像如今一樣，一堆作業寫不完又面臨著開學，只能一邊補課一邊補作業，還逼姜維模仿她的字跡幫她寫作業。

王胖子和林清音同時想起了當年的那一幕，頓時十分有默契的對視一眼。林清音一掃哭喪的表情，衝著螢幕裡的姜維就笑了。「姜維，你坐幾點的飛機回來啊？師父讓胖哥去接你啊！」

絲毫沒有察覺不對的姜維老老實實的說道：「還不知道呢，手機剛充上電就先和小師父視訊了，一會兒我買好機票再告訴你們。」

「快點買快點買！早點回來！視訊不重要！」林清音催促道。「你先快點買機票然後趕緊去機場，有事我們回來再說。」

看著瞬間結束的通話，姜維將紅紅的臉埋在了手心裡，聲音裡的開心藏都藏不住。「想不到小師父居然這麼想我！」

姜維在大事上氣運都好成那樣了，這種買機票趕航班的事就更不用說了。順順利利的買到機票，一點都沒堵車的到了機場，四個小時後就看到王胖子那張熟悉的臉，剛叫了一聲胖哥就被王胖子扯到停車場再一把塞進車裡。

姜維脫掉羽絨大衣露出裡面破破爛爛的衣服，心裡越想越美。「沒想到小師父百忙之中居然這麼惦記我。」

王胖子十分認同的點了點頭。「特別惦記，從和你聊了視訊後就一直在念叨，要不是預約算卦的人太多了，小大師都會親自來接你。」

姜維笑得嘴都快咧到耳朵上去了，心裡美得簡直要冒泡。

王胖子看著姜維開心的樣子，忍不住搖了搖頭。還是太年輕啊！

在姜維的期盼中，王胖子把車開到了卦室樓下。姜維等不及王胖子停好車就跑上了二樓，在一群大爺、大媽的注視下興奮的喊了一聲。「小師父，我回來了。」

林清音在算卦的間歇抬起頭來看了姜維一眼，頓時笑靨如花。「姜維，快到師父這裡來。」

姜維歡快的跑過去，剛在林清音旁邊坐下懷裡就被塞進厚厚的一疊卷子。

「你終於回來了，要不然我寒假作業都寫不完了。這些作業就麻煩你了，記得模仿我的筆跡啊，你知道張教授，他眼睛特別利！」

姜維表情頓時僵了。

「對了，本來想給你接風請你吃飯的，但是作業這麼多，再去吃飯就太耽誤時間了。」林清音笑咪咪地摸了摸姜維的頭。「等你做完作業，小師父再請你吃飯啊！」

姜維啪啪的給自己兩巴掌。說什麼作業？讓你嘴賤！

抱著一沓卷子失魂落魄的回到了家，到家門口才打起精神來，畢竟和父母好幾個月沒見了，姜維不說心裡也挺想家人的。

果然姜母一看到姜維就埋怨起來了。「你這些天去哪兒了？都不回來過年，我看你是要上天啊。」

聽到熟悉的嘮叨，姜維頭疼地把卷子擋在了臉上。「媽，妳別念，我還要幫小師父寫作業呢！」

本來姜媽媽是想仔細盤問的，但是一聽說兒子要給小大師寫作業，瞬間就把所有問題吞下去了。小大師的事是最大的事，至於兒子，反正都平安回來了，還問什麼問？趕緊寫作業要緊。

寒假時間十分短暫，雖然慕名而來找小大師算卦的人絡繹不絕，但是林清音開學的日子就要到了，想算卦只能預約其他時候了。

返校前她還要把玩得樂不思蜀的人參娃娃送回長白山，鄭光燕聽說娃娃要走，頓時哭成了淚人，簡直見者流淚聞者傷心。

林清音都無奈了。「我去帝都上學半年不回來一次也不見妳哭成這樣。」

「那會一樣嗎？」鄭光燕抽抽搭搭的摟著人參娃娃不放手。「我的小乖外孫哦，你可得記住姥姥啊！」

「記得！」人參娃娃吧嗒吧嗒送了兩個香吻回去。「明年這個時候我還來呢！」

聽到這句話，鄭光燕總算好受些了，她一邊抹著眼淚一邊給人參娃娃收拾行李。

玩具都要帶著，衣服也不能缺，這床娃娃睡習慣了，要不也給他帶去？

看著鄭光燕收拾了將近半間屋子的東西，林清音臉都綠了。她抱著人參娃娃還能來無影去無蹤的，帶著這麼多東西她要怎麼給娃娃送回去？

光看鄭光燕最近多疼娃娃就知道肯定說不動她，還是從娃娃這裡下手。林清音把自己的小徒弟拎到一邊講道理。「那玩具帶一個小汽車回去不就得了，那十幾箱你搬回去也玩不了啊？」

小人參露出了委屈巴巴的表情。「可是我都喜歡，我喜歡遙控車、遙控飛機，我樂高還有十幾套沒有拼完呢，我都捨不得。」

行吧，孩子都喜歡玩具，那說衣服。

林清音把人參娃娃的連帽衣揪了起來。「不然這衣服要不我們就不帶了，你穿多了穿少了又沒什麼影響，以前穿個肚兜、光著屁股不還滿山遍野跑了好幾百年嗎？」

小人參捂住了臉。「姥姥說不穿衣服羞羞。」

小人參將小手移了下來，露出兩隻大眼睛眨著睫毛看著林清音。「姥姥還說了娃娃長得好看，穿漂亮的衣服更好看！」

林清音深吸一口氣。

「姥姥還說了，小娃娃……」

「停停停！」林清音頭疼得比了個暫停的手勢。「那什麼，那衣服先不說了，就說那床。你說你一個人參精為什麼要床啊？往地底下一鑽睡得都舒服！」

小人參露出了甜甜的笑容。「那不是因為我以前沒床嘛！」

林清音無奈了，她看著滿地跑的小火車直嘆氣。

「你說你帶這玩意兒有什麼用，那山上跑得起來嗎？再說了，這電池又不耐用，你要有地方買電池啊！」

小人參立刻瞪圓了眼睛。「師父說得對，我忘記這事了。」

林清音就看著圓滾滾的小人參挪動著小胖腿跑到林旭身邊抱住了他的大腿，奶聲奶氣地說道：「姥爺，我家沒有電池，玩不了玩具！」

林旭伸手將娃娃抱起來摟在懷裡，拿起手機撥了個電話。「王店長，叫人給我家送兩箱七號電池來。對，就是兩箱，其他型號的湊一湊也拿一箱來，我外孫玩玩具要用。」

# 第九十四章

林清音一拍頭，癱在了沙發上。

「哎喲我的媽呀！」

這麼多東西是帶不回去的，給林清音送作業的姜維出了個主意，不如用快遞先寄到長白山李家，等他們到了再把東西送到山上。

姜維這邊和李家聯絡好了以後，快遞員也上門了，快遞速度快，價格也貴，就鄭光燕夫妻倆給人參娃娃收拾的這些東西，光運費都快趕上買東西的錢了。

不管怎麼說東西是寄出去了，明天一早林清音就要帶人參娃娃走了。鄭光燕摟著人參娃娃心都要碎了，眼睛就沒乾過，一直淚汪汪的。「一年只能來一回嗎？夏天不能來嗎？」

其實人參娃娃已經化成人型，待在哪裡都無所謂。但是林清音覺得人參畢竟是天生地養的靈物，長白山靈氣充足又是生養他的地方，更適合他生長。

林清音說一早出發，林旭就早早的起來做了娃娃最喜歡的早餐。但分別的時候，娃娃抱了抱鄭光燕又摟了摟林旭，從自己的小腦門上揪下兩根頭髮來遞到他們手裡，鄭重地囑咐道：「這是娃娃送給姥姥、姥爺的禮物。」

鄭光燕捏著細軟的頭髮又是哭又是笑的。「多謝娃娃，姥姥一定收好。」

林清音看不下去這三人依依離別的樣子，抱起人參娃娃上了車。坐在駕駛座上的王胖子回頭逗娃娃。「小師弟，大師兄給你買了那麼多好吃的，你不送我一根頭髮嗎？」

娃娃很爽快的揪了一根遞給王胖子，王胖子捏著細軟的小頭髮笑壞了。「小大師，妳怕是也要給娃娃做個生髮符，要不然他會把自己送禿了……」

話還沒說完，王胖子眼睜睜地看著那根頭髮在自己手裡變成一根人參，細看還有些人的模樣。

「嗝！」王胖子受到了不小的驚嚇。

此時，剛進屋的林旭和鄭光燕看著手裡的人參也都傻眼了。

神色有些恍惚的王胖子看著肥嘟嘟、白嫩嫩的娃娃都有些回不過神來，自己的小師弟居然是人參成精的，這簡直突破了他的常識。

「這建國後不是不能成精嗎？」王胖子伸手戳了戳娃娃的胖臉問道。

小娃娃不服氣的鼓起臉來。「我是建國前成精的。」

行吧，你贏了！

王胖子把小師弟舉高高，苦口婆心地叮囑道：「以後千萬別再揪頭髮當禮物了，小心被人抓去燉湯。」

「我知道了！」小人參鼓著腮幫子點頭說道：「姥姥說了，要提防壞人，娃娃長得可愛，會有壞人把我偷走的。」

王胖子琢磨了下。「也差不多是這個意思吧，你記住就好。」將娃娃放下，王胖子轉頭問林清音。「小大師，妳父母早就知道這件事？怎麼這麼淡定呢？」

林清音後知後覺的從包包裡拿出手機，這才發現手機不知道什麼時候按了關機，等她打開手機後還沒看清楚上面的時間，鄭光燕就打了電話過來。

「我說長白山那麼冷的地方娃娃怎麼就穿件肚兜就來了，原來是這麼回事。清音，我和妳說，妳千萬不能讓他一個人待山上啊，他那麼小我怎麼能放心，不然妳還是把娃娃送回來吧。要是實在不行，我和妳爸搬到長白山上去住！」

林清音抱著頭。真是頭大！

雖然這個不捨，那個不願意，但林清音還是把娃娃送回了山上，約好了每個月來看他一回，等過年再接他回家。等寄的那些東西都到了以後林清音又特意過來一趟，幫娃娃把東西都送到大山深處杳無人煙的地方。

娃娃看著玩具開心的在山裡直蹦跳。

如今我是這山上最富有的娃娃了！

「師父，你醒了嗎？」老五坐在病床前小心翼翼地問了問，直到看見宋老頭睜開眼睛才鬆了口氣。「朱大師來看你了。」

宋老頭睜開眼睛，看著走進來的朱大師虛弱的一笑。「麻煩朱大師跑一趟。」

「哎，可別這麼說，都是老朋友了，我來看看你是應當的。」朱大師將手裡的盒子遞了過去。「這是前一陣得的小法器，能滋養筋骨的，我給老哥帶來了。」

聽到筋骨這兩個字宋老頭就覺得渾身都疼，他覺得他能活下來簡直是命大。當時他被徒弟從山洞裡救出來的時候都快不行了，送到醫院一檢查，渾身上下幾乎沒有好骨頭了。現在全身都打上石膏綁上繃帶，看著就是一具木乃伊。醫生說他腰椎也有骨頭受傷了，以後只能坐輪椅，這輩子都站不起來了。

「唉，你說你就不信我的，要是晚半天你肯定不會這麼慘。」朱大師嘆了口氣坐在一邊的椅子上。「對了，我聽小五說搶了你東西的那個人居然還跑了？怎麼那麼命大呢？」

宋老頭也覺得奇怪，一個昏迷不醒的人掉落暗河裡，又被巨石封住了路，這樣的人居然能活下來，還能跑在他前面偷他的車，實在氣人。

一想起姜維宋老頭就不想說話，那人簡直是他人生路上最大的剋星，剋到他都有些懷疑人生了。

見宋老頭不說話，朱大師心裡有些焦躁，他知道宋老頭一直在挖一個什麼寶貝，本來他是想螳螂捕蟬黃雀在後的，可沒想到宋老頭沒按他說的時間行動，把他的計劃都給搞亂了。現在倒好，宋老頭險些把命賠進去，連個寶貝的邊都沒碰到。

「對了，那小子叫什麼，知不知道他八字，有沒有照片？」朱大師殷切地問道。「我看看他長相算一算，說不定能找到他。」

小五直接掏出手機遞給朱大師。「我這裡有一張他的自拍。」

朱大師接過手機來看了一眼，笑容僵在了臉上。「這人怎麼有些眼熟。」

「眼熟嗎？」小五探頭看了一眼說道：「朱大師以前見過？他叫姜維。」

朱大師一聽到這名字恍然大悟。「我知道這是誰了，他是那個排除異己、喜歡引雷劈人的林清音的徒弟。」

「林清音的徒弟？」宋老頭氣得磨了磨後槽牙。「這孫子居然裝瘋賣傻……」

「咔嚓！轟隆隆！」

小五驚呆地看著床上冒煙的宋老頭，轉身就往外跑。「醫生快來啊，我師父被雷劈了！」

等宋老頭甦醒過來已經是好幾天以後了，渾身插著管子綁著繃帶躺在加護病房。等宋老頭被批准回普通病房以後，小五哭得鼻涕都快出來了。「師父，加護病房可貴了，您老的存款都用光了，要是再不出來我們就要賣別墅了。」

宋老頭之前好歹還能動一動胳膊，現在連手指頭都動不了了，躺在病床上流出了悲憤的淚水。都是搞玄學的，他之前是遲鈍沒往別的地方想，可這回一時嘴快就被雷劈了他還有什麼想不明白的呀？

怪不得在山洞裡，那石頭瞄準他似的追著他砸，姜維動都不動連衣角都沒擦到，怪不得姜維昏迷了掉在河裡還不死，怪不得自己剛罵姜維一句就被雷劈，原來人家是上天的寵兒，他就是孤兒唄！

不……孤兒都算不上！

宋老頭想起這些年自己付出的時間和心血就難過到想哭。他努力了一輩子都是為了給姜維打白工，自己怎麼就那麼想不開把他給綁回來呢？

小五不知道宋老頭心裡的想法，一邊啃蘋果一邊和師父絮絮叨叨。「師父，你那天被雷劈了以後朱大師嚇壞了，他說肯定是那個林清音替她徒弟報仇，隔空降雷，他這就回去召集正義人士去討伐林清音，和她鬥法。」

宋老頭躺在床上直哼哼，他心知肚明知道朱大師說是去鬥法，其實就是以大欺小以多欺少去打劫。他們認識半輩子了，沒一個敢說自己心術正的，他算是平時壞事做得比較少的了，最大的一樁壞事就是綁架了姜維想血祭他給自己開陣，結果東西沒撈到，自己又是被石頭砸又是掉進洞裡，好不容易九死一生回來了，還遭到雷劈。

想想人家姜維什麼都沒做，順順當當的就得到了機緣，他都這氣運了，那他師父會是什麼樣的人啊？之前宋老頭沒細想這事，只想跟著分一杯羹。可現在他真真切切的感受到被雷劈是什麼感覺，腦子冷靜了下來。

這林清音還不到二十歲，可算卦、風水、陣法這三樣都很厲害，最令人膽寒的是這丫頭不知道從哪裡學到一手引天雷的本事，劈了不少人，據說琴島那個行事詭秘喜歡勾魂玩鬼的傢伙就是在和林清音交手後被雷劈死在大街上。

大冬天的齊省，為了劈他還下了場雨，這是有多大的面子啊？那老天爺是多護著她才幹這事啊。

宋老頭想到這覺得自己提前被雷劈了說不定也是好事，起碼躺在這裡死不了。只要自己不去罵那個小兔崽……

心裡的話還沒說完，宋老頭就感覺到外面明朗的天氣瞬間陰了下來。躺在床上的宋老頭嚇得尿管都哆嗦了，趕緊呼嚕呼嚕的求饒。「再也不敢了，我再也不敢說了，我是兔崽子。」

坐在一邊啃蘋果的小五聽到師父發出奇怪的呼嚕呼嚕聲，還以為他想說什麼，伸手就把他的氧氣罩拽了下來。「師父，你想說什麼啊？」

剛出加護病房沒多久，呼吸能力還很差的宋老頭瞬間缺氧，感覺自己就像是離開了水裡的魚，憋得他直翻白眼，像是心臟病也要犯了。

小五叼著蘋果低頭看他半天，直到綁在身上的機器嗚啦嗚啦叫了起來，小五才扔下氧氣罩跑了出去。「醫生，醫生，我師父暈過去了！」

急匆匆趕來的醫護人員趕緊急救，費了半天的力氣終於把宋老頭給搶救回來了。護理師沒好氣地瞪了小五一眼。「你摘他氧氣罩幹麼？」

小五一臉無辜。「我師父想和我說話，隔著氧氣罩我聽不清楚啊。」

感受到窗外的光線再一次明朗起來，虛弱的宋老頭絕望得都哭了。

我算是知道我又是被石頭砸又是被雷劈還能活下來的原因了，是為了鈍刀子割肉，多虐我兩回啊？

老天爺啊，要不你還是劈死我算了！這一次次的，太嚇人了！我怕我受不了那刺激！

「清音，張老大佈置的作業妳寫了嗎？我有道題做不出來，我看看妳的！」陳子諾從行李箱裡拖出一疊卷子，一邊整理一邊埋怨。「平時作業就夠多了，好不容易放假放鬆放鬆，居然還有寒假作業。妳不知道，我寒假和高中同學聚會的時候他們聽到這個消息都笑死了。」

沈茜茜聲音軟軟和和的，可抱怨起來一點也不含糊。「別的學院也不出寒暑假作業，就張教授這樣。對了，清音，妳不是和我們班的輔導員助理姜維很熟嗎？他有沒有說過張教授會不會看我們做的卷子啊？」

「會看！」林清音十分遺憾地看著她。「而且還會把成績記到平時的作業分數裡。」一聽到這個，穩坐在床上的安美娟也不淡定了，把自己的卷子拿出來說道：「我們對一對，我有幾題不確定。清音，把妳的卷子也拿出來，我們班妳的數學成績最好了。」

雖然林清音連作業都會忘了做，但是她的數學在班上確實是最好的。不過林清音的好成績是靠驚人的記憶力、強大的邏輯能力和理解能力，她喜歡研究數學裡那種玄而又玄的奇妙聯結，最不喜歡的就是重複寫相同類型的題目，就不愛寫作業這點，都讓人不好意思叫她學霸。

「清音，第一套卷子最後的大題妳做了嗎？」陳子諾一邊把林清音的卷子抱過去，一邊問。

「做了吧！」林清音正在整理三個室友投餵給她的各種特產和零食，放假前她特意給室友準備了護身符作為過年禮物。投桃報李，室友們帶來的食物都快把林清音的床給淹沒了。

林清音抓起一把榛子，輕輕一捏，榛子殼就像脆弱的蛋殼一樣被捏碎了。林清音一邊撿著榛子吃一邊說道：「姜維幫我寫的，他肯定都做了。」

一聽到姜維給做的作業，三個室友瞬間把腦袋湊了過來，一人一隻手把卷子都分了。都是同個宿舍的，林清音的字她們認得，姜維作為輔導員助理，有時候也會在黑板上寫東西，她們也見過姜維的字，兩人寫字的風格是完全不一樣的，但是這卷子上的字跡卻和林清音的一模一樣。

「我去，這姜維學妳的字學得很像啊！」陳子諾嘖嘖稱讚。「一點都看不出代寫的。」

林清音十分自然地點了點頭。「從高一暑假開始就是姜維幫我寫作業，他經驗很豐富了。」

「哎呀，聽得我好羨慕！」陳子諾搖頭嘆氣的直哎喲。「怎麼就沒一個男生對我這麼好呢？」

林清音抱著一袋的榛子很認真地看了看陳子諾的表情。「妳還要再等等，明年這個時候就差不多了。」

年輕女孩子對戀情總是充滿了期待和嚮往，平時林清音太忙她們不好意思問，現在見林清音正好提到這件事，剩下的兩個也湊了過來。「我呢？我呢？」

林清音看了看剩下的兩個女生。「茜茜的桃花快了。美娟，她們問我也就算了，妳怎麼也跟著湊熱鬧，今晚不請我們吃飯了？」

安美娟紅著臉跺了下腳。「哎呀，討厭，什麼都瞞不過妳。」

陳子諾叼在嘴裡的筆掉了下來，一臉震驚地看著安美娟。「不是吧？妳怎麼一聲不響就脫單了？」

「是放假的時候在飛機上遇到的。」安美娟有些不好意思的抿著嘴笑。「是我們學校法律系大二的學長，和我是一個區的。路上我們聊得挺投緣，走之前加了好友，放假的時候他經常約我出來，有時候逛街、有時候去書店，也一起看過幾次電影。」

安美娟越說臉越紅。「在回來的飛機上他向我表白了，我覺得對他也挺有好感的，想和他相處試試，便同意了。」

陳子諾羨慕得抓心撓肝的。「我回家坐臥鋪，也碰見好幾個我們學校的還有對面學校的同鄉，結果一路上除了打撲克牌就是玩三國殺，貼了我一腦門的紙條，怎麼就沒一個和我看對眼的呢？」

沈茜茜笑得腰都要斷了。「妳都貼了滿臉的紙條了，還要什麼對眼啊？人家看得見妳的眼嗎？」

安美娟看著陳子諾直嘆氣的模樣忍不住直樂。「我們的小大師不是告訴妳了嗎？妳的桃花在明年呢。」

「我這不是著急嘛！」陳子諾嘆了口氣後終於想起正事來了。「對了，吃飯是怎麼回事？」

「我男朋友說按照規矩得先拜山頭，要請妳們吃飯，晚上我們去吃烤肉。」安美娟說著看向林清音，笑咪咪地說道：「清音，妳叫上姜維一起唄？」
林清音有些不解。「叫他幹麼啊，他又不是我們宿舍的。」
「就我男朋友一個男的多不好意思啊，有姜維在他可以自在些。再說了，這也不是外人啊，妳不是經常說姜維是妳的小徒弟嗎？」安美娟笑著擠了擠眼。「今天就帶著妳的小徒弟來吃大戶！」
「那行吧！」林清音放下手裡的榛子給姜維打了個電話。「姜維，今晚一起吃飯，我的室友也去。」
姜維聽到小師父的話心臟瞬間停了一拍，林清音上大學後兩人沒少一起吃飯，可這還是第一次帶他見她的室友。姜維臉上不由得熱熱的，終於要帶他見娘家人了嗎？
「行行、行吧！」姜維一緊張聲音都有些抖了。「小師父妳看妳的室友喜歡吃什麼？晚上我請客！」
林清音笑了。「不用，今天你只管吃就好了，有人請客。」
「有人請客？」姜維的笑容僵在臉上，心中警鈴大作。「男的？」
「對啊！」林清音往嘴裡扔了個榛子。「你只管吃就行，別的你不用操心了。」
電話那端，姜維頭髮都立起來了。
這是什麼時候出現的野男人？居然能堂而皇之的請客吃飯了？還叫他不要操心，作夢！

安美娟的新男友叫康瀚予，是法律系大二的學生。兩人剛談戀愛還有些羞澀，彼此對視一眼都有些害羞，甚至連站在一起都有些不好意思，一左一右中間能看出兩個人的距離。

林清音見人習慣先看面相，不過涉及個人隱私，只要不是人品問題，林清音都不會多嘴多舌，像安美娟幾人也知道林清音的習慣，所以從不去打聽別人的事，甚至她們對於自己的戀情也只問問什麼時候桃花開，並不去問兩人能不能結婚、能在一起多長時間這種問題，知道太多了心裡肯定有疙瘩，反而不能好好享受戀愛的樂趣。

康瀚予見到女友的三個室友更有些手足無措了，一時間都不知道說什麼。安美娟依次介紹了一番，到林清音的時候她俏皮的一笑。「這是我們宿舍的小大師呢。」

康瀚予是學法律的，他本身思考邏輯都屬於很嚴謹的那種類型，其實不太相信算卦、算命這些事。但是他情商還是有的，即使不信這些也不會較真，要是得罪了女朋友的室友，他還想不想談戀愛了？

於是康瀚予的表情恰到好處，朝林清音點了點頭。「我經常聽美娟提起妳，她說妳很厲害的。」頓了頓，康瀚予覺得自己的反應可能有些冷淡，又趕緊補充。「我對這方面不太了解呢，林同學是不是很會看手相？」

「你想看手相嗎？」林清音叼著棒棒糖看著他。「正好閒著沒事我可以幫你看看。」

康瀚予看了女朋友一眼，見安美娟鼓勵地微笑，有些遲疑地伸出了手。林清音站在康瀚予的對面，伸手扳住他的手指微微一使勁，將他的手掌掰平。

姜維自從接了林清音的電話後就心不在焉的，還沒到約好的時間就急匆匆的出門了，結果走到一半就碰到他的導師，直接把他叫住了。

自家BOSS的召喚不能不聽，姜維心裡著急但又不能走，等終於把BOSS應付過去，姜維一路朝約定好的地點狂奔而去。

眼看著到了約好的時間，姜維離得很遠就看到了站在樹下叼著棒棒糖的小師父，他臉上的笑容還沒露出來，就看到小師父握住了一個男生的手。

林清音剛看了康瀚予的指紋，還沒開口說話就感覺到一股強大的氣息湧來，可是不知為何，這種強大的氣息她不但不覺得害怕，反而內心深處隱隱約約有種熟悉感，還沒等她去探查這力量來自何處，就感覺一雙手扣住了自己的腰，緊接著身體被這個力量帶得轉了一個圈。

安美娟看著突然出現的姜維不由得往後退了一步，嚇得直拍胸脯。「哎呀媽呀！你這是飛過來的嗎？嚇我一跳。」

旁邊的陳子諾笑得腰都彎下來了。「確實挺嚇人，硬生生的把我們美娟一個粵省妹子嚇得滿口東北話，這鍋我可不背啊。」

林清音感受到扣在自己腰上的手的力量，緊緊貼在自己後背上的胸膛傳來的熱量，她不由得愣了一下，順著胳膊扭頭一看，正好和低頭看著他的姜維四目相對。

姜維的眼睛有些泛紅，嘴角卻往下撇著，看起來委屈巴巴的模樣，可抱著林清音的手卻絲毫沒有放鬆，就那麼緊緊的摟著她的腰，彷彿像是害怕失去她一般。

看到姜維這個異常的狀態，林清音連忙將手覆蓋在姜維的手背上，緩緩地輸入一縷靈氣，將他體內沸騰焦躁的龍氣安撫下來。

隨著體內的龍氣越來越安分，姜維眼睛裡的紅色退去，神色也漸漸清明了起來，他這才發現自己幹了什麼。

他居然把小師父抱住了！

最重要的是，小師父居然沒揍他！還摸了他的手！

一瞬間姜維激動得都想哭了，他就知道小師父對他最好了。

# 第九十五章

就在姜維開心的思考要怎麼回應小師父對自己的好，林清音抬起手來在姜維的手背上拍了一巴掌。「你抱夠了沒有？」

姜維的臉一下就紅了，戀戀不捨的將手鬆開。「小師父，我來晚了。」

「來晚就來晚了，你抱我幹麼？」林清音將姜維的手推開，朝旁邊的康瀚予招了招手。「你過來，你怎麼跑那麼遠？」

康瀚予臉都綠了。

姊，我差點死一回了妳知道嗎？我要多遲鈍才敢再過去？

姜維從衝過來將林清音抱住到現在恢復清明總共加起來不到一分鐘，像陳子諾幾人根本就沒發現什麼不對，都以為是姜維和林清音兩人在秀恩愛、大放閃。

雖然林清音一直不承認兩人是情侶關係，但明眼人都看在眼裡，姜維對林清音照顧得細緻入微，每次看到林清音時臉上的笑藏都藏不住，還故意撒嬌賣萌的，看得她們都跟著臉紅。有時候姜維還像幼兒園小孩似的，惹一惹林清音，非逼得林清音給他兩巴掌，還一臉滿足的直樂，也不怕瞎了她們圍觀單身狗的狗眼。

女生們早就習慣了都不以為然，可康瀚予兩腿顫抖差點嚇尿，剛才姜維衝過來的一瞬間用冰冷的眼神居高臨下的看了他一眼。

康瀚予無法形容那眼神，感覺就像是被一頭凶獸盯上了，在那種目光下他無法動、無法說話，連呼吸都覺得困難，甚至有一種下一秒就會死去的感覺。好在他只看了他一眼，可那一眼對康瀚予來說就像一個世紀那麼長。在姜維收回視線後，康瀚予覺得自己終於有一種活過來的感覺，感覺就像是再世為人，連正常的呼吸都覺得珍貴。

即使康瀚予一開始沒明白是怎麼回事，可之後看著姜維充滿占有欲的動作，他也是男人還有什麼不明白的？人家這是吃醋了。為什麼吃醋？還不是因為自己被林清音握住了手在看手相。

看著姜維臉上掛著笑，眼神卻異常冰冷的樣子，求生欲爆棚的康瀚予一把抱住安美娟，露出了個要哭的笑容。「學長，我有女朋友。」

冷不防被抱住的安美娟羞紅了臉，嬌嗔的拍了他胳膊一下，有些不好意思的和他十指相扣，臉頰紅紅的說道：「既然人都到齊了我們走吧，今天瀚予請客。」

聽到這話，姜維才知道自己鬧了烏龍，眼神頓時溫和下來，笑得像一個溫和無害的大男生朝康瀚予伸出手。「原來是安同學的男友，我叫姜維，是清音的小徒弟。」

康瀚予無力地擠出一個笑來，哆哆嗦嗦的把手遞了過去。「學學學長，我叫康瀚予。」

站在一邊的安美娟驚呼了一聲。「瀚予，你怎麼出了這麼多汗？衣服都濕透了。」

康瀚予欲哭無淚。我說是被妳室友那個小徒弟嚇的妳信嗎？

康瀚予畢竟是大二的學生了，學校周圍一帶哪家餐廳好吃、哪家環境唯美早就打探得明明白白的。既然是第一次請女友宿舍的同學吃飯，自然不能小氣，他特地選了一間口碑不錯的店，還提前訂了小包廂。

服務生站在一邊烤肉，姜維一邊歪著頭和林清音小聲說著話，一邊戴著手套將烤得嫩嫩的肉放到菜葉裡，再配上一點醬料，捲好以後送到林清音的手裡。

林清音這一卷烤肉剛咬了一口，姜維已經又挾起了另一片遞到林清音的嘴邊。「小師父，這牛肋排直接蘸料也挺好吃的，妳嚐嚐。」

林清音一低頭將肉咬在嘴裡，姜維笑咪咪的看著她吃肉，心情很好地問道：「是不是很好吃？」

林清音點點頭，讚許地比出大拇指。「小徒弟你在吃上面越來越有品味了，不愧是我帶出來的。」

姜維聽到這話差點噴笑。「小師父，妳是怎麼好意思說出這話的，當初我給妳補課的時候可是帶妳吃遍了齊城的美食。」他用手肘輕輕地撞了撞林清音。「妳忘了是誰一見我就兩眼冒光的問我中午吃什麼？」

林清音將手裡的烤肉塞進嘴裡，順手把指上的油抹在了姜維的臉上。「連師父的黑歷史也敢掛在嘴邊，我看你是不想活了。」

姜維連躲都沒躲，被林清音抹了一臉油後才慢條斯理的抽出濕紙巾擦了擦。「要是沒有我，誰幫妳寫作業？」

一聽到作業兩個字，林清音孬了。

她們系的作業真的是超級超級多，做作業倒是不怕，但是把時間都花費在寫作業上面太耽誤她算卦的時間了。

想到自己未來還有三年作業要寫，林清音的態度馬上變了，搶過小徒弟手裡的濕紙巾幫他抹了兩下，嘴上卻理直氣壯的說道：「有事弟子服其勞，伺候師父哪能講條件呢？這在過去容易被打死的知道嗎？」

姜維笑了。「我這不是第一次給人當徒弟嘛，業務不熟啊！」

林清音得意了。「我就不一樣了，我經常給人當師父，經驗豐富！」

姜維噎了下。「……哼！」

看到姜維酸溜溜的表情，坐在對面的康瀚予忍不住又哆嗦了。從不迷信的他覺得今天請客真是沒算好黃道吉日，這時不時的哼一下也太嚇人。

你們能不能好好的談戀愛？不要嚇唬我們這種無辜的圍觀群眾。

正在吃烤肉的林清音一抬頭看到康瀚予可憐無助又絕望的小眼神，習慣性的話語脫口而出。「你要算一卦嗎？」

康瀚予驚恐地睜大眼睛。「我不！」

吃完了烤肉，康瀚予買完單後像是解脫了一樣拉著安美娟就跑了，林清音倒是想和陳子諾她們回宿舍，可姜維直接扣住了她的手腕。「小師父，我們出去轉轉唄。」

路燈下的城市車水馬龍，聲音嘈雜、氣味渾濁。

林清音和姜維兩人在人行道上慢悠悠的散步，其實修煉之人完全可以運轉靈氣直接消化胃裡的食物，可是林清音卻覺得散步消食是一種很有趣的事情，她上輩子沒有七情六慾，活了上千年還不如別人活幾十年豐富多彩，縱然能飛升能長生也是無趣。

當然，她是連飛升都沒成功，直接被雷給劈死了。

姜維看著兩人在路燈下的影子，忍不住轉過頭看了看林清音的頭頂，很想伸手摸一摸她的頭髮。

算起來兩人認識也有三年時間了，那時候林清音還是個高中女生，瘦巴巴的給人一種柔弱的感覺，臉上還帶著稚氣。

剛認識的時候姜維覺得自己對林清音更多的是感激、崇敬，每次看到她都恨不得先膜拜一番。等在一起時間長了，他又覺得她一點也不高冷，反而像鄰居家的小妹妹，貪吃、不愛寫作業，看到冰棒就走不動，可愛得讓人恨不得抱著她的腦袋揉兩把。

等再後來林清音的學習上了軌道，他也考上了研究生，兩人除了傳訊息鬥嘴以外見面的時間很少，有時候放假回來姜維去看林清音，都得等到吃飯的時候才能和她說上話。

姜維那時候心裡也有些失落，覺得自己和小大師的距離遠了，可等王胖子想休假又沒人給小大師當助理時，小大師卻連想都沒想就把這個活丟給了姜維，直接把他的時間安排得滿滿的。

當時姜維嘴上抱怨，心裡卻樂開了花。這幾年來從小大師這算過卦的人無數，多大的人都有，什麼富二代帥哥也不在少數，多少人跳著腳想要入小大師的眼。可小大師有事，第一個依然是想起他，這樣姜維覺得自己在小大師心裡是十分特別的。

其實那時候的姜維並沒有想到喜歡這兩個字，和小大師的相處就是日常的吃吃喝喝，甚至還經常鬥嘴。姜維總忍不住變著方法逗林清音，看到氣得直跺腳的小大師就覺得非常有趣。

開心的日子久了，他的目光就忍不住去追隨她，雖然姜維明知道自己的本事不如她，可是林清音去任何地方他卻都不放心的陪著，好像在他的心裡，她一直是個需要保護的小女孩。不知什麼時候，這種感覺悄無聲息地發生了變化，他發現自己看著小師父的時候就心跳加速，看到她笑就忍不住跟著笑。姜維知道自己喜歡上小師父了。

這種喜歡就像是小溪一樣，無聲無息的流淌在他的心田裡，在他發現的時候他才知道自己的心沈淪了。

可是他沒有說，看著小師父一副沒心沒肺的樣子，姜維不想因為自己的感情讓小師父產生困擾，他覺得他有足夠的耐心等小師父開竅。

可是沒想到姜維自己剛下好決心就遇到了這麼一場烏龍，當他看到小師父拉住另一個男人的手的時候，痛苦彷彿像是火山爆發一樣疼得他撕心裂肺，魂魄裡像是有什麼東西要衝出來，那一刻他心裡只有一個念頭，誰也不能把她從自己身邊搶走。

雖然是一場烏龍，但是姜維察覺到自己對小師父的感情比他想像的還要深，他不知道該不該繼續等下去了，要是小師父以後真的喜歡上別人怎麼辦？

光想到那個場景，他就覺得心裡痛不欲生，恨不得毀天滅地。

「小師父，妳有沒有考慮過談戀愛的事？」姜維終於抬起手揉了揉林清音的髮頂。「妳喜歡什麼樣的男孩子？」

林清音聽到這個問題腳步微微地停頓了一下，眼裡閃過一絲迷茫。「我不知道，我甚至有些不清楚，喜歡是什麼樣的感覺？」

聽到這個答案，姜維不知道該鬆一口氣，還是該揪心。他沈默了半天才問道：「喜歡就是妳在想到他的時候覺得特別開心，見不到的時候又感到十分失落，睡覺前想的是他，醒來以後第一個想的還是他。」

姜維說得忐忑不安，林清音聽得一臉迷茫。她晚上睡覺前通常會想想明天早上吃什麼，早上起來她要忙著打坐修煉，連想午飯吃什麼的時間都沒有，怎麼可能有空去想男人？她又不是很閒。

看到林清音搖頭，姜維更糾結了。之前覺得小師父對什麼都懵懵懂懂的樣子很可愛，可輪到感情，依然懵懂不開竅，這就讓他很想哭了。

林清音也有些發愁，上輩子她在術數和修為上都到了巔峰，可依然沒有過天雷那關，飛升失敗後按理說是魂飛魄散，可她不但沒有消散，反而在這裡醒過來。

如今這具身體和她前世的樣貌、體質一模一樣，有的時候她都懷疑其實這也是自己，要不然不會這麼湊巧？只是這個時代和她前世的世界完全不同，她也沒有了高高在上的掌門之位，而是成為一個普普通通的女學生。

她嘗試算卦賺錢、享受到了食物帶給人的快樂、有了父母的關愛、交到了貼心的朋友，從事主那裡認識到了世間百態……

林清音覺得自己越來越像一個活生生的人，甚至越來越像一個真正的十九歲小姑娘，她現在很享受一個普通人的日常生活，也逐漸明白天道為什麼讓她重生在這裡，因為老天想讓她成為一個人。其實這對於修仙者來說是很矛盾的事，因為修仙本來就是從人修煉成仙，可她卻在修為達到頂峰、可以飛升成仙的時候被劈了回來，要她去學著做一個人。

林清音並不排斥成為一個普通人，她覺得人的七情六慾是非常有趣的事情，也是人生必不可少的體驗。現在親情、友情她都有了，可唯獨這愛情讓她很為難，到底怎樣才能喜歡上一個人呢？

看著林清音皺起來的眉頭，姜維心裡一緊，聲音也有些發顫。「小師父是修煉之人，難道打算一個人追求長生嗎？」

「那倒不是，等有空了我肯定要談戀愛的。」林清音下定了決定，不理解什麼是愛情沒關係，試試說不定就知道了。「以後我從找我算卦的人裡頭挑挑，肯定能遇到合適的。」

姜維聽到這話差點給林清音跪下了。

初戀啊！小師父妳說的這麼隨意是認真嗎？

看來等到兩情相悅再表白是遙遙無期了，既然這樣不如把話說開了。

姜維下了決定，拉住林清音的手臂推開一家咖啡店的門，找了個角落裡的座位後又去櫃檯點了蛋糕、冰奶昔放到林清音面前，等東西都準備齊全了，姜維才小心翼翼地問道：「小師父，如果妳想談戀愛的話可不可以考慮我？我想這世界上沒有別的男生比我更了解妳的喜好、妳的口味，我可以好好的照顧妳。」

林清音抬頭看著姜維，一臉震驚。「你是不是背著我把龍膽也給吃了？膽子不小啊，居然連師父也敢肖想！」

姜維有些無奈。「難道師徒不可以在一起嗎？小龍女和楊過也是師徒，人家還被稱為神鵰俠侶呢！」

「可是我們神算門並沒有這樣的先例啊！再說了……」林清音糾結地看著姜維。「都這麼熟了，你怎麼好意思對師父有想法？不怕被我打死嗎？」

姜維無力的抹了把臉。「師父，就先說神算門，雖然我也不知道神算門有什麼歷史，但現在我們門派裡就幾個人，什麼先例不能開啊？至於熟不熟的也不是重點，只有熟悉了才能真正的了解對方，才知道是不是真的適合自己啊。」

見林清音吃蛋糕的動作慢了下來，姜維的表情也越發認真。「小師父，如果妳有談戀愛的想法，請考慮我一下，我是真的真的很喜歡妳，所以請給我一個機會。」

林清音切蛋糕的手停了下來，臉頰頓時紅了起來，心裡閃過一絲異樣的感覺，可更多的卻是難為情和一絲絲的尷尬。

姜維看到林清音的表情就知道了她的想法，遺憾的嘆了口氣，但臉上依然帶著溫柔的笑。「我就是提前在小師父這裡報備，小師父只要記得這件事就好了。」

姜維越說林清音越覺得有些心亂，一著急她將自己叉子上的蛋糕塞進了姜維的嘴裡，惡狠狠地瞪他一眼。「快閉上你的嘴！」

姜維嘴裡塞得滿滿的都是奶油，將他心裡的挫敗和失落一掃而空。

「真甜！」

林清音回宿舍躺在床上有些輾轉反側，姜維的話就像石頭扔到了安靜的湖泊裡，泛起了層層的漣漪，這樣的波紋林清音是第一次遇到，她有些無所適從，不知道該怎麼辦才好。

躺在床上翻來翻去，不喜歡有煩惱的小大師惱怒的拍了拍床鋪。那麼多錢等著她賺呢，那麼多卦等著她算呢，那麼多美食等著她吃呢，談戀愛有什麼重要的？不如暫時往後放一放，等以後有空了再說！

想通的小大師瞬間沒有煩惱了，一閉眼睛就睡著了。

可是姜維就沒有那麼好命了。他躺在床上拿著手機輸入了一大段話，想了想又刪了，想像以前那樣閒聊，可是突然又不知道要說什麼。

時間一分一秒的過去，眼看著到了半夜十二點，姜維輕輕嘆了口氣，將手機拿到嘴邊。

「小師父晚安，好夢！」

日子像之前一樣沒有任何變化，兩人裝作什麼事都沒有發生一樣，依然和以前一樣相處。姜維盡心盡力的給小師父當好貼心助理，把算卦、看風水的單子安排得有條有理，林清音在嘴饞的時候依然會叫小徒弟陪自己去吃火鍋、吃烤肉。

林清音在帝都待久了，找她算卦看風水的人開始不僅僅是學校裡的人，外面也有不少慕名而來的。

外面來找林清音的多半都是看風水或者算卦的大單，通常都是幾萬起跳，若是布風水局，甚至要上百萬的價格。

姜維這天一早起來就接到了通電話，電話那邊的人自稱是白省的，家裡接二連三出現了些詭異的事，想請林大師給瞧瞧。

姜維微微皺了皺眉頭。「外省的單子我們現在接不了，沒時間。」

對方不屑的一笑。「我出五百萬，可以預付五萬訂金，事成之後覺得沒問題，尾款再給你們。」

姜維被對方的語氣給激惱了。「不接！」

對方愣了一下，似乎不太相信自己被拒絕了，不敢置信地重複了一遍。「我說出價五百萬你沒聽到嗎？」

「五百萬而已，你喊什麼？」姜維掏了掏耳朵，不屑地冷哼。「剛才報價一千萬請我們小大師的都沒你那麼囂張。」

不等對方再說話，姜維將電話給掛了，他看著電話號碼皺起了眉頭。

自從成為半隻龍以後，姜維的直覺十分敏銳，尤其是惡意這方面。他雖然不知道打電話的人是誰，但這人的惡意隔著電話都能感覺得到，姜維覺得這不是小事。

此時一個古樸的廳堂裡，朱為真將手裡的茶杯狠狠放到桌上，冷哼了一聲。「囂張！」

朱為真的徒弟乘機說道：「諸位大師都見了，連林清音的徒弟都這麼猖狂，那林清音更別提是什麼樣了。連事主的面都不見一面，也不打聽什麼事就敢獅子大開口用一千萬來逼我們抬價，簡直有損我們玄門的聲譽。」

一個穿唐裝的老頭抬起眼皮看了朱為真一眼。「五百萬是你們出的，肯定也有人出一千萬，各家有各家的情況，看來這林清音是有真本事的人，要不然也不敢要這麼高的價格。」

坐在他旁邊的副會長程華明也跟著笑了。「再說了，人家也不是我們玄門的人，說什麼損我們玄門的聲譽，傳出去也不怕貽笑大方。」

朱為真似乎沒想到這兩人這麼不識趣，心裡不由得罵了句娘。「我們知道可外人不知道啊！其實這還是次要的，重要的是這林清音也不知道會什麼道法，可以引下天雷，有不少和她交手的同行都吃了大虧，甚至被雷劈死的也有不少。」

唐裝老頭依然慢條斯理的喝著茶，不緩不慢地說道：「這事我也聽說過，只是被雷劈死的那幾個都是作惡多端的，不算白挨天雷。」

「那宋老二呢？他可沒做過什麼壞事。」朱為真睜著眼睛說瞎話。「大家都知道他這輩子都沒怎麼離開過那片山，可就在前些日子，林清音的徒弟姜維暗算了宋老二，在他破開大陣後搶走了裡頭的寶貝，還將他推下山洞。幸好宋老二的徒弟忠心把他師父救回來了，可在醫院剛醒過來就又被雷給劈了，這肯定是林清音想殺人滅口。」

唐裝老頭的眼睛微微眯了起來。「宋老二琢磨了一輩子的大陣居然破開了？裡頭到底是什麼寶貝啊？」

朱為真痛心疾首地搖了搖頭。「就連宋老二和他的幾個徒弟也沒看清，不過聽說陣法一破開就感應到了強大的氣息，好像還有……」

朱為真故作神秘四處看了一眼，這才壓低聲音說道：「還感覺到了龍氣。」

「龍氣？」唐裝老頭猛然站了起來，氣息不穩地問道：「你確定？」

「我確定！」朱為真鄭重地點了點頭。「我怕弄錯了還回來特意搖了一卦，那裡頭的東西確實和龍有關，只可惜落到了林清音徒弟的手裡。鄭會長，如今林清音一個人就攪得齊省、帝都翻天覆地，若是放縱不管，假以他日這兩人難免不會把整個玄門掀得天翻地覆。」

「為真說得是！」鄭承表情嚴肅地點了點頭。「之前是我疏忽了。」

見會長鄭承總算願意開口，朱為真鬆了口氣。「鄭會長，其實我已經聯繫了四、五位大師想約林清音出來一見，可是我們這裡沒一個懂陣法的，布陣這塊還得煩勞您動手了。」

布陣就需要法器，鄭承有些心疼，可一想到要是事成了自己就能得到那個和龍有關的寶貝，與之相比，布陣用的東西簡直就不值一提了。

「讓我布陣可以。」鄭承抬起眼來輕輕地瞥了朱為真一眼。「你們要什麼東西我不管，姜維搶宋老二的那個寶貝必須得歸我。」

朱為真點頭哈腰的應承下來。「會長您放心，等事成以後自然是由您先選的。只是……」朱為真苦笑的攤了攤手。「該怎麼把那師徒兩個騙過來？」

鄭承摸了摸手上的戒指，轉頭和程華明說道：「安排人給林清音打電話，邀請她參加今年的玄門大會，時間就定在清明節。」

程華明愣了一下。「會長，我們玄門大會應該是在八月開。」

鄭承嗤笑了一聲。「這個會是我單獨為林清音開的。怎麼樣，夠給她面子吧？」

程華明頓時笑了，豎起了大拇指。「會長高明，那不如把地址就設在毛九溝吧，那裡地勢險惡，方便會長和幾位大師動手。」

鄭承伸手一指。「就這麼定了！」

# 第九十六章

北方玄門協會並不是什麼官方組織，起初是幾個人湊在一起搞的小聚會，但隨著時間的推移人員越來越多，到現在十幾年了，也累積了兩百多名會員，也算得上是頗具規模了。以前這些人只是在一起聚一聚，互相分享一些訊息，若是有工作自己做不了也可以從協會裡找人幫忙，後來就演變成每年召開一次的北方玄門大會，聲勢相當浩大。

一開始的時候這人數少還很和諧，可是隨著協會發揚壯大，裡面狗屁倒灶的事就越來越多了，他們對入會的會員也不會仔細審核，只要是有能力、有錢就可以加入，裡面魚龍混雜什麼樣的人都有。

鄭承是現任會長，在陣法上有些本事，但是不如被雷劈的宋老二，人也更貪婪，要不是宋老二現在躺在病床上起不來，朱為真還真不想讓鄭承加入。

經過多年的被人追捧，鄭承會長的架子十足，說話也習慣打官腔，甚至在他心裡，他們北方玄門協會比那些官方組織也不差什麼，甚至更勝一籌，那些官方的人可沒有他們這麼有本事。

鄭承覺得只要是從事算卦風水這一行業的人，都會聽說過北方玄門協會，他們主動給林清音那個小丫頭打電話絕對是天大的面子，這事肯定沒有不成的。

顯然副會長程華明也是這麼認為的，他問朱為真要林清音的電話，朱為真有些尷尬的說道：「找林清音必須要通過她的助理或者徒弟，一個就是搶了宋老二機緣的姜維，另一個在齊省，叫王虎。」

程華明聽完氣笑了，他都五十多歲的人了還沒徒弟沒助理，林清音小小年紀架子倒是擺得不小。「哪個能直接聯繫上林清音就打哪個。」

姜維接了朱為真的電話後直接到自習室找到了林清音，林清音從厚厚的一本專業書裡把頭抬起來，臉上露出一絲不爽。「你說有人想挖坑給我跳？」

姜維剛要說話電話又響了起來，雖然是不同的號碼，但是姜維的直覺告訴他肯定和剛才那個通話有關。

兩人索性拿書出來自習，在電話再一次響起來的時候才慢吞吞的接通了電話。程華明第一次沒打通已經有些窩火了，第二通電話響得都快把他的耐心耗盡了才有人接起來，慢悠悠地問：「誰呀？」

程華明眉毛皺得足以夾死螞蟻一般，聲音聽起來高高在上。「我是北方玄門協會的副會長程華明，我有事通知林清音。」

「北方玄門協會？」姜維一頭霧水，用毫不避諱的音量問旁邊的林清音。「小師父，妳聽說過嗎？」

林清音手指裡夾著一枚搖卦的古錢輕輕一笑。「幾個人湊在一起也敢自稱玄門了，也不問問別人願不願意被代表，這種小組織我還真沒聽說過。」

林清音的聲音清晰地傳了過來，不僅程華明，就連鄭承的臉都綠了。可是縱然憋了一肚子氣，兩人也不好意思在這個問題上嗆，畢竟他們就是民間組織，不被官方承認的。

鄭承猛然站了起來，可是看到旁邊的朱為真又坐下來了，朝旁邊的程華明使了個眼色。程華明被人一句話掀了老底，也沒那麼有自信了，連音調都降了三分。「林大師不能這麼說嘛，我們北方玄門協會也有十五年的歷史了，這裡頭的人都能稱得上是妳的前輩，妳這麼說話可是有些不禮貌。」

林清音輕笑了一聲。「不是年紀大就能當前輩的，得先看看自己配不配這兩個字。」

程華明被噴得不知道該說什麼好，要是平時他早就把手機給扔出去了，可這次他們是要將人騙過來打劫，他還真沒那個臉去反駁。況且他也不敢真和林清音嗆聲，萬一人真不來了，他們就傻眼了。

鄭承也是這麼想的，他見程華明被噴得不上不下，只能自己把手機接過來，先哈哈笑了兩聲，顯得無比的親切。「林大師妳好，我是鄭承，是北方玄門協會的會長。雖然我們協會不算大，也不算正規，但是聚集了不少同行，這次打電話給林大師是想邀請林大師過來聚聚，大家互相交流切磋一番，也當交個朋友。」

鄭承的話聽著順耳多了，林清音接過電話笑了笑。「鄭會長真不好意思，我們學校作業可多了，我還真抽不出空去參加什麼交流會。」

鄭承只知道林清音挺年輕的，但是實際上了解得並不多，聽到她要寫作業頓時一臉傻眼，這林清音會不會也太小了點。

朱為真見狀趕緊和鄭承耳語。「林清音在帝都大學上大一。」

鄭承聞言心情十分複雜，他家花了不知道多少錢給孩子補課才考了個二本大學，林清音一個算卦的居然都能上帝都大學，這是什麼命啊？不過隨即鄭承更心熱了，就一個不到二十歲的孩子，居然能在他們這行業裡闖出名頭來，肯定有不為人知的大機緣，不說別的，光那個引天雷的道法就讓他很眼熱了。

想到這，鄭承的態度更加熱切了。「我們也考慮到了這個問題，所以特意將時間定在了清明節，地點就在白省的毛九溝。林大師可能不知道，在玄門裡一直有個傳聞，說毛九溝有上古的遺跡。雖然不知道這個傳聞是不是真的，不過這裡磁場紊亂，就連現代設備都無法勘測這裡的全貌。不瞞林大師說，這裡有許多天然陣法，裡面說不定真有什麼遺跡，林大師不妨帶徒弟來，和同行聚一聚順便也來看個新鮮，來回的路費和住宿費用我們協會全都可以報銷的。」

林清音心裡一動。「毛九溝？好，時間和位置發過來，我們會準時過去的。」

倒不是費用報銷吸引了林清因，身為能夠推衍天機、推算國家興亡的術數大師，林清音的直覺相當準，在鄭承說出毛九溝這三個字後，她心裡有一種強烈的念頭，恨不得馬上到這個地方看一看。

離清明節假期還剩不到一週的時間，姜維火速買機票準備了東西，放假的晚上兩人連夜飛到了白省。

雖然以交流會做幌子，但鄭承依然搞得有模有樣的，除了之前朱為真找的幾個人以外，鄭承又叫了十來個和自己私交甚好的大師。鄭承總覺得林清音這人有些邪性，他真怕光他們這幾個人打不過，多幾個人多一些安全。

鄭承有幾句話說的是真的，就是關於毛九溝的傳聞。這裡雖然叫溝，其實是屬於長白山山脈的，綿綿的大山和險要的地勢讓這裡遠離了世人的視線。

毛九溝迷障重重，困難時期有不少村民冒險去山裡找吃的，可沒有一個人回來，因此直到現在挨近毛九溝的一帶都沒什麼人煙。

這裡沒人地又便宜，鄭承只用了少少的錢就包下一大片地，用協會的錢以協會的名義在這裡建了一棟宅子，裡面古色古香，但是卻有不少陣法，尤其是後院直接通往毛九溝，只要一進山就是步步機關。

鄭承派去機場的人直接將林清音和姜維帶到了宅子裡，鄭承有模有樣的拉了橫幅，還要給林清音介紹這次來交流的大師。

林清音在所有人面上一掃就笑了。這裡頭都沒一個好人，好一點的是坑人錢財，狠毒一點的手上都有人命。

看到林清音的笑容，鄭承心裡一虛，訕訕地把手收了回來。「不知道林大師笑什麼？」

林清音嘴角翹了起來。「不知道鄭會長有沒有打聽過我，要是了解我的話應該知道我相面很厲害。比如說什麼下毒啊、誣陷啊、奪人妻女這種事都瞞不過我的眼睛。就像鄭會長七年前做的事一樣，你以為天知地知，卻不知道我從你的面相上就能看出來。」

林清音說一句鄭承就心驚一句，聽到最後他臉上的笑容都沒了。林清音手裡把玩著一枚古錢掃了鄭承一眼。「你叫我來的目的我心知肚明，所以戲就不用演了，我也不想浪費時間，還是直接上山吧。」

鄭承這輩子坑了這麼多人，還是第一次見到這麼直接要被坑的，一時間他都不知道該如何應對。林清音也不再和他廢話，直接朝後院走去。

此時鄭承也顧不得什麼計劃了，連忙給其他人使眼色，跟著林清音一路到了後院。鄭承在這後院的陣法上沒少費心思，將自己的陣法和山上的陣法連在一起，只要進了大陣就等於落入他的手掌心。

林清音進了陣，鄭承便抱住花園裡的一根柱子連轉三下啟動了大陣。林清音聽到動靜後連頭也沒回，幾步就走出了大陣的範圍，徑直上了山。

一群人眼睜睜地看著林清音帶著她的小徒弟就這麼大搖大擺的從自己面前走了，都有些傻眼地看著鄭承。「會長，你的陣法啟動了沒啊？」

鄭承這麼多年還是第一次這樣被打臉，頓時臉上發紅，咬了咬牙硬撐著說道：「這不過是小試牛刀，大陣在後面呢。」

「那愣著幹麼？趕緊追啊！」朱為真喊完就朝後門奔去，其他人一見，生怕別人占了便宜，呼啦啦的全跟了上去，一個沒落的都進入陣裡了。

鄭承一看就急了，趕緊將柱子恢復到原位，可剛擰了一圈就覺得天旋地轉一頭栽在了地上，等從地上爬起來以後發現自己已經不在原位了，身邊七倒八歪摔在地上的都是自己的盟友，而林清音正在前面笑咪咪地看著他們。「我怕你們進不了毛九溝，所以出來的時候順手在陣法上動了下手腳，將你們一起帶進來了。」

姜維在旁邊笑呵呵的附和。「舉手之勞，不足掛齒，不用感謝了。不過進了山以後一切都靠你們自己了哦！」

鄭承往四處看了一眼，險些嚇昏過去。他這是進了什麼陣法呀？

鄭承這些年就沒少在毛九溝轉悠，對毛九溝的上古遺跡一直心存幻想，天天作夢都琢磨著自己無意間破解了天然大陣，得到上古傳承，成為當世最厲害的大師。這夢他從二十多歲到現在五十來歲足足夢了三十年，甚至還在毛九溝的山下建了宅子，可是這麼多年過去，他別說打開大陣了，就連山邊周圍的這些凌亂小陣都沒弄明白。

朱為真踉踉蹌蹌爬起來，也顧不得什麼會長不會長的了，一把將鄭承揪了起來，聲嘶力竭的吼道：「你把我們弄哪裡來了？快放我們出去！」

鄭承看著一望無際的沙漠欲哭無淚。他要知道了還在這裡趴著？早就爬起來出去了。程華明倒是挺忠心的，這個時候還護著鄭承，爬起來擋在鄭承前面。「是你們自己跑進大陣的，沒看會長也出不去了嗎？」

鄭承看著坐在一邊大石頭上笑臉盈盈的林清音，不由得覺得心底發涼，他指著林清音聲音都顫抖了。「這都是林清音搞的鬼，剛才她還說她對陣法做了一些手腳，你們看不見她坐在石頭上衝著我們笑嗎？」

朱為真順著鄭承的手看過去，除了滿目的黃沙以外什麼也沒有，他看著天上熱辣的太陽，摸著滿身的法器和符紙忽然有些絕望到想哭，在這個地方這些東西有什麼用？他現在只想喝水。

朱為真瘋狂的叫了一聲，從身上掏出羅盤就朝鄭承砸去，鄭承頭一歪堪堪躲過了羅盤，身後卻不知被誰甩了一張符紙，一下燃起火來。幸好那符紙看起來挺弱的，鄭承躺在地上滾了兩圈總算把火給弄熄，但是衣服已經不能穿了。

看著他們惶恐暴躁的表情，鄭承真怕被他們打死在這裡，在朱為真又要動手的時候連忙喊：「這是陣法，我們把它破開就能出去！」

鄭承的話總算讓這些人冷靜了下來，他們也不是不知道這是陣法，他們從來沒有見過這麼逼真的；熾熱的太陽、滾燙的沙子，真實的觸感瞬間就讓他們的情緒崩潰了。

鄭承自己也心慌意亂，可他偏偏不能表現出來，生怕這些人看出來直接把他打死。鄭承在心裡飛快的推算著，仔細地尋找可能是陣眼的地方，時不時的指揮那些人用身上的法器或者是符紙攻擊他所說的地方。

隨著時間的流逝，所有人都將厚厚的衣服脫掉丟在地上，一人穿著一件內褲在沙漠裡晃悠，可即使這樣汗水依然流個不停，嘴唇乾得都裂開了，嗓子直接燙到要冒煙了。

時間從白天到夜晚，然而夜裡的溫度依然沒有降下來，反而更乾了，就在鄭承癱軟在沙子上覺得自己要死的時候，他忽然感到身體一沈，猛然摔在地上，這次他沒等爬起來就摟著自己光溜溜的上身哭了。「要凍死人了！」

從熾熱的沙漠到了極冷的雪地，就連程華明也怒了，朝著鄭承喊了一嗓子。「你這到底是什麼鬼陣法？到底能不能出去了？」

鄭承欲哭無淚，本來他還挺以自己的陣法為傲，可和眼前所看到的一切相比，他的陣法就如幼稚園小孩的傑作，簡陋不堪。

「林清音把陣法給改了！」鄭承心裡絕望得都要吐血了。她說隨手改了一下，這到底是怎麼隨手才能把那麼普通的一個陣法改成這副鬼樣子的？

聽到是林清音改的，朱為真氣急敗壞地質問。「你不是陣法大師嗎？那林清音怎麼改你的陣法你不知道？你一點防備都沒有嗎？」

鄭承絕望的吼回去。「我怎麼知道她是怎麼改的？你他媽想暗算人家的時候怎麼就不打聽清楚她的能耐，要不是你貪婪的肖想人家的法器怎麼會有今天的事？」

怒火瞬間轉移到了朱為真的身上，朱為真抱著腦袋嚎啕大哭起來。「我沒想到一個丫頭會這麼厲害嘛！」

所有人都露出了淒涼的表情。他們來之前都打聽過林清音，也聽說過她的事，可想到她那個年齡就覺得那些事肯定誇大其詞了。就這麼點歲數，從娘胎算起來都不如他們出道的時間長，他們這麼多赫赫有名的大師聯手起來還打不過她了？

可沒想到真打不過！

不！他們甚至連打的機會都沒有，這也太淒慘了！

嗚嗚嗚……

這群人體感在陣法裡待了一天一夜，可在林清音眼裡不過是二、三十分鐘而已，她拍了拍手上的灰塵，從石頭上跳了下來，笑咪咪地給陣法裡面的人傳音。「試煉一共有九關，前三天是開胃菜，中間三關是考驗你們的本事，最後三關是拷問你們的心性，什麼給人下毒的、謀財害命的、斷人子孫的都要小心一點，可能過不去最後的天雷陣喲！」

朱為真聽到林清音的聲音後瘋狂的轉了兩圈，聲嘶力竭的嘶吼。「林清音，妳給我出來！躲在陣法後面算什麼能耐！」

林清音搖了搖頭，一腳踏入陣法出現在朱為真面前，朱為真看見林清音眼睛都紅了。他活了半輩子，坑人法器也不是第一次幹了，可是頭一回這麼狼狽。

他看到林清音出現在陣法裡，心裡冷笑：到底是年輕，三言兩語就把她哄騙進來了。也不用人招呼，所有人都有默契地掏出身上的寶貝朝林清音招呼過去，符紙、羅盤、各種奇形怪狀的法器應有盡有，林清音連看都沒看，甚至連手都沒抬起來，那些東西在隔著林清音一公尺的地方就停了下來，無論那些人怎麼驅使都紋絲不動。

林清音在朱為真驚恐的表情中走到他的面前。「聽說就是你想搶我法器的？」

朱為真眼睛瞪得溜圓，可身體卻僵硬了，林清音緩緩地釋放出自己的威壓，朱為真撲通一聲跪在地上，他掙扎著想起來，可身上就像扛了座五行山似的，完全動彈不得。

林清音看著趴下跪倒的這群人，腳尖輕輕一點，周圍的場景快速的變化，最後停在一片無處可逃的懸崖之上。

這懸崖足足有百尺高，頭頂就是深藍色的天幕，最讓他們害怕的就是一道道宛如大樹般粗壯的雷霆，每一道都伴隨著震耳欲聾的聲響。

「不得不說你們是我有生以來見過膽子最大的人，居然把主意打到我身上。」林清音摸著龜殼笑了。「看來之前劈死那些邪修的天雷也沒震住你們啊！」

話音剛落，一道雷就劈了下來，所有人齊齊的往後退了一步，眼睜睜的看著那道雷落在懸崖的邊上，劈下去一塊巨大的山石。

鄭承撲通一下就跪了。「林大師您不是說天雷是第九關嗎？我們第二關還沒過呢，要不您還是把我們送回去挨凍吧！」

朱為真氣到一腳把他踹翻，撲通一聲也跪下了。「林大師饒命，我們再也不敢了。」

林清音看著他嗤笑一聲。「雙眼赤紅、眼神凶惡、顴部露骨、印堂紋路叢生，一看就是貪婪狠毒之輩，殺人害命之徒。」

朱為真聽得目瞪口呆，沒想到居然有人真的能透過面相看出這些事來，頓時眼睛滴溜轉個不停，拚命的想脫身之道。

看著他不思悔改的樣子，林清音神色淡漠下來。「找我算卦看相向來要預約，今天讓你插個隊，我再替你相一面。你顴部晦暗，一定會遭雷擊。」

林清音話音剛落，一道雷就在朱為真的頭頂炸開。朱為真兩眼一翻，直接暈了過去。

旁邊的程華明哭哭啼啼地爬了過來。「林大師，我平時就拍拍馬屁，坑人點錢，沒有殺過人啊！我不想被雷劈死啊！」

林清音不屑地撇了撇嘴。「做過什麼樣的壞事就會有什麼樣的報應，你若是問心無愧，自然不用擔心被雷劈死。」

程華明後悔得直抹眼淚。「我回去還錢不行嗎？我再也不敢了大師！」

林清音已經在他們身上浪費了半個多小時時間，不想再耽誤下去了。她轉身出了陣法，留下這群人抱在一起看著頭頂上的巨雷哇哇大哭。

就像鄭承說的，這裡陣法混雜、磁場紊亂，多少年來無人能走進這裡，甚至連先進的機器到這裡都會失靈。

林清音本來對這裡是上古遺跡的說法有些存疑，可越往深處走越相信了這個說法。在這裡她身上的靈氣全無，除了不用吃飯以外，其他和普通人也沒什麼區別，翻山越嶺的全憑自身的體力。

而這裡的陣法錯綜複雜，因為都是天然形成的，所以這些陣法並不能以常規來推斷，和林清音見過的陣法全都不同。不過陣法這種東西就像是數學題一樣，有規律有竅門，只要按照五行八卦推衍一定會找到陣眼。

林清音在這裡彷彿找到了前世剛學陣法時的樂趣，樂此不疲的鑽研著一個又一個陣法。只是她身上靈氣全無，即使找到了陣眼也無法破掉，好在姜維體內的龍氣還在，要不然兩人還真走不出去。

天漸漸黑了，林清音沒有靈氣的身體撐不住了，無力地靠在一棵樹坐了下來。姜維脫下身上的大衣披在林清音的身上，從背包裡取出一個保溫杯遞給了她。

林清音連喝了兩大口溫水，有些挫敗地嘆了口氣。「姜小維，你說這上古仙人是不是根本就不想有人上去？我一個修仙之人都有些扛不住了。」

「也許上古仙人可能沒想到有人會有龍氣吧？」姜維背對著林清音彎下了腰。「小師父，我揹妳上山！」

林清音愣住了。「這不好吧？我還從沒被人揹過呢！」

姜維臉上笑容暖暖的。「那從現在開始，我就是小師父的坐騎了！」

# 第九十七章

姜維將大衣脫下來，小心翼翼地將林清音托到背上，然後將大衣蓋在她的身上，將她裹得嚴嚴實實的。林清音體內沒有靈氣時也就比普通人的體質好一點點，在這種季節的晚上還真的有些受不了。

破陣花腦子、爬山又費體力，折騰了這麼長時間林清音真的有些倦，她兩隻手搭在姜維的脖子，臉頰靠在他結實的背上，不一會兒就睡著了。

聽到林清音平穩的呼吸聲，姜維微微轉了下頭，看著趴在自己肩膀上的小師父。因為角度問題，他看不到林清音的臉，只能看到光滑黑亮的秀髮。

感受到背部的體溫，姜維露出了一抹笑意，他穩穩揹著林清音，快速地朝山上奔去。姜維不懂陣法，他就將體內的龍氣全都釋放出來。

狂躁的龍氣在前面呼嘯著開路，破壞一個又一個陣法，而姜維一直穩穩的托著林清音，連步伐都沒有亂一步，生怕打擾她的休息。

體力和腦力的消耗讓林清音十分困乏，睡得也很香甜，甚至朦朦朧朧中還作了個夢。林清音太睏倦了，她都不願意去看夢境裡是什麼，只覺得身下的床鋪特別結實，讓她非常有安全感。

足足睡了十幾個小時，林清音醒來的時候天光大亮，她揉了揉眼睛，臉上露出一絲迷茫的神色，隨即才反應過來自己是在哪裡。

周圍的參天大樹和昨天看到的沒什麼差別，但是光看周遭混亂的磁場和讓人有些窒息的氣息就知道，這離昨晚她睡著的地方已經很遠了。

拍了拍姜維的肩膀，林清音有些不好意思地說道：「放我下來吧，我自己走。」

「小師父醒了？」姜維回過頭溫和的笑了下，找了個平坦的地方將林清音放了下來，又將自己的大衣疊好墊在石頭上讓她坐下，才從身前拿下背包，掏出水和餅乾遞給林清音。

林清音看著姜維的一舉一動，心裡閃過一絲異樣的情緒，她上輩子有徒弟服侍，這輩子家人和朋友也都挺照顧她的，但是像姜維體貼入微到這種程度的還是第一個。

林清音看了看手裡的東西，不由得朝姜維看去，姜維正好在看著林清音，四目相對後姜維有些為難的撓了撓頭。「小師父是不是覺得太素了？可這山上什麼動物都沒有，我真找不到什麼吃的。」

林清音雖然沒有了靈氣，但幾頓不吃影響還不大，她此時看著乾巴巴的餅乾也沒什麼胃口，只喝了兩口水就將東西都還給了姜維。

姜維懊惱地撓了撓頭，後悔自己準備不充分。

要知道這裡鳥不生蛋就該多帶些牛肉乾、鴨脖子什麼的，小師父就不會吃不下東西了！林清音抬頭望向山頂，可視線被粗壯的樹擋得密密實實的，根本就看不了多遠。至於神識在這裡就更不好用了，林清音覺得自己有點像剛從這個世界上醒過來那陣子，心裡有些無助。

「小師父，妳說那遺跡裡有什麼東西啊？」姜維坐在林清音的對面，有些迷茫地說道：「我越往上走越覺得上面好像有什麼東西，妳覺得我們真的該上去嗎？」

林清音笑了，抬起手習慣性的揉了一下姜維的腦袋。「來都來了，上去看看唄。」

「來都來了」這四個字就像是魔咒，姜維一下站了起來，彎下腰蹲在林清音面前。「小師父，那抓緊時間，我揹著妳上去。」

林清音知道現在自己走路真不如讓姜維揹著走的快，可是想到姜維昨晚一點也沒有停，足足走了一夜就覺得有些心疼。「要不我自己走吧。」

姜維轉過頭一臉無奈。「小師父，妳什麼時候變得婆婆媽媽的，都說了我是妳的坐騎，妳就讓我揹就好了，妳不會是嫌棄我沒有變身成真的龍不夠威風吧？」

林清音被姜維逗笑了，伸手在他肩膀上一拍。「我還真就嫌棄了！」林清音一邊說，一邊再一次趴在姜維的背上。「不過看在你是我小徒弟，我就要求不那麼多了。」

感受到林清音胸膛裡的心跳，姜維心裡像是被什麼東西填滿了一樣無比的滿足。

有林清音在，姜維破壞陣法更順利了，基本上是指哪踩哪，兩人配合得無比默契，上山的速度也比姜維獨自一人破陣的時候快了許多。

走著走著姜維忽然發現山上的樹木稀疏起來，零零散散的出現了一些石碑。姜維看到石碑後腳步不禁有些遲疑，林清音拍了拍他的肩膀，從他身上跳了下來，朝那些石碑走去。

石碑不知道經過了多少歲月，上面布滿了侵蝕的痕跡，不過有一、兩塊略微完整的石碑依稀可以看清楚字跡，只是林清音居然認不出那是什麼字。

前世林清音作為修仙界大能、神算門的掌門，接觸的修仙典籍、古籍無數，但她還是第一次見到這種字體。

林清音不由得蹲下來伸出手摸了摸石碑，似乎想經由觸感感受一下石碑的奧秘。就在她手指劃過石碑的時候，站在一邊的姜維明顯的看到林清音的身影一閃，就像要消失了。巨大的惶恐襲來，姜維想都沒想就朝林清音撲了過去，在摟住林清音腰的時候，兩人同時感受到一股巨大的吸力，隨即眼前一黑，暈了過去。

陽光照在臉上，林清音緩緩睜開眼睛，她發現自己躺在一個山谷裡。和外面茂密陰暗的密林不同，這裡草地柔軟、鮮花綻放、小溪潺潺，簡直是人間仙境。

林清音坐起來發現這裡只有自己一人，姜維不知道在哪裡。她仔細地回想了一下，明明記得自己在陷入昏迷前聽到了姜維驚慌失措的喊聲，還能感覺到他撲過來抱住自己的腰。當時由於慣性作用兩人一起往前跌，可是之後她就什麼都不知道了。

林清音站起來繞著這裡轉了一圈，往西看有一些胡亂丟棄的石碑和一些殘垣斷壁，往東好像有一座宮殿。林清音想也沒想就往大殿的方向走去。

通往山頂的小路依然和其他地方一樣，有著柔軟的草地。這草就像是有人每天打理，柔軟細密，像是昂貴的綠色地毯，踩上去無比的舒適。

林清音低頭看著腳底下的小草，沒注意到身邊忽然多了一隻蝴蝶，隨著她往前走，身邊的蝴蝶越來越多，緊接著遠處傳來一聲鳥叫。林清音隨著聲音抬起了頭，只見一隻隻五彩斑斕的鳥兒從天空中飛了過來，發出了一聲聲嘹亮的叫聲。而剛才還一片死寂的山上不知什麼時候冒出許多小動物來，不但有白鶴，居然還有幾隻孔雀在陽光下開屏。

林清音轉頭朝來時的路看去，之前的殘垣斷壁不見了，取而代之的是一個金碧輝煌的大殿，大殿外面還有各種仙鶴嬉戲。

林清音面無表情地看著這一切，腦子卻在飛快的運轉。這一切明顯不是現實，可是她剛才一路都沒有察覺到任何陣法。

深深地吸了一口氣，還沒等濁氣吐出去，林清音又發現了不同，這裡靈氣濃郁得簡直都快結成水滴了，就連她上輩子設在極品靈脈洞府裡的靈氣都不如此地的十分之一。

可眼下姜維不知所蹤，這裡又處處透著異樣，多濃郁的靈氣都激不起林清音修煉的興趣，她只想快點找到姜維，要不然她實在放心不下。

林清音繼續朝山頂上的宮殿跑去，沿路時不時有孔雀和仙鶴飛過來圍著她打轉，但林清音的腳步絲毫沒有停留，一口氣衝到了宮殿外。

和那邊富麗堂皇的大殿不同，這個宮殿整體呈青色，柱子上盤旋著龍的雕像，看起來肅穆又威嚴。

林清音走到宮殿門外，宮殿的大門咯吱一聲打開了，林清音抬起腿邁了進去，一個男人束著頭髮端坐在裡面。

「姜……」到嘴邊的名字只出來一個字，林清音就把剩下的話吞回去了，眼前的人確實和姜維長得一模一樣、周身也縈繞著厚厚的龍氣，但他眼神凌冽、氣場強大，和那個總是笑咪咪叫她小師父的人完全不一樣。

林清音停住了腳步，遲疑地看著眼前的男子，一時間不知道該怎麼叫他。

看到她遲疑的表情，男子冷漠的表情緩和下來，嘴角微微挑起。「妳來了。」

「嗯！」林清音下意識回應，不由自主地朝他走了過去，對方十分自然地握住了她的手，眼裡帶著溫情。「妳這次去人界看到了什麼？」

林清音愣怔了一下，就聽自己輕輕嘆了一口氣。「昏君當道、民不聊生，我縱使是瑞鳥，面對這種情形也無能為力。世道不穩，人世間便不得安寧，偏偏我們瑞獸礙於天道又不能直接插手。青龍，我們的氣數是不是盡了？」

林清音心底一片悲涼，可其中偏偏夾雜著一點清明，讓她有些不明所以。她下意識低頭看了自己一眼，發現自己身上並不是穿著簡簡單單的運動服，而是五彩斑斕的華服，輕輕一抖便似有萬丈光芒閃爍。

在林清音有些迷糊的時候，對方抬起手來摸了摸林清音的頭髮，和林清音笑鬧時揉姜維頭髮的動作一模一樣。「怎麼可能呢？我們是瑞獸。」

一股絕望的淒涼湧上心頭，林清音知道這不過是安慰她的話罷了。天下大亂，瑞獸怎能不受影響？她轉身將頭埋在姜維懷裡，眼角落下一滴淚水。

對方伸手環住了林清音的身軀，無聲地嘆了口氣。

在這個懷抱中，林清音覺得有一種讓她很依戀的感覺，讓她心裡安寧又十分踏實。兩人靜靜的抱了許久，在林清音還沒想明白怎麼回事的時候，忽然感覺身上一空，隨即耳邊傳來震耳欲聾的哭聲，林清音抬起頭來發現宮殿和那個與姜維一模一樣的人都不見了，她站在一條泥濘的小路上，面前是一群衣不蔽體的人哭喊著朝她跪拜。

林清音看到這一幕心酸難忍，可她知道世間萬物皆有規律，即便她是瑞鳥也不應該多插手。就在她轉身離去的時候，一個體態矯健的年輕人忽然追了上來，一邊朝她奔跑，一邊沙啞著嗓子苦苦懇求。

林清音知道自己應該快些離去的，可是看到身後百姓祈求的眼神她終究不忍，最後違背天道抽取了一根帶著神力的羽毛遞給了年輕人。

「希望你能打造一個太平盛世！」她聽見自己這麼說。

天上一天、人間一年，林清音才回鳳凰殿兩日，天道就降下了重罰，罪名是攪亂人間，擅用神力阻斷王朝氣數、致使凶獸出世。

林清音跌跌撞撞來到人間，眼前的一幕讓她震驚了，屍橫遍野、災民無數，大批凶獸出世禍亂人間，而當初拿走她鳳凰翎羽的那個年輕人並沒有像他承諾的那樣做一個清明的君王，反而比前一個昏庸的君王更讓人所不齒，搶奪民女、肆意征戰、暴虐無道，將全天下都變成了他的戰場，拿殺戮當做閒暇時的遊戲。

林清音看到這一幕後流下了血淚，她揮手斬殺了騙走她翎羽的暴君，轉身朝天空飛去。她做下的孽理應受到處罰，在九十九道神雷下散掉神魂。

第九道神雷落下，林清音頭上的鳳冠化為灰燼，青絲垂了下來，落在背上。

第十九道神雷落下，林清音臉色蒼白，華服上浸滿了鮮血。

第二十九道神雷落下，林清音身上的神力消失大半，無法維持人型，一隻傷痕累累的鳳鳥從衣服裡飛了出來，堅強地落在雲端，準備迎接下一道神雷。

一道又一道神雷落了下來，林清音奄奄一息，心裡滿是後悔。

她對不起那些跪拜她的百姓，是她給他們帶來了殘酷的戰爭；她對不起這天下，凶獸出世，天下再無寧日；她也對不起他，說好要永遠在一起的，可她還沒來得及嫁給他。

在陷入昏迷的時候，她聽到一聲龍吟，她掙扎著抬起頭來，只見一條青龍從天而降，替她擋住了那道粗壯的雷霆。

「青龍……」她喃喃地叫著他，可是還沒等到他衝到自己身邊就緩緩地閉上了眼睛，陷入了黑暗。

陽光再一次將她喚醒，林清音睜開了眼睛，此時的天空晴空萬里，沒有凶獸帶來的黑暗、也沒有瘟疫帶來的陰晦，她的身邊是鳥語花香，春和景明。

她茫然地下了山，發現凶獸消失匿跡、人間和樂太平，美好得就像她一直期待的那樣，只是那個說會一直陪著她的青龍不見了。

林清音瘋狂的找尋，她明明可以感受到他的氣息，但唯獨不見他的身影。

絕望一點一點侵蝕了她的心，在她發誓毀天滅地也要將他找出來的時候，上天降下一塊回溯石。林清音看著青龍為她擋下神雷、扛下所有的罪責，甚至願意替她散掉神魂。

在神雷下，青龍痛苦翻騰，為了不讓巨大的身軀破壞山河大川，他用強大的意志將自己的身軀變小，而後忍痛抽出自己的龍筋深入地下，化為龍脈，守護人間百姓安寧。

他在替她贖罪。

沒有了龍筋的青龍很快在神雷下四分五裂，龍珠、龍骨、龍鱗、龍血灑向大地，神魂撕裂消散在空氣裡。

捧著回溯石的林清音看到這一幕仰天長鳴，她向上天祈求，願用自己的神位換回青龍的魂魄。

上天答應了她的請求，鳳凰以身獻祭，捨去神位、抽取神力、獻出壽命，可青龍消散的時間太久了，縱使她鳳凰的神力也只能找回一點點靈魂，連轉世為人都做不到。

林清音將那點星星點點的魂魄聚在手裡，將自己的神魂抽離出來，用自己魂魄的力量來溫養他的魂魄，鳳凰的身軀在祭臺上轟然倒下，化成一片小小的鳳凰羽毛，被一滴落下的樹脂包住。

一年又一年，一個朝代又一個朝代，山川變為平地、江海化成湖泊，他的魂魄每天都有星星點點聚攏回來，而她的魂魄在日益消耗中漸漸變得越來越透明。

最終青龍的魂魄回來的不足萬分之一，但這萬分之一足夠讓他轉世為人了，而她的神魂在消耗中也所剩無幾，在還有一絲意識的時候，她用殘破的神魂托起青龍的魂魄朝人界飛去。可即將到人間的時候兩個無力自保的魂魄遇到了時間的洪流，林清音的魂魄被撕成兩半，一小部分魂魄和青龍的魂魄朝後世飛去，另一部分魂魄則甩進了山下一個貧困的農戶家裡。

當天夜裡，一聲女嬰的啼哭聲響起，不遠處的神算門掌門夜觀天象，露出了欣喜的笑容。「天降祥瑞，我神算門後繼有人。」

而此時這世間早已沒有了凶獸，瑞獸也都接二連三的徹底消失了。

幾年後，年幼的林清音被帶入神算門修煉，擁有鳳凰殘魂的她天資過人，對天機的感應十分靈敏，剛剛入門就被掌門收為核心弟子。

修煉、推衍天機，林清音不問世事，一心只鑽研術數之學，想勘破天機奧秘。一千多年過去了，林清音終於迎來了自己飛升的雷劫。

有瑞獸要回歸正位，天道自然感應到了。天道搜尋下不僅看到了正在渡雷劫的林清音，也看到了氣運逆天、有龍氣護體的姜維。

青龍畢竟將自己的龍筋化成了龍脈庇佑了這片土地，天道不忍毀滅他，只將他龍氣遮住，讓晦氣有機會纏到他的身上，任由他自生自滅。

而在雷劫之下的林清音在一道道雷劫的洗禮後，身上的鳳凰氣息越來越濃郁，原本已消散的魂魄逐漸顯露於世間，甚至早已到後世的殘魂也為之吸引，想掙脫時間的束縛，回歸主魂。

後世的林清音跳入河中，天道感受到瑞獸的魂魄正在急速回歸，瑞獸出世意味著凶獸即將覺醒。可這世界人類已經成為主宰，無論是凶獸或瑞獸都不再被這世界所容。

落下的天雷瞬間變成了神雷，這神雷連鳳凰、青龍都敵不過，更何況還未飛升的修仙之人？僅僅兩道神雷，林清音的身軀便灰飛煙滅，可是看著消散在空中的魂魄，不該有情的天道忽然有些不忍了。

祂還記得青龍和金鳳誕生的那一刻，萬千祥瑞、百獸歡騰，祂將最美好的祝福都給了他們，希望他們可以庇護世間。

斗轉星移，如今所有的瑞獸都消散了，僅有青龍和金鳳陰差陽錯的留了一絲魂魄下來，看著想要了結人生的青龍、即將魂飛魄散的金鳳，天道真的不忍了，祂不想讓自己親手締造的青龍和金鳳像其他的瑞獸一樣永遠消失。

天道知道自己不該有情、不該徇私，一切都應按照大道的規則而走。可在這一刻他還是忍不住動了私心，將林清音的魂魄送到跳河的那具身體裡。

一代掌門人在自己的另一具身體裡甦醒，成為一個飽受霸凌的高中生，為了擺脫貧困的生活，毅然走上公園算命的生涯。而此後沒多久，青龍身上的晦氣被林清音驅散，龍氣再次回歸庇佑著他。

林清音看著臉上帶著稚氣的自己，理直氣壯的將一本暑假作業遞給姜維。「你幫我寫數學作業！」

林清音心裡一動，猛然睜開了眼睛，一身運動服的她站在殘破的宮殿裡，宮殿的柱子上依然能看出雕刻的柱子的痕跡。就在此時掛在她脖子上的琥珀吊墜掉落在地上，裡面小小的鳳凰羽毛飛出來鑽入林清音的眉心裡。

坐在大殿之上的姜維也睜開了眼睛，一身休閒運動服的他看起來和以前一樣陽光，只是眉眼間多了幾分沈穩。

「妳怎麼那麼傻！」擁有青龍記憶的姜維望著林清音的眼裡滿滿都是心疼，他當初救她就是為了讓她活下去的，可這傻丫頭硬是把自己的神位也弄沒了、鳳凰之軀也放棄了，只剩下一點魂魄和他一起轉世為人。

林清音笑了笑，走過去伸手揉了揉姜維的腦袋。「我不這樣做，怎麼能有機會當上你的小師父呢？」

「妳真是……」姜維一時間不知道說什麼，只能無奈的笑了，可心裡卻是滿滿的幸福和感動，他的小鳳凰來找他了。

伸出手將林清音攬在懷裡，姜維在她耳邊細聲輕語。「小師父，我這輩子就拜託妳照顧了！」

林清音伸手回抱住姜維，學著他的樣子也在他耳邊說道：「小徒弟，回去以後你能先幫師父把英語作業寫了嗎？」

一下子氣氛都不對了。

姜維對小師父在這種情況下，依然不忘把英語作業甩給他表示十分的無奈，明明是鳳凰的後世，怎麼一面對學習就這麼的無賴呢？

林清音看到姜維頭疼的表情歡快地笑了起來，姜維剛想調侃她幾句，忽然察覺到周身的靈氣急速擠壓過來。林清音立刻盤膝而坐運起大周天，周圍的靈氣源源不斷的沖刷著她的經脈，多餘的靈氣則直奔她眉心中的鳳凰羽而去。

林清音上輩子是修仙大能，修煉對她來說已經成為本能，更何況在這種靈氣純粹的地方更是讓她有如神助。只可惜她可能心境依然不到的緣故，在她的修為提升至金丹初期後，靈氣便不再往她的經脈而去，轉而源源不斷的灌進了眉心的那枚鳳凰羽裡。

那枚鳳凰羽就像一個小空間，將靈氣貯藏在裡面，只要林清音需要，隨時可以將靈氣調出來供自己修煉所用。

感知到這一事後林清音沈默了。天道無情又有情，只要自己和姜維不化身為瑞獸擾亂天下平衡，想必天道會永遠這麼護著他們，讓他們好好享受人生。

在最後一滴靈氣灌入鳳凰羽後，林清音忽然覺得腳下的大地劇烈的震動起來，她和姜維都知道，這個上古遺跡就要徹底消失了。兩人抬起頭最後看了一眼前世曾經居住過的地方，隨即地動山搖、天地崩裂，姜維伸出手緊緊地護住林清音，生怕她被落石砸到。一番天旋地轉後兩人眼前一黑，雙雙跌倒在地昏了過去。

# 第九十八章

「嘰嘰喳喳……」

歡快的鳥叫聲將林清音從昏迷中喚醒，她睜開眼睛環視了周圍，幾塊徹底碎成粉末的石碑、茂密的森林，以及不知何處飛來的小鳥。

她一邊揉了揉有些發昏的頭，一邊推了推旁邊的姜維，等腦袋逐漸清醒後她才發現，自己剛才在上古遺跡恢復的記憶再一次變得模糊了，除了隱隱約約知道自己和姜維的前世是不能存在世上的瑞獸，還知道自己獲得了一根蘊藏著靈氣的鳳凰羽以外，其他關於以前事情的種種細節都記不清了。

旁邊的姜維也醒了過來，他坐起來敲了敲腦袋，也是一副頭疼的表情。

前世的情感被剝離了，林清音想起自己在秘境裡擁抱姜維的情景不免有些臉紅尷尬，甚至多少有些心虛，她糾結地摳了摳手，結結巴巴地問姜維。「在秘境裡的事你還記得多少？」

姜維露出了迷茫的神情，過了半晌才搖搖頭。「只記得用龍氣修煉的方法，其餘的都是一晃而過的片段，也記不清楚是怎麼回事了。」

林清音聞言輕輕地嘆了口氣，心裡多少有些惆悵，不過她也知道，無論是自己還是姜維，都只是龍鳳的一部分。

如今他們神魂不全，永生只能為人，這是天道唯一能為他們做的了。

「小師父，我們還追求大道嗎？」姜維露出了迷茫的神色，他之前修煉並沒有什麼目標，但他知道小師父是為了飛升而修煉的，可現在對前世的事隱隱約約知道一些，他反而不知道該如何是好了。

林清音抬起頭看向天空的那抹白雲，心裡有些酸楚，怪不得如今世上靈氣稀薄，原來已經沒有了仙界，自然也不能再修煉飛升。

自己兩輩子的努力目標忽然失去，林清音也有些迷茫，她靜靜抱著膝蓋坐了許久，方才緩緩地說道：「總之，我們為自己修煉吧，無論是永生還是轉世都可以由自己選擇，這不是很多普通人的夢想嗎？」

姜維看著腳下鬱鬱蔥蔥的樹木點了點頭，這樣確實很好，不用再考慮飛升，不用再感受大道的無情，就做一個普普通通有七情六慾的人比什麼都好，他們不是什麼龍鳳，只是姜維和林清音。

上古遺跡沒了，這裡的天然陣法也消失了，外面的鳥兒爭先恐後飛進來，享受這裡充足的氧氣和殘留的一絲靈氣，甚至有些膽大的鳥兒就落在兩人頭頂的樹杈上，嘰嘰喳喳歪著頭叫個不停。

「行了，下山吧！」林清音掏出手機按了按想看下時間，只是他倆不知道在山裡待了多久，手機早就沒電關機了。

姜維將背包揹回胸口蹲在林清音面前。「小師父上來，我揹妳下山！」

林清音在他結實的後背上拍了一下，不由得笑了一聲。「這裡的陣法沒了，我修為恢復了、體內的靈氣也有，就用不著你揹我了。」

姜維一臉遺憾地站起來，有些失落地嘆了口氣。「這陣法也消失得太快了。」

林清音有些好笑地看了姜維一眼。

對師父的覬覦這麼明目張膽嗎？真是不怕挨揍啊！

兩人都有修為，不過幾秒鐘就來到了山下。陣法破了，被陣法折磨得奄奄一息的那幾個邪門歪道的傢伙總算是逃出來了。

之前進陣法的那些人裡，手裡有命案的那幾人已經在陣法裡被劈得灰飛煙滅，連點骨頭渣都沒留下，剩下的在這陣法裡經歷了各種天罰，以後別說做壞事了，恐怕隨地大小便都不敢，心裡除了陰影其他什麼也不剩下了。

既然天道對他們已經處罰過了，林清音自然不會再插手做什麼，也不想和他們扯上什麼因果。

山上因為陣法的緣故，時間的流速比山下要慢很多，林清音感覺在山上像是待了好幾個世紀，可到山下一看時間，才堪堪過去兩天而已。

林清音鬆了口氣。還好沒有耽誤上課，只是英語作業……

姜維在林清音意有所指的目光下乖乖的舉起了手。「回到學校就馬上幫妳寫英語作業！」

林清音滿意地點了點頭，小徒弟就是乖！

回到學校，林清音把所有沒完成的作業都塞給姜維，自己抱著龜殼來到帝都郊外的深山老林裡。之前雖然用靈氣將小龜喚醒了，但那點靈氣太過微弱，小龜每天也只有一個小時的清醒時間，其餘時候都在昏睡。現在林清音不缺靈氣了，第一件事自然就是快點修復自己的寶貝龜殼。

純淨的靈氣源源不斷的輸入龜殼裡，龜殼上的裂紋快速地被修復，金色的光芒越來越旺盛，很快龜殼上最後一絲裂紋也消失了。

將龜殼上的光芒收起來，小龜幼萌的聲音傳了出來。「掌門，妳這是挖到靈石礦了嗎？」

「現在哪有靈石礦啊！」林清音彈了龜殼一下，龜殼飛到空中轉了一圈，又穩穩地落在林清音的手上。看著小龜好奇到都將透明的腦袋伸出來了，林清音輕描淡寫地說道：「不過是繼承了點家業而已。」

「家業？」小龜震驚了，仔細回想了一下自己在清醒時看到的林家情況，怎麼看也不像是有靈石礦的樣子。

看到小龜伸著腦袋瞪著眼睛的樣子，林清音伸出手指摸了摸小龜的腦門。「就是繼承了點前前世的東西，這事你知道就行了，以後無須再提。」

小龜的龜殼一直被林清音用來卜卦，本身就通一些天機，林清音一說小龜就感應到了天道的威壓，立刻乖乖的將這個話題給忽略過去。

現在龜殼已經修復了，身為器靈的小龜也不會時不時的陷入昏迷，總算是有精神喋喋不休了。「掌門，我發現妳那徒弟好像想對妳圖謀不軌啊！」

聽到「圖謀不軌」四個字，林清音瞬間想起自己在上古遺跡和姜維的那個擁抱，臉上不由得有些發熱。

姜維之前對她表白的時候她感覺挺詫異的，沒想到小徒弟膽子那麼肥，連師父都敢追，可是想起這幾年和姜維的相處，尤其一起去上古遺跡時姜維的貼心照顧，自己趴在姜維背上感覺到的踏實和安全都讓她心裡有些異樣，現在回想起來居然有種甜甜的味道。

看著林清音臉頰一點點的變紅，小龜震驚到連魂體都差點整個從龜殼裡鑽出來了。「掌門，妳不會想答應那小子的追求吧？那小子雖然氣運很好，接二連三的遇到不少機緣，可是我覺得他還是配不上掌門啊！」頓了頓，小龜義憤填膺地強調。「這世上就沒有人能配得上掌門！」

看著小龜這麼維護自己，林清音笑咪咪地將小龜按回了龜殼裡。「大人的事你少管！」

小龜覺得頭疼地看著林清音微紅的臉，心裡有了不好的預感。

掌門總是推算不出來姜維的情況，難道那小子真的要成為掌門的命定之人了？嚶嚶嚶，好傷心！

沒注意到小龜一副被雷劈的表情，林清音開開心心的將龜殼放在口袋裡回了學校。

不得不說姜維是真學霸，林清音送去一堆作業，不到一個小時他就全都寫完了，而且字跡和林清音的一模一樣，簡直是太貼心了。

看著小師父翻看作業的眼睛比看到他的時候還亮，姜維有些無奈又有些想笑。

小師父這麼可愛他怎麼現在才發現呢？早知道……早知道……

姜維撓了撓頭。

算了，就算早知道他那時也不敢和高中生談戀愛，現在一點都不晚。

「小師父，算起來我們好幾天都沒吃飯了，附近新開了一家雲南菜小師父要不要嚐嚐？我看評價說那家的汽鍋雞味道非常不錯。」姜維低頭看著林清音，專注得連口袋裡的小龜都感受到了熱切。

一看到姜維又拐彎抹角的勾搭自家掌門，小龜伸出腦袋想罵姜維幾句，可是想到自己之前用過人家的龍氣又覺得有些心虛，糾結了半天才磕磕巴巴地說道：「掌門已築有金丹，早就辟穀了。」

可就在同一時間，林清音已經驚喜地抬起了頭。「他家的黑三剁味道怎麼樣？」

姜維揚起嘴角笑了。「我看評價很不錯，小師父我已經訂好了位子、點好了菜，現在過去正好可以吃飯！」

「那還等什麼？」林清音把厚厚的一疊作業塞到背包裡。「走，吃飯去！」

小龜感覺掌門離被騙走的日子越來越近了。

帝都大學本身就位於繁華地區，附近的餐廳不計其數，自從林清音來上大學後，姜維都快把附近的餐廳給摸透了，哪家餐廳好吃、哪家有特色都記得一清二楚，就是希望能讓小師父吃得開心些。

兩人走路十多分鐘就到了訂好的雲南餐廳，餐廳主管核對了預定資料後將兩人帶到了訂好的包廂裡，就在主管要離開的時候，林清音忽然叫住了他。「這位先生，我看你印堂發黑恐有血光之災，要不要化解一下？」

看著大堂經理驚愕的表情，林清音微微一笑。「今天我心情好，可以免單！」

大堂經理一言難盡地看了林清音兩眼，從臉上擠出一個笑容。「不好意思，我們這裡不能吃霸王餐！」

看著大堂經理戒備的眼神，林清音的表情十分無奈。「是我給你免單，我跟你說，找我算一卦的錢夠在你這裡吃好幾頓的了。」

大堂經理的表情更微妙了，就差沒把「騙子」兩個字說出來，可是這家分店剛剛開業，他不想在這個時候惹顧客不快，多生枝節。斟酌了片刻，大堂經理委婉地開口說道：「這樣，我送您一道紅燒雞棕菌，您看您能先把餐費結了嗎？」

看著大堂經理可憐巴巴的眼神，姜維沒忍住笑出聲來，他的小師父總有不經意把人逼瘋的本事。

林清音覺得十分無奈，自己好歹也長得貌美如花啊！就這麼像騙子嗎？

在大堂經理祈求的眼神下，姜維掏出手機直接付帳，大堂經理頓時如釋重負地鬆了口氣，趕緊用對講機告訴廚房給包廂加菜。

這下就不用擔心這對莫名其妙的食客吃霸王餐了！

大堂經理鬆口氣的表情太過明顯，姜維和林清音對視了一眼都忍不住哈哈大笑起來。

看著男俊女俏的這對年輕人笑得前仰後合的樣子，大堂經理有些好笑地搖了搖頭。現在的年輕人啊，真是調皮！還好自己一直以來都是那麼的機智！

姜維早就預訂好了菜，很快一道道美食端了上來，還有大堂經理送的那道紅燒雞樅菌，味道非常鮮美。

林清音本就為世間的美食沈迷，現在也沒有飛升這個目標了，完全不用擔心以後斷絕口腹之欲的問題，吃起美食來更加沒有心理負擔了，一桌的菜被她和姜維吃得乾乾淨淨。

林清音本就說要免費給大堂經理破解血光之災，只是大堂經理被她像騙子的口氣嚇到了，一副完全不相信的樣子。

如今吃了人家贈送的菜，林清音覺得自己也應該有所表示，在臨走的時候遞給了大堂經理一個自己親手畫的護身符，還特意囑咐。「你隨身帶著，先躲過這兩天的血光之災再說，後天你到帝都大學來找我，我幫你把這事破解了。」

此時正值吃飯的高峰期，店裡的顧客滿滿的，外面還有幾十桌候位的人，大堂經理的心思完全不在這上頭，還以為是小情侶兩個沒玩夠繼續逗自己，不甚在意的接過護身符後道了聲謝，隨手把護身符揣在口袋裡。

林清音見狀也不以為意，笑了笑和姜維走出了餐廳。

姜維低頭看著林清音滿臉隨興的樣子，忍不住伸手揉了揉她的腦袋。「現在的小師父看起來非常恣意。」

「現在沒有賺錢的壓力，也沒有飛升的目標了，必須活得更恣意一些。」林清音貼近姜維小聲地說道：「我現在身上的靈氣，足夠我幾輩子用了呢。」

看著林清音眉間的狡黠和靈動，姜維的喉結上下滑動了一下，雙眼落在她的臉上，捨不得挪開。

林清音只顧和姜維耳語，沒有注意到他的眼神，倒是躺在她口袋裡小龜忍不住了，從龜殼裡伸出腦袋來跳著腳叫囂。「姜維，你欺師滅祖，肖想掌門，大逆不道！」

小龜是靈體，因此聲音和身形也只有林清音和姜維能聽到看到，兩人聽到怒吼後不約而同的低下頭朝小龜看去。

在姜維的注視下，小龜氣得靈體都有些發紅了，兩隻後肢和一隻前肢扒著林清音的口袋，剩下的那隻上肢氣急敗壞地指著姜維。「臭不要臉！偷偷朝掌門暗送秋波！」

林清音聽到這話下意識抬頭看了姜維一眼，正好撞進了姜維深不見底的眼睛裡，他就那麼靜靜地看著她笑，其中毫不掩飾的喜歡和寵溺讓林清音的心臟狠狠停了一拍。

被這樣的目光注視著，林清音感覺到熱氣順著脖子快速的往上遊走，幾乎是一瞬間整個臉都紅了，心底漾出異樣的情緒。

姜維這樣的眼神她不是沒見過，一開始她還不明白是怎麼回事，可在姜維戳破了那層窗戶紙後，她就越來越招架不住這樣的眼神了，甚至有些想將眼睛垂下來躲閃的衝動。

看著林清音臉上泛起的緋紅，姜維忍不住輕輕的咳嗽一聲，試探著伸出手想去拉垂在一邊的林清音的手。

發現自己被兩人集體忽視的小龜氣急敗壞地鑽進龜殼裡，沒一秒鐘龜殼就從林清音的口袋裡衝了出來，朝著姜維的手重重地撞了一下。「不許摸我掌門的小手，掌門的小手是屬於我的。」

姜維被龜殼打斷了思緒，一反手將龜殼扣在掌心裡緊緊按住，不讓搗亂。

小龜生前原是林清音的靈寵，天材地寶吃了無數，死後化為器靈又常年被靈氣滋養著，修為堪比人類的元嬰期。原想著姜維不過是剛剛入門的小弟子，自己不用靈氣也能把他撞倒，沒想到龜殼撞在姜維的手背上不但連顏色都沒變，反而自己在他的掌心裡連掙扎的力氣都沒有。

「這個小傢伙還挺有脾氣呢。」看著小龜癱軟下來，姜維這才鬆開手朝龜殼戳了兩下，渡給他一絲龍氣。

小龜感受到近在咫尺的龍氣，饞得口水都快流出來了，可看著自己跟了上千年的掌門，小龜又堅定的搖了搖頭。「姜維，你休想賄賂我，我不會妥協的。」

姜維忍不住笑了，用手指點了點小龜的腦袋，轉頭看著林清音。「小師父的靈寵還挺有趣的。」

「是挺有趣的。」林清音伸手將龜殼收回來，眼睛裡也多了幾分笑意。「他陪了我有上千年了。」

姜維一愣。「上千年？」

兩人一起去過上古秘境，雖然對曾經身為龍鳳的記憶模糊了，但兩人也都知道彼此在這世上是特殊的存在。林清音覺得，自己的秘密可以和姜維分享了。

「前世的時候他就跟著我了。」林清音的聲音很輕，輕到姜維得屏住呼吸才能聽到。「一開始你和王胖子問我怎麼學會算卦的，我和你們說我自學成才，其實那是騙你們的。我上輩子是修仙界神算門的掌門人，能推衍天機、演算大道，只不過在我飛升的時候沒渡過雷劫，身體消失，但魂魄卻來到後世和我這具身體的魂魄融合在一起。」

那時候林清音不知道是怎麼回事，現在她明白如今這世上已經沒有仙界，瑞獸也不能再出世，若是她強行飛升只有死路一條。

林清音摸了摸龜殼，臉上露出一絲嘆息。「這個小傢伙修為一般，可硬是替我扛了一道雷劫，在我魂魄離開前又帶著龜殼一起鑽入我的識海陪我來到了這裡。前世的時候我用他推衍大道，如今我拿他給人算卦。可以說，他既是我的靈寵，也是我密不可分的夥伴。」

「這小傢伙還挺忠心護主的。」姜維伸過手又輸入了一絲龍氣給他，看著小龜眼神也充滿愛屋及烏的寵愛。

被林清音的誇讚美得暈頭轉向的小龜稀裡糊塗就把龍氣煉化了，等對上姜維含笑的雙眼後才意識到自己又一次收了人家的龍氣，頓時氣急敗壞地直跺腳。「太狡猾了！奸詐！」

看到小龜的小短腿直蹦躂的樣子連林清音都忍不住笑了，她伸手將小龜按回了龜殼裡。「別鬧！」

完了。小龜絕望的直蹬腿。自家漂亮可愛的小掌門要被這狡猾的姜維拐走了！

錢家金送走最後一桌客人，抬起手腕看了眼手錶，已經過了十一點了，還好這個時候走還能趕得上最後一班地鐵。

顧不得換衣服，錢家金和員工打了聲招呼便匆匆忙忙離開了。

午夜的帝都依然熱鬧，地鐵裡甚至連個空位都沒有，錢家金疲憊地靠在車廂連接處閉著眼睛打盹，完全忘了自己的褲子口袋裡還裝了一枚護身符。

轉了兩趟地鐵，出站的時候已經快到半夜了，錢家金這才發現不知道什麼時候變了天，外面風吹得樹呼嘯著擺動，吹起來的黃沙有些迷人眼睛，空氣裡泛著濕潤的泥土味。

錢家金一聞這氣味就知道，馬上就要下大雨了，他不禁加快了腳步，在出了地鐵站後略微猶豫了瞬間，直接朝對面的金盛住宅區走去。

錢家金住的住宅區在金盛後面，平常他都習慣走大路，但等於要繞過大半個金盛住宅區才能回到自家，這段距離說遠不近，也要走十幾分鐘。而金盛住宅區本身四個方向都有大門，平時看管也不嚴，若是直接自住宅區的南門進去從北門出來，可以省五分鐘的路程。

平常這點時間不算什麼，但是眼看著就要下大暴雨，錢家金決定穿過金盛抄近路。

從地鐵站走到住宅區才幾分鐘的工夫，風力就比剛才下地鐵的時候大了一倍，錢家金甚至看到有一根樹枝被風颳斷落在了地上。

「也不知道這雨要下多久。」錢家金一邊嘀咕著，一邊快步往家裡跑。「希望明天早上雨就能停，要不然太耽誤上班了。」

正琢磨著，錢家金忽然覺得大腿根一熱，像是被什麼東西燙到了，他猛然停住了腳步，朝被燙到的地方抓了兩下。就在他抓腿的時候，一個沒被固定好的冷氣室外機被風吹了下來，直直地摔落路面，正好砸在錢家金前面一公尺的地方。

錢家金傻眼地看著那個把青石磚都砸得稀碎的冷氣室外機，若是剛才他不停下腳步，那這時候碎的就不是青石磚，而是他的腦袋了。

腦補了一下自己被砸成碎西瓜的畫面，錢家金不由得回想起晚上餐廳包廂裡，那個漂亮的年輕女孩對自己說過他有血光之災的話，他這才想起那個被自己遺忘的護身符。

伸手在兩個口袋裡摸了摸，右手碰到了一個還有些餘溫的東西，他飛快地掏出來，這才發現這個還有些燙手、被疊成三角形的符紙正是晚上吃飯的那個女孩給自己的護身符。

剛才若是沒有這護身符燙自己一下子，自己那何止是血光之災啊？簡直是會被這冷氣要了命啊！

想起自己晚上還以為人家是騙子滿心防備的樣子，錢家金後悔得都想哭了。「跪求大師來吃霸王餐，求幫我破解破解吧，這血光之災太嚇人了！」

風越颳越大，不僅摔碎的冷氣室外機碎片被吹到滿天飛，就連樹上的枝杈都颳斷不少。錢家金不敢在這裡停留太久，捏著還有些溫熱的護身符一路小跑回家。

# 第九十九章

推開房門，屋裡暖黃的燈光照在臉上，錢家金怦怦直跳的心才慢慢地平靜下來，讓他有一種死裡逃生的感覺。

妻子魏銘銘聽到聲音從臥室裡出來，看到他臉色慘白的樣子忍不住問：「臉色怎麼這麼難看？」

「剛才我抄近路走前面的住宅區，結果差點被一個吹落的冷氣室外機砸到。」錢家金想起剛才那一幕依然有些心有餘悸，不自覺地把護身符拿到眼前看了一眼，這一看他不由得愣了一下，他記得晚上接過這張符紙的時候，上面的符紋還很鮮豔，可是現在紅色的符紋看起來像是褪色了，符紙的一角甚至有些燒焦的跡象。

魏銘銘去浴室弄了一條熱毛巾給錢家金擦臉，走過來才發現他手裡拿著一個疊成了三角形的黃表紙，不由得湊過去看。「這是你上回在廟裡求的符嗎？」

「不是，是今天的客人給的護身符。」錢家金把今天的事一五一十地說了一遍，懊惱的直嘆氣。「我當時真沒把那小姑娘說的話當回事，還以為小情侶兩個玩那什麼真心話大冒險的遊戲，想吃個霸王餐呢，結果沒想到人家是有真本事的大師。還好大師心腸好，不計較我小心眼，臨走的時候送給我一張護身符，要不是這護身符突然燙了我一下讓我停了腳步，我肯定被那個冷氣室外機砸到了。」

魏銘銘以前也沒接觸過這些，不過這種事情寧可信其有不可信其無，畢竟這一疏忽就是要人命的事。

「你明天帶些禮物趕緊去找那位大師，什麼事也沒有命重要，得徹底把這血光之災破解了才行。」

錢家金也是這麼想的，第二天帶著一張店裡的儲值金卡就急匆匆地出門了，依照昨日大師所說的往帝都大學去。等到了帝都大學後看到行色匆匆的學生們，他才後知後覺想到，他根本就不知道那位年紀輕輕的大師叫什麼。

糾結地在校園裡站了半天，錢家金才想起昨天那位小夥子是打電話來預訂包廂的，趕緊打回店裡找服務生問了一下，然後迫不及待地打電話給姜維。

似乎預料到他會打來，姜維一接通電話就笑了。「小大師不是讓你明天再來？你的護身符還可以撐一天呢！」

還能撐一天，那不就代表很快就沒效了嗎？錢家金聽到這話都快哭了。「我受不了那個血光之災刺激了，我現在都不敢走在高樓下了，就怕從天而降個啞鈴、菜刀、冷氣之類的，我都有心理陰影了。」

姜維輕笑了一聲。「你就算有心理陰影也沒辦法，小大師正在上課，要到晚上五點才有空。不過昨天小大師心情好給的免單你沒要，今天就要付費了。」

錢家金連忙說道：「應該的應該的！必須要付錢，昨天是我有眼不識金鑲玉，都是我的錯，我特意給小大師準備了一張我們餐廳的金卡，還想請小大師再去吃飯呢！」

「那你晚上五點後再過來，先幫你化解了血光之災再說。」姜維掛電話之前還不忘好心的提醒他一句。「今天記得帶好護身符，自己萬事小心一點。」

姜維這麼一囑咐，錢家金的心都快提到嗓子眼了，一路上走一步看三步，生怕被什麼東西砸到，結果千防萬防，在路上還是遇到了一個橫衝過來的車。

錢家金看著那車直奔著自己而來的架勢嚇得腿都軟了，就在千鈞一髮之際那輛車不知道怎麼拐了個彎，和錢家金擦肩而過，直挺挺地撞到了一邊的樹上。

錢家金咕咚一聲坐在地上站不起來，右手下意識掏出了放在胸口的護身符，只見護身符的色澤比昨天半夜時看起來更加黯淡了，而且黃表紙變得十分脆弱，似乎稍微碰一下就會變成紙屑。

錢家金趕緊小心翼翼地把護身符放回口袋裡，看著一旁報廢的車欲哭無淚。自己這哪是血光之災啊？簡直是現實版的「絕命終結站」！

附近的交通警察急匆匆地趕來，一打開變形的車門就從裡面湧出了一股濃濃的酒味。駕駛是個看起來剛滿二十的小夥子，頭髮染得五顏六色，像一根雞毛撢子似的，額頭上都是血，歪著腦袋昏迷不醒。

救護車很快就到達了現場，將小夥子抬上救護車，交通警察看著錢家金一臉驚恐，坐在地上起不來的樣子，走過來蹲下問道：「你有沒有受傷？要不要去醫院檢查一下？」

錢家金連連搖頭，外面的世界太危險了，還是去帝都大學等小大師吧。錢家金覺得自己悟出了一個真理，有小大師的地方，才是世界上最安全的地方，肯定安全一些。

林清音上完一天的課，一出教室就看到等在教室外面的姜維。班裡的同學已習慣兩人形影不離的樣子了，都擠眉弄眼地朝林清音笑。

姜維十分自然地和同學們打了個招呼，順手將林清音的書包接過來揹在肩膀上，低下頭輕聲和她說道：「今天一早那家店的大堂經理給我打了個電話，我讓他五點過來。」

林清音聞言心裡略微一動，用神識一掃就看到坐在湖邊一臉驚恐狼狽的錢家金。

昨晚下了一場暴雨，今天的天氣略微涼了一些，錢家金抱著手臂在長椅上足足坐了一天，連午飯都不敢出去吃，就怕再遇到一輛橫衝直撞的汽車。

就在他垂著腦袋快要睡著的時候，忽然耳邊響起一道清爽的聲音。「錢經理，是來請我吃霸王餐的嗎？」

錢家金的腦袋猛然抬了起來，看著面前梳著馬尾辮、穿著一身簡單的林清音激動得眼淚都快出來了。

「嗚嗚嗚，小大師您總算是下課了！我這回真是感受到了『絕命終結站』裡被死神盯上的可怕，死亡威脅簡直是無處不在，實在是太可怕了！」

林清音沒看過「絕命終結站」這部電影，不過看著錢家金的面相就能看出來他遭遇的凶險。將人帶回卦室，林清音開門見山地問道：「你最近去拜了什麼東西？」

錢家金猛然睜大了眼睛。「這您也能算出來，真是神了！我上個月和幾個背包客自駕遊爬山的時候，晚上駐紮在一間廟的旁邊，我閒著沒事就進去轉了一圈，還燒香拜了拜。」

林清音雖然是道修，但對佛教也了解一些，聽說他進了一座廟不由得露出了詫異的神情。「那是什麼樣的廟，你拜了什麼佛？」

錢家金撓了撓頭拚命地回想。

「那間廟並不太大，裡面只有兩個和尚。其中一個老和尚帶我轉了轉，我記得裡頭供奉有如來佛祖、觀音菩薩，還有玉皇大帝和太上老君。對了，還有劉備、關羽和張飛。這些我都認識所以記得清楚，只是後面最後一個殿供的一個黑袍的佛像我不知道是什麼，帶我去的和尚說那是天道，可厲害了，連如來都能管。」

林清音聽得瞠目結舌不知道該說什麼好。

姜維在一邊笑到眼淚都要出來了，兩手直拍大腿。「錢經理，我覺得你這次倒楣一點都不虧！從你長相上來看也就是三十多歲的人，怎麼比那些大爺、大媽們還好騙呢？你看哪家廟裡又供佛又供神仙的？就不怕佛教、道教在一起打架嗎？那和尚也是膽大，就不怕佛祖降雷劈他？退一萬步講，就算是那兩個和尚信仰比較豐富，佛教、道教都信，關羽也罷，那劉備和張飛是哪家的神仙啊？怎麼也能進廟裡了？最扯的是……」姜維忍不住抬頭望了眼窗外的天空。「我還是第一次聽說有廟宇供奉天道的。」

錢家金被笑得臉色通紅，結結巴巴地說道：「我對佛教和道教都不了解，對這些東西僅有的印象還是來自《西遊記》。」

姜維無語地看著他。「《西遊記》裡確實佛道混雜，關羽雖然不在《西遊記》裡，但也是道教的關聖帝君，但劉備、張飛在裡頭你怎麼就沒發現不對？」

看到姜維一言難盡的表情，錢家金滿臉羞愧地解釋。「《西遊記》和《三國演義》都是四大名著裡頭的嘛！」

這句話一出，姜維都不知道該說什麼好了，除了笑也不知該給錢家金什麼表情。

林清音也是一副十分無奈的表情。「那肯定是間假廟，你身上的晦氣和你最後拜的那個……」林清音頓了頓，不知道該怎麼稱呼那個黑袍的天道。

錢家金還以為林清音忘了那個詞，小聲地提醒道：「天道。」

「轟隆隆！」

外面忽然響起一聲巨雷，別說錢家金了，就連林清音都嚇了一跳。

大晴天的打雷，這擺明著天道祂老人家不樂意揹這個黑鍋啊！

林清音趕緊替天道聲明。「我不知道你拜的是什麼東西，但絕對不可能是天道，天道是運作永恆一切的道，道生萬物，道於萬事萬物中，又以百態存於自然，祂無處不在，但從來沒有以人的形體出現過。」

見錢家金聽得一頭霧水，眼睛都開始冒星星了，林清音簡單明了地總結。「你拜的東西和天道無關，估計是那兩個和尚自己弄的邪佛、邪道。」

錢家金懊惱地直捶大腿。「我還以為這個官最大，所以多磕了幾個頭，還許願了。」

姜維都不知道該不該同情錢家金了，忍不住追問道：「你許什麼願啊？」

「就是家裡能有錢唄！」錢家金長嘆了一口氣。「幸好我回來這一個月沒發什麼財，要不然是不是我的小命早沒了？」

林清音淡淡一笑。「你是不是有個巨額的意外保險？」看著錢家金臉色煞白的點頭，林清音說道：「你意外死了，你家裡就能有錢了，不過代價便是你的命，這種邪物最愛收割人的性命了。」

錢家金趕緊雙手合十朝林清音拜了拜。「大師，妳救救我，我再也不亂許願了，而且我也沒想要什麼意外之財啊！就想店裡生意好、多點獎金！」

林清音用手指勾起一抹靈氣，先將錢家金額頭上的晦氣抹掉，又看了看他的面相。錢家金的面相算是不錯，沒有大富大貴，但比常人來說要順利許多，現在人到中年有車有房還有一份收入不錯的工作。雖然工作辛苦一些，但比在帝都奔波的多數人來說已經算是生活安逸了。

只是今年正逢錢家金的本命年，有些犯太歲，若是不遇到這個廟也就稍微比旁人倒楣一些，可是進了廟、拜了邪佛，這點小倒楣就變成要命的血光之災了。

「你的命不錯，只是今年有些犯太歲而已，我刻一個護身符給你隨身帶著，今年過去就好了。」林清音掏出一把鵝卵石放在桌上。「三萬一塊，買不買？」

「買買買！」錢家金連連應聲。

在他看來這不是買護身符而是買命啊！別說三萬，就是三十萬他也會掏。

把錢轉帳過去，錢家金才後知後覺反應過來。「大師，妳怎麼知道我今年是本命年？」

不等林清音開口，姜維先笑了。「要不然怎麼能稱為大師呢？我家小師父可厲害了呢！」

看著姜維滿臉的自豪，錢家金忍不住嘖嘖了兩聲。這戀愛的酸臭味簡直藏都藏不住！

如今林清音的靈氣充沛，修為也上來了，之前都是用刻刀在玉石和石頭上刻符紋，如今她用符筆就可以直接畫出深深的紋路。

錢家金雖然看不懂符紋，但是光在石頭上畫符這一手就足以讓他跪拜了，更別說後頭林清音拿著一根編好的紅線徒手就輕輕鬆鬆地從石頭上穿過去，就像魔法一樣神奇。

林清音將護身符遞給錢家金。「你隨身帶著，記得無論是洗澡還是睡覺都不要摘，什麼時候這個護身符碎了就失效了。」

姜維在旁邊熟練地補充道：「若是沒遇到凶險的情況，這個石頭能用一年。」

一聽這話，剛戴好護身符的錢家金又緊張了。「大師，我的霉運還沒消嗎？」

「你的霉運已經消了，自己找來的血光之災也破了，只要你不再作死去拜那間邪廟就沒問題。」一提到那邪廟，林清音不禁好奇地問：「那廟到底在什麼地方啊？」

錢家金才剛去那地方沒多久，印象還挺深刻的。

「從帝都開出去往北走……」他打開地圖給姜維和林清音看。「大約一百多公里的這個地方，我們是自駕遊路過這個村子的，見這裡山好、水好，風景也不錯就在這裡住了一晚上，這廟就在村子的上面。」

姜維看到林清音躍躍欲試的表情，登時眼睛裡滿是笑意。「小師父想去看看熱鬧？」

林清音點點頭，她還真想看看那兩個和尚是怎麼想的才會既供奉佛教又供奉道教，順便把劉備和張飛一起擺上神壇的。

錢家金說的那個地方不算近，但對於林清音和姜維來說卻是抬腿就能到的距離。但姜維不願意放棄這麼好的獨處機會，直接建議開車去那座廟裡。

林清音聞言有些猶豫。「多浪費時間啊？」

姜維從口袋裡拿出一把巧克力遞給林清音，笑咪咪地說道：「如今春暖花開，京郊一路上的景色都不錯，我們可以多買些好吃的，就當是去春遊了。」

這一說，讓林清音想起小學時候參加學校春遊的記憶，當時她家條件不好買不起一包包的零食，爸爸就給她做了幾樣她愛吃的菜裝到了便當盒裡。本來她還惴惴不安怕被同學們笑話，可到了山頂上野餐的時候，她帶的便當盒居然是最受歡迎的，同班同學都想拿自己帶的零食換她的雞翅和豆沙包。

「多帶點零食，再打包一些飯菜。」林清音眼裡露出一抹溫情。「我想順便野餐。」

小師父說的話在姜維這裡就是聖旨，他直接開始準備了。

帝都大學地處繁華地段，這裡的甜品店和餐廳多得數不勝數，味道也都很不錯。姜維平時一有空就帶小師父出來打牙祭，別看林清音上大學還不到半年，都已經快把這附近的餐廳給吃了個遍。

不過雖說林清音喜歡的餐廳不少，可這次姜維想自己給小師父做野餐的餐點。

姜父的朋友在帝都大學附近有一套兩房的精裝修公寓，知道姜維考上研究生後就把自家這套閒置的房子借給他住。在林清音來帝都大學唸書之前，姜維都是住在自己租的房子裡，後來林清音考上了帝都大學，姜維為了就近照顧她，在學校住的時間比較多，公寓反而少回去了。等後來姜維發現自己喜歡上了小師父，那更是恨不得二十四小時形影不離的跟在林清音後面，足足有幾個月沒回公寓去。

公寓有打掃阿姨定期清潔，即使幾個月沒人住也保持得十分乾淨。姜維去超市買了一大堆的食材和漂亮的便當盒回來，回到公寓後開始為林清音準備野餐的食品。

姜維自己本身對美食就很感興趣，煎炒烹炸和甜點烘焙都不在話下。出去野餐不能像在家裡吃那麼講究情調，重要的是味道和方便。

姜維在廚房裡足足忙到半夜，終於在凌晨準備好滿滿一桌的美食。也就是姜維現在的體質和平常人不同，要不然他還真未必熬得住。

林清音這些年已經習慣將雜事交給姜維和王胖子，尤其在吃的方面，姜維總是能找到符合她胃口的美食，所以林清音根本就不擔心出門野餐的事。

週六一早，姜維將車開到了林清音的樓下，陳子諾正站在窗前背英語單詞，一低頭看到了從車裡出來的姜維，隨即轉頭朝林清音喊道：「清音，妳的小徒弟在樓下等妳呢。」

沈茜茜聞言立刻過來也朝外面看了一眼，頓時擠眉弄眼的朝著林清音笑。「這姜助理真的是越來越殷勤了，去年還會拿班裡的事當藉口，現在這殷勤獻得越來越明目張膽了。」

以前林清音聽到這樣的話都是滿不在乎地說他是我徒弟，可如今她再聽到這些話卻是心口微甜，臉上也覺得有些發熱。

這種最近時常出現卻仍然覺得有些陌生的情緒讓林清音有點手足無措，她掩飾性地整理了一下頭髮，輕咳了一聲說道：「最近有假和尚害人，我和姜維去看看怎麼回事。」

室友們互相對視了一眼抿嘴偷笑，越是這個表情林清音臉越紅，最後簡直像是落荒而逃，什麼都沒帶就急匆匆出了寢室。

陳子諾有些羨慕地長嘆了一口氣。「戀愛的感覺真好，我看到清音就想起了我當初早戀的時候，那種感覺真是又簡單又最美好。」

正在龜殼裡修煉的器靈小龜敏銳的聽到了戀愛這個關鍵詞，他猛然從龜殼裡蹦了出來，四周張望了一下，這才發現林清音居然沒帶他就出門了。

小龜頓時就想哭了。

啊啊啊，感覺失寵了怎麼辦？

看到林清音急急忙忙地跑出來，姜維的嘴角頓時翹了起來迎上前去，聲音溫柔到簡直像能滴出水來。

「正想給小師父打電話呢，沒想到我們這麼心有靈犀。」

才被室友打趣過，林清音心裡的異樣感覺還沒褪去，看到姜維眼中毫不掩飾的柔光和寵溺，那種帶著些羞澀又帶著些甜蜜的感覺再一次占據了心田。

林清音依然不知道該如何處理這種情緒，於是她若無其事地輕咳了兩聲，乾巴巴地問道：「我們去哪裡吃早飯？」

姜維看出林清音的不自在，他也不說破，只是笑著打開後車廂，拿出了一個漂亮的保溫盒。「早就給小師父準備好了。」

早餐是姜維親手包的餛飩，用熬了半晚上的大骨湯煮的，撒了紫菜和蝦米提鮮。

兩人也沒去別的地方，直接把餛飩拿到學校假山的涼亭裡，在掀開蓋子的瞬間，濃郁的香味傾洩而出，正在涼亭附近背單詞的同學不約而同的嚥了下口水，抬頭順著香味就望過來了。

林清音拿著湯匙先喝了口湯，味道香醇又濃厚，再舀一口餛飩，皮薄餡美，咬一口帶著肉湯嚥下，完全不是外面那種餛飩店加了各種香料的餛飩能媲美的。

林清音每嚼一口都能聽到周圍此起彼伏的吞口水的聲音，她四處張望了一下，旁邊的學生們都忘了背單詞這事，眼睛都直勾勾地盯著林清音手裡的便當盒。

身為吃貨，林清音十分理解這些學生們的感受，她用手臂碰了碰旁邊的姜維，直截了當地問道：「你這個餛飩去哪裡買的？味道真好。」

姜維一聽這話就笑了。「喜歡吃嗎？這是我自己特別為妳做的。」

坐在姜維和林清音對面的女生受不了了，拿起桌上的書扭頭就走，用餛飩饞她就算了，還完全不給提示的就大放閃，簡直太喪心病狂了。

一路走走停停，遇到風景美人又少的地方姜維就停下車來，和林清音在附近走走轉轉，然後鋪上一塊漂亮的野餐墊，上面擺滿琳琅滿目的蛋糕、甜點和食物。

林清音胃口好，又能運轉靈氣快速地消耗胃裡的食物，所以無論是多少東西她都吃得下。姜維和林清音認識了好幾年，開學後將近一年的時間裡兩人的三餐基本上又都是在一起吃的，姜維對林清音的口味簡直比對自己的還熟悉。

針對林清音的口味做的東西，比外面買的更符合林清音的心意。可為了讓林清音多嚐幾種口味，姜維做的每份東西都不多，林清音吃得正酣暢淋漓的時候通常餐盒也到底了。

看著林清音意猶未盡的表情，姜維總是笑著遞過去一張濕紙巾，然後再慢悠悠地補充一句。「要是喜歡吃我下次再做給妳。」

林清音聞言抬頭朝姜維看去，正好撞進他滿眼溫情的眸子裡。

姜維遞過去一杯自己事先準備好的果茶，微微一笑。「如果可以，這輩子、下輩子，只要妳喜歡，我會一直為妳做飯。」

林清音總算受不了羞意將臉埋在了膝蓋裡，有些歉意地給幾十里之外的小龜傳音。「敵人的攻勢太猛烈，你家掌門我要撐不住了！」

被丟在枕頭底下的小龜一下子哭出來。

嚶嚶嚶嚶，掌門，妳太讓我傷心了！

# 第一百章

一邊吃一邊玩，到了傍晚時間，林清音和姜維兩人終於來到了那座不倫不類的廟宇前。一個老和尚正在門口喝茶，眼睛先往車上瞄了一圈，又快速地打量了一下兩人的穿著打扮，臉上露出個滿意的笑容。「兩位施主，要不要來廟裡上一炷香？」

「想不到這麼偏僻的地方還有廟宇。」姜維一本正經地問道：「只是不知道這種小廟靈不靈驗。」

老和尚立刻說道：「自然是靈驗的，只要進去一拜你們便知道了。」

林清音的神識落在廟裡最後面的那間屋裡，看著端坐在高臺上黑袍雕塑上聚攏的黑氣，不由得輕輕一笑。「走吧，我正想進去看看呢！」

老和尚雖然身處鄉村，但看人窮富的眼神卻十分毒辣。他見姜維和林清音兩人雖然穿著休閒，但單看布料和版型就知道不便宜。再加上這一男一女兩個小年輕結伴出來，多半是小情侶，這種通常來說是最好宰的肥羊。

老和尚的眼睛在姜維最新款的手機上轉了一圈，臉上笑得更慈悲了。「我們這間廟雖然小了一些，也有些破敗，但許願算卦是最靈驗的，附近的村民和縣裡的人有空都喜歡來廟裡坐坐，捐一些香油錢，祈求個平安順遂。」

林清音正對著廟門口的大雄寶殿，這個殿也就三公尺高左右，裡面的佛像是泥胎彩繪的。這大殿後頭供奉太上老君和玉皇大帝的地方都差不多，反正無論是從肉眼還是神識看都沒有一絲靈氣。

沒有靈氣的塑像就是拜了也沒什麼用，林清音直接去了偏殿供奉劉關張的地方，一進殿門林清音就忍不住笑了，這兩個雕像根本像是哪個景區廢棄的，不但破敗而且細看彩繪還有幾分卡通的趣味感。

「你們這間廟供奉得有些隨意啊。」林清音笑得眼睛都彎了。「劉備是什麼時候出家的？」

老和尚臉上快速地閃過一絲惱怒，不過在姜維看過來的時候他又換成了慈祥的笑臉，呵呵兩聲做了個請的手勢。「不如兩位施主隨我到後面，那裡求籤祈禱是最靈驗的。」

林清音知道老和尚說的就是那個「天道」的塑像了，她露出感興趣的模樣，老和尚便殷勤地帶兩人走到後面的那個殿。

正如錢家金所說，裡頭供奉的是一個黑袍男子，眉眼倒是不厲而威，可周身上下卻縈繞著讓人厭惡的晦氣。

老和尚鄭重地上了一炷香，這才回頭神秘地說道：「不知二位有沒有聽說過天道，天道乃世間大道，一切道的基礎，這殿供奉的便是天道了。」

林清音輕笑了一聲。「若是這樣的話，你應該穿上道袍說服力更強一些，打扮成和尚來和我說道，總讓我有出戲的感覺。」

老和尚險些沒收住惱怒的神色，可是想起那讓人喜歡的鈔票，還是抑住了情緒，只故作高深地說：「施主莫要拿天道開玩笑，若是天道降下責罰來，恐怕不是妳能承受得起。」

「你也知道天道會降下懲罰啊？」林清音彈了彈手指，一股狂風平地升起，將大殿的頂部直接掀翻。「那你就不怕天道給你懲罰？」

老和尚被突然發生的這一幕嚇得臉色都變了，林清音的聲音驟然轉冷。「從你面相上看，你這人心狠手辣，行有逆天理之事，害人無數卻還敢裝慈悲的出家人，真是膽大包天。」

老和尚臉色一變，看著林清音的眼神陡然恐懼起來。「妳是那個小大師林清音。」

「呦，居然還知道我的名號。」林清音嗤笑一聲一甩袖子。「既然知道我是誰，還敢在那躲躲藏藏的不出來？」

隨著她話音剛落，一個白胖的老和尚從牆角飛了出來，直接摔到林清音的腳底。林清音一看他就哼了一聲。「你居然還拐賣過孩子？」

兩個和尚誰都不敢吭聲，林清音對於他們這種仗著一點本事去發橫財的人來說簡直是煞星，聽說光清明節那一陣就被雷劈死了好幾個同行。

看出了兩個和尚的想法，林清音也不想再和他們廢話了，手指掐一個雷訣直接引下來一道雷。

林清音能引下來的自然是普通的雷劫，可如今降下來的卻是當年劈鳳凰用的神雷，不但雕像被劈成了粉末，就連大殿都劈得連渣都不剩。最絕望的是兩個假和尚，明明眼看著那雷是朝著雕像去的，可那雷劈完了大殿居然還能拐彎順便把他倆也劈一下，兩人直接倒地口吐黑煙。

林清音看到這一幕後無辜地攤了攤手。「你說你們冒充誰不好，居然敢冒充天道，這不是自找雷劈嗎？」

恍惚間，細細的風聲中傳來了十分傲嬌的一聲輕哼，林清音和姜維不禁一笑，朝天空揮了揮手。「下次這事您自己辦了就得了，還折騰我們一趟幹麼啊！」

這回朝空中瞪了半天也再沒有別的聲音，姜維低頭在林清音耳邊低語。「天道這是什麼意思？」

林清音以同樣的動作在姜維耳邊說道：「以天道的傲嬌和身分，肯定不會拉下臉來親自收拾這種小嘍囉，所以這種活必須我們來幹。」

所以降下神雷的黑鍋只能她來揹了。

林清音嘆了口氣搖了搖頭。想不到天道居然還挺愛面子的！

似乎察覺到了林清音的想法，忽然天色一暗，大雨毫無徵兆地降落下來，直接將兩人淋了個透心涼。姜維看著林清音被淋得一臉傻愣的表情，頓時哈哈大笑起來，拉住她的手朝外奔去。

林清音索性將身上的靈氣都收斂了，任由雨水打在臉上，拉住姜維的手衝進雨裡，像孩子一樣跑得飛快，狂風暴雨中傳來兩人開心的笑聲。

作為齊城人民來說，現在最開心的就是寒暑假了，因為這個時候小大師會回家鄉來給大家算卦。這一、兩年來，林清音在齊省可謂是無人不知無人不曉，就連周邊省市的人都知道她的大名。

而就因為林清音太過出名，現在齊城的社會風氣優良，誰都知道小大師算卦賣符都先看人品，人品不好就算出幾百萬都沒用，要是那種心善好事做得多的，說不定小大師還會免費送個護身符。

現在這個社會中，誰也不知道自己將來會不會遇到難事或者不順的時候，要是平時不積德，等那個時候臨時行善就來不及了，小大師眼睛可是很毒的，混水摸魚在她這裡根本就不可能。

與此同時林清音的名字對於國內的同行來說可謂是如雷貫耳，就連粵省港島那邊提起林清音來也都是鼎鼎大名。這主要得益於韓政峰和張七鬥兩人廣為傳頌，兩人和同行聊天的時候，沒少提起過林清音在琴島破的風水局布的風水陣，尤其是韓政峰，身為風水學教授的他更把這兩個風水局作為經典案例講給學生，甚至在提起林清音的時候都畢恭畢敬稱呼她是小師父。雖然林清音沒正式收韓政峰和張七鬥兩人入門，但他們可沒少和林清音學東西，在他們心裡林清音就是自己的師父。

在齊城老家，林清音的父母這兩年是越活越年輕了，樣子就像三十多歲的人似的，兩人的連鎖超市開得很大，婦幼用品店也有好幾家分店，夫妻倆除了忙生意就是出去旅遊，日子過得無比充實，至於那個偏心了一輩子的林老太則去世了。

之前林家財迷偏心的林老太曾經想帶大兒子來占便宜搶超市，被林清音早就算到謀劃，直接送進了派出所。自從那之後倒是乖了一段時間，可後來聽說林旭一家搬進了齊城最豪華的別墅後林老太又坐不住了。

林老太一直寵愛的大兒子、大孫子被養得好吃懶做、不成器，日子越過越差，天天伸手向老太太要錢；而以前一直被林老太讚不絕口的女婿祝付勇因為貪污公款被判了八年的有期徒刑，一直靠丈夫養的林覽傻了眼，現在帶著女兒吃住都在娘家。

以前林老太太喜歡林覽一家子是因為女兒家有錢，但是現在一家落魄成這樣她自然就看不順眼了，天天都想把女兒、外孫女都攆出去。

偏偏，林覽也不是那種肯吃虧的人，日子過得好的這麼些年，她也沒少往家裡拿東西，老太太一叫她走她就讓老太太還錢，母女倆天天吵得如鬥雞似的。

吵累了、鬧煩了，林老太不由得就想起林旭的好來，可如今林旭除了每個月按時轉來贍養費用以外，根本就不露面。林老太想起林旭的大別墅就眼紅，可她連住宅區大門都進不去，堵在門口等好幾天也見不到林旭的人影，回到家面對著冷鍋、冷灶的屋子和只會打遊戲的孫子、外孫女，沒個好臉色的女兒，林老太就覺得自己的命太苦了。

就這樣一來二去，老太太的血壓就升高了，就在一天起床喝水的時候突發腦溢血摔在了地上。隔壁玩遊戲的孫子聽到跌倒的動靜根本就沒當一回事，還是林清音掐算出來後通知了林旭，不過那時林老太的命數已盡了，林旭能做的就是承擔後事的費用，將老太太和老頭合葬在一起。

林老太死了，林旭和他的兄弟姊妹徹底斷絕聯繫，生活中完全沒有什麼不順心的事了，他現在最願意做的事就是和老婆、女兒待在一起，享受一家三口的團聚時光。

轉眼一年又一年，小大師畢業後直接考了帝都大學的數學系研究生，而姜維為了不和小大師分開，也去考了數學系的博士，再一次成為林清音的直屬學長。

讀研究生對於林清音來說更舒服一些，她可以不用去應付那些她不喜歡的課程，而是專心鑽研數學和術數之間的關係，閒暇的時候依然把算卦當正業。林旭是希望女兒多讀書的，畢竟有帝都大學的研究生學歷，在他看來女兒以後就是不算卦也能當個老師。而姜家對姜維一直繼續讀書也沒什麼意見，反正姜父生意做得越來越大，姜維作為一個真正的富二代，還真不用考慮什麼職業規劃，只要他願意，隨時可以繼承公司。

對姜家人來說，最煩惱的是姜維的婚姻大事。

平時姜維在帝都，姜媽媽就是想多問幾句姜維也不給機會，好不容易盼到姜維回來了，姜媽媽衝過去第一句話就是——「小維啊，你有沒有讓小大師幫你算姻緣啊？你說你讀完碩士還想讀博士也沒關係，可總不能不談戀愛吧？要不然你和媽說說你喜歡什麼樣的女生？媽幫你參謀參謀。」

姜維眼前浮現出林清音的模樣，他的嘴角不禁翹了起來。「我喜歡個子高高的，要正好到我的嘴唇，我一低頭就能親到她的額頭；長相要美，看起來漂亮高冷，實際上生活中是個小笨瓜，衣食住行樣樣都得讓我操心；還要喜歡吃東西，看到美食就兩眼放光，在她生氣的時候只要將蛋糕、冰淇淋放到她的面前，她就能開心的讓我忘掉全世界，眼裡心裡只剩下她……」

端著一盤水果路過的姜奶奶聽到這話險些沒把牙給甜掉了，她看孫子一臉神魂顛倒的模樣，偷偷拽了拽姜媽媽的衣角。「小維這是談戀愛了吧？」

姜媽媽欣慰的點點頭，看這表情是百分之百墜入愛河了，現在說的這些話，明顯是按照心儀的女生的特點說的，就是不知道這個長得漂亮、喜歡吃，還有點蠢萌的女孩是誰。

就在這時，姜奶奶和姜媽媽聽到姜維繼續說道：「最重要的是她會看風水會算卦，算的卦無一不靈驗；除此之外還會拿石頭刻護身符、擺風水陣……」

姜奶奶、姜媽媽一起倒抽一口氣。

看著孫子沈浸在自己美夢裡醒不過來的樣子，姜奶奶顫抖了。「媳婦啊，我聽著小維說的這個人，怎麼這麼像小大師呢？」

姜媽媽一臉震驚。「媽，妳掐我一下，看我是不是作夢沒醒啊？」

姜奶奶沈默了片刻。「我還是去打妳兒子一巴掌吧，大白天作什麼夢呢！」

姜維被奶奶的話說得回過神，看向自家長輩表情複雜。

難道他在自家人心中，就這麼差嗎？

姜維洗了澡換了衣服從別墅出來，就看到從隔壁別墅出來的林清音，姜維走過去幫林清音整理了一下帽子，輕笑著低下頭抵住她的頭頂，伸手將她摟在懷裡。「當初我家買這間房子的時候只想著這裡風水好，卻沒想到居然給我們談戀愛提供了便利。」

「別鬧！」林清音將自己的腦袋拯救出來，抬頭看著比自己高半個頭的姜維。「今天和我去一個地方。」

姜維開車按照林清音說的路線來到齊城近郊，將車停在一棟農村自建的別墅大門外面。

姜維給林清音開了車門，往別墅看了一眼，明顯能感受到一絲的死氣。

此時正好裡面有人出來，正是當年請林清音來看風水的周子豪，他看到林清音一愣，隨即眼淚就出來了。「小大師，我爺爺好像快不行了，他不願意去醫院，非要在家躺著。」

林清音點了點頭。「我來送送他。」

周子豪連忙將人請了進去，圍在床前的人看到林清音紛紛讓開了一條路，都畢恭畢敬地叫了聲小大師。

林清音走到病床前，床上的周爺爺看到她後露出了一絲笑容，有些艱難地伸出了手。「我就知道小大師會來，我一直在等您呢，以後我這老朋友就託付給您了。」

林清音看了一眼盤旋在老頭身旁的白蛇靈體，語氣溫和地說道：「你放心好了。」

周爺爺點了點頭，又轉過頭來看著陪了他一生的白蛇，聲音有些哽咽。「老朋友，你為我丟了性命，只剩下一個靈體，以後你跟著小大師好好修煉，早日修煉出身體。」

「囉哩囉嗦的！」白蛇嘴裡說著不耐煩的話，尾巴卻小心翼翼地纏住周老頭，輕輕拍打著他的手臂，似乎生怕他突然間就會閉目不醒。

林清音看到這一幕輕輕地嘆了口氣。「你們再說說話，我在外面等你。」

半個小時後，哭聲從別墅裡傳了出來，坐在葡萄藤下的林清音回頭望了一眼，神情有些唏噓。

姜維搖了搖頭，伸手摟住了林清音的肩膀，將她的頭靠在自己的身上，聲音裡滿是無奈和心疼。「小師父，妳都活過三世了，居然還會為人的生老病死而感傷。」

林清音沈默了片刻，良久才緩緩說道：「我覺得這樣挺好的，我上輩子沒有七情六慾，縱使活一千年也不快樂。我現在有喜有怒，會為別人觸動情緒，這說明我這輩子是一個正常的人了。」

老人活了九十來歲算是喜喪，林清音臨走時幫忙點了一處上等的陰宅，帶著白蛇離開了周家。

小龜聞到白蛇的氣息從龜殼裡鑽了出來，看著透明的白蛇靈體登時就笑了。「這小傢伙看起來比我還慘呢，我起碼還有個殼藏身，他連層蛇皮都沒有了。」

白蛇一聽就不願意了，縮小了身體纏到了龜殼上面，兩人飄浮在車裡似真似假的打鬧著。姜維回頭看了一眼蛇纏在龜上的形態，隨口笑道：「看起來倒像是玄武的形象。」

林清音一愣，微微一笑。「或許他們倆真有些淵源也未嘗可知。」

自從兒子承認和小大師談戀愛後，激動的姜媽媽足足三天沒睡好覺，第四天按捺不住頂著兩個碩大的黑眼圈來問姜維。「你和小大師打算什麼時候結婚啊？」

結婚一直是姜維掛在心頭上的大事，他作夢都想早點將小師父娶回家，可是他不知道小師父願不願意結婚。

想到將漂亮的小師父娶回家，每天抱著她入睡，清晨一睜開眼就能看到她的睡顏，姜維激動得腿都哆嗦了，簡直沒有什麼能比結婚更幸福的事了。

求婚是結婚前最重要的一步，姜維把王胖子、小警察馬明宇都叫出來集思廣益，徵集最佳求婚意見。

王胖子在知道姜維和小大師談戀愛的時候已經震驚過一次了，現在得知兩人居然要走到結婚這一步，心情依然十分複雜。「你要是和小大師結婚了，豈不是就成為我的師公了？」

姜維端著咖啡淡淡一笑。「我不介意你先叫一聲聽聽。」

「叫你妹啊！」王胖子伸出胳膊摟住姜維的脖子，語氣威脅地說道：「你要是敢讓我叫，我就不給你出主意了。」

馬明宇蹲在一旁長吁短嘆。「姜維你怎麼好意思出手？小大師比你小好幾歲呢，你這是老牛吃嫩草！早知道當初我也追小大師就好了，我當時就是不好意思。」

姜維摸了摸自己的臉，十分自得地說道：「起碼我看來年輕，不吹噓，就是再過三十年，我也是這張年輕帥氣回頭率百分之兩百的帥臉。再說了，你的職業和小師父的也不搭啊，若是你們倆在一起，不出兩天就要被和諧了。」

馬明宇仔細看了看姜維的臉，不得不鬧心地承認，論顏值自己還真拚不過，這姜維長得比那些流量小鮮肉好看就算了，也不知道什麼時候起身上多了一股氣勢，總有一種讓人想向他臣服的感覺，若不是他們熟，知道姜維的個性，他可不敢隨意吐槽他。

唉！人家還是富二代呢！他是真的比不過。

比不過就得出主意，王胖子和馬明宇都快把頭髮拔光了，想出來的依然是鮮花、美酒、鑽石戒指的老套場景，別說是小大師了，聽得姜維都興趣缺缺。

眼看這兩個狗頭軍師都想不出好辦法，姜維決定還是乾脆自己想。

林清音給自己的衣缽徒弟果果講了一章易經後，才後知後覺的發現好像有兩天沒看到姜維了。就在她找出手機想打電話給姜維的時候，耳邊忽然傳來姜維的傳音。「小師父，妳跟我來。」

林清音起身推開窗戶，身影一閃消失在窗前，片刻後兩人一前一後在一座人跡罕至的山上現出了身影。

林清音有些疑惑地看了姜維一眼，剛要開口，忽然耳邊傳來一聲清脆的鳥叫，隨即一群群五彩斑斕的鳥兒、雪白的丹頂鶴從遠處飛了過來，圍著林清音嘰嘰喳喳地叫著，頗有些百鳥朝鳳的感覺。

伴隨著百鳥的盤旋，一道濃濃的靈氣從地底湧了出來，這些鳥兒受靈氣所吸引，不約而同朝靈氣聚集的位置飛了過去，密密麻麻地擠在一起，正好形成了一個大大的心形。

姜維有些緊張地拿著一束鮮花跪在林清音面前，頭頂著首飾盒的白蛇不知道從哪裡鑽了出來，老老實實地盤坐在姜維的旁邊。

林清音一個沒忍住，噗哧一聲笑了起來，一直待在她口袋裡的小龜立刻找到了機會飛了出來，朝白蛇大肆地嘲笑。「我就說你們這招太過老土你們還不信？掌門才不會被你們蠱惑呢！」

林清音看著白蛇碩大腦袋上頂著的首飾盒，笑得眉眼都彎了起來，白蛇委屈地掃了掃自己的蛇尾，有些幽怨地瞥了姜維一眼。

其實他也不想幹這麼蠢的事，可是誰教他扛不住龍氣的誘惑呢？

姜維彈出一絲龍氣將搗亂的小龜彈回龜殼裡，世界頓時安靜了下來。姜維深吸了一口氣。「小師父，請妳嫁給我好嗎？」

林清音低頭看著跪在自己面前的姜維，微微地遲疑了一下。

似乎知道林清音的顧慮，姜維抬頭看著林清音的眼睛，神色認真地說道：「不知道從什麼時候起，我愛上了那個不會做作業、靠搖古錢幣算答案的女孩；我愛上了那個討厭學英語、一做英語試卷就皺眉頭的女孩；我愛上了那個喜歡甜點、一看到美食就心花怒放的女孩……小師父，我愛妳，無關前世，也和龍鳳沒什麼關係，我愛的一直都是我認識的那個林清音。」

林清音笑了，她真的挺喜歡姜維的，喜歡和他心靈相通的甜蜜，喜歡他毫無保留的寵愛自己的感覺。既然她只能永生為人，那何不享受為人的樂趣，好好的享受愛和被愛的滋味呢？

林清音接過鮮花，不由自主地鼓起圓潤的臉頰。「知道我喜歡蛋糕還拿鮮花來求婚。」姜維一揮手精緻的首飾盒便飛到了他的手掌裡，他拿出訂製的戒指套在林清音纖細的手指上，摟住她的腰在她唇上落下輕輕一吻。「只要妳願意，我給妳做一輩子的蛋糕。」

「一輩子可不夠。」林清音的氣息和姜維的纏繞在一起。「我們的未來還很長。」

小龜悄悄地從龜殼裡伸出腦袋，看到掌門被姜維摟在懷裡親吻，頓時鬱悶地舉起小爪子蓋住了眼睛。「臭姜維，不要臉！」

白蛇一掃尾巴將身形縮小成手指粗細，飛到小龜身上將他纏了起來。「你這是嫉妒人家娶老婆，你是個千年單身龜。」

小龜一翻身將白蛇壓倒在地。「說得好像你有老婆似的，等等……」小龜似乎碰到了什麼位置，一臉震驚地看著白蛇。「你到底是公還是母？」

白蛇惱羞成怒地一甩尾巴將小龜抽飛出去。「死烏龜，要你管！」

笑鬧間，微風拂過，傳來天道若有似無的聲音——人間昌盛、萬物興旺，而你們還在這世間，真好。

——全書完

2022年9月出版

# 閒閒來養娃

文創風 1100～1101

丈夫學問好、皮相佳，偏偏胸無大志，
原本她是恨鐵不成鋼，負氣跟對方鬧和離，
老天卻透過夢來提點她，這婚姻一旦一步錯，
結局就是他失蹤了，她早逝了，兒子變壞了。
行，她不逼他考取功名，他倆好好帶娃總不會錯吧？

描繪日常小事，讀來暖心寫意／君子一夢

因為一場夢，蘇箏看見賭氣和離後的人生是一場悲劇——
兒子長大後成了惡貫滿盈的大貪官，最終不得好死，
她作為生母，在野史記載中則是愛慕虛榮、拋夫棄子的形象……
這一覺醒來，她摸著未顯懷的小腹，心想著這婚可不能離！
既然丈夫無心於仕途，只想在村裡私塾當個教書先生，
她也把名利視作浮雲，這輩子就安分跟著他在鄉下養娃吧～～
正所謂沒有比較沒有傷害，夢中她是一人苦撐孕期不適，
如今她不孤單了，身邊有個體貼又稱職的神隊友，
不僅平時幫忙打點吃食、包辦家務這些芝麻蒜皮的小事，
就連她害喜像孩子般發脾氣時，他也是各種包容呵護，
更別提兒子出生後，帶孩子、換尿布成了他倆的日常。
說實話，越是與他相處下去，越是感受到這個男人的好，
更重要的是，在他悉心指導下，兒子應該不會長歪吧～～

2022年9月出版

# 娘子別落跑

文創風 1097～1099

從中醫世家傳人變成乾癟的小丫頭，還被賣進王府，這重生太套路了吧！
罷了，聽說她的新主子是個清心寡慾好打點的，自己又是心思純正，
只要安分上工、準時領錢，贖身出府的日子應該不遠吧……

丫鬟妙手回春志氣高，
少爺求婚追妻套路深　／折蘭

中醫世家傳人卻得了絕症而亡，再睜開眼，成了一個京城牙行裡的小丫頭？
長得瘦瘦乾乾不起眼，怎麼一不小心也被睿王府挑進去當丫鬟，
兩個月後還被老夫人安排去了世子爺的院落當大丫鬟，升職也太快了吧？!
據說這位睿王世子幼時體弱多病，在白馬寺裡住到了十二歲才回府，
是個清心寡慾又喜靜的性子，可怎麼……跟她遇到的完全不一樣啊！
他不但半夜偷偷摸摸地回府治傷，行為又怪裡怪氣瞧不懂，
待她表面客氣，暗裡可是恩威並施，不早點出府還留著過年嗎……

2022年9月出版

# 全能女夫子

文創風 1095～1096

沒有金手指、沒有法寶或空間，
穿越過來的蘇明月，就是個平凡無奇的文科生。
那些偉大發明雖然她做不出來，但當個生活智慧王還是沒問題的——
不管吃的、用的、穿的，讀書寫字、強身健體，
只要有困擾，全能的她都有辦法解決！

妙筆描繪百味人生／滄海月明

一覺醒來發現自己穿越，成了個嬰兒，蘇明月十分無言。
不過她現在的確是有口難言，只能哇哇大哭，內心無比崩潰。
至於要怎麼當嬰兒她不太會，為了避免超齡表現被當妖孽，
她成天吃飽睡、睡飽吃，畢竟少說話少犯錯嘛。
結果裝傻裝過頭，被街坊鄰居當成傻子欺負，
這哪成？藉此機會教訓那群小屁孩一頓之後，她也不演啦！
從今以後，她要當蘇家聰慧的二小姐！
父親屢試不中，她想出模擬考這招，克服考試焦慮，順利上榜。
出外求學不知肉味？她提供肉鬆食譜，讓學子人人有肉吃。
發現問題再研究解決方法，成了蘇明月最大的樂趣，
靠著一架新式織布機，她成了大魏朝紅人。
可他們安分守己過日子，卻因昔日風光遭人嫉恨，
在毫無防備的狀況下，落進別人下的連環套……

將軍百戰死，壯士十年歸／途圖

2022年8月出版

# 夫人好氣魄

前世的她早已習慣自己承擔一切，也不太習慣與人親密相處，
自小照顧她的奶奶去世後，她的心更是沒有對別人打開過，
直到入了將軍府，她才慢慢試著接受身邊的人，
老夫人總讓她想起奶奶，而和藹的婆婆則彌補了她缺失的母愛，
這些沒有血緣的親人，讓她更加堅定了想護住這個家的決心……

文創風 1091 1

意外發生前，沈映月是獨力掌控百億業務、手下菁英無數的高階主管，
豈料一睜眼，她就穿成了大旻朝赫赫有名的鎮國大將軍莫寒的夫人，
原來大婚當日，將軍接到了邊關急報，於是撇下新娘，率軍開赴邊疆，
然而世事無常，幾日前將軍戰死的消息傳回了京城，原身便傷心得一命嗚呼。
將軍夫人是嗎？這頭銜倒是新鮮，也算是史無前例的跳槽了，那便試試吧！
說起這莫家，確實是忠臣良將，門前還豎立著一座開國皇帝親賜的巨大英雄碑，
碑上刻著的一個個名字都是為國犧牲的莫家兒郎們，包含將軍及其父兄、姑姑，
但，如今的將軍府竟只剩好賭的二叔、酗酒的四叔及流連青樓的堂弟等廢柴？

文創風 1092 2

當真是虎落平陽，瞧著將軍不在了，如今連個熊孩子都敢欺到頭上來！
小姪子是莫家大哥留下的獨苗，這些年來大嫂一直將他保護得無微不至，
然而卻因為很少磨練他，以至於他在外也不懂得如何保護自己，
在學堂受了同窗的欺凌，回家後大嫂也只叫他忍耐下來，不要聲張，
倘若沈映月不知情也就罷了，既然知曉，便沒有裝聾作啞的道理，
她雖然冷靜自持，但向來秉持著人不犯我、我不犯人的信念，
即便對方是個熊孩子，該打回去的時候她也不會手軟，
不過小姪子太嬌弱，得找個武師父教導才行，只有自己強大了，別人才不敢欺！

文創風 1093 3

莫寒生前一直率領莫家軍與西夷作戰，如今這支軍隊尚有十五萬人之多，
從前手握兵權對將軍府是如虎添翼，而今若還抓住不放恐要招來殺身之禍了，
然而龍椅上那位也不知是怎麼想的，遲遲不肯解決這燙手山芋，
所幸的是，莫家此輩中僅剩的男丁、將軍的堂弟莫三公子一向是紈袴的代言人，
雖說沒有人把他當成兵權繼任者，但難保平時眼紅將軍府的人不落井下石，
還好她這人向來不知何為難事，執掌中饋後就一肩挑起將軍府內外的大小事，
三公子有心疾不能習武無妨，改走文臣仕途一樣能帶領莫家走出康莊大道，
即便他莫老三再是坨爛泥，她也會把他穩穩地扶上牆，成為莫家的頂梁柱！

文創風 1094 4 完

莫寒懷疑朝中出了內鬼，以至於南疆一役中了埋伏，己方死傷慘重，
為了查出真相，他詐死回京，還易容化名為孟羽，成了小姪子的武師父，
一開始沈映月只是懷疑他的來歷，畢竟他說解甲歸田前曾待過莫家軍，
但除了將軍左臂右膀的兩大副將外，其餘同袍似乎都不認得他？
再者，他一個普通小兵，為何兩大副將都如此聽從他的指揮？
後來漸漸與他接觸後，又發現他文韜武略無一不精，實在非常人能及，
果然，他根本不是什麼副將的表哥、平凡的路人甲乙丙，
他根本就是將軍本人，是她素未謀面的夫君啊！

文創風 1128

# 算什麼大師 5 完

國家圖書館出版品預行編目資料

算什麼大師 / 懿珊著. --
初版. -- 臺北市 : 狗屋出版社有限公司, 2022.12
冊 ; 公分. --（文創風 ; 1124-1128）
ISBN 978-986-509-387-7（第5冊 : 平裝）. --

857.7　　111018681

著作者　懿珊
編輯　林俐君
校對　吳帛奕
發行所　狗屋出版社有限公司
地址　台北市104中山區龍江路71巷15號1樓
電話　02-2776-5889～0
發行字號　局版台業字845號
法律顧問　蕭雄淋律師
總經銷　知遠文化事業有限公司
電話　02-2664-8800
初版　2022年12月
國際書碼　ISBN-13　978-986-509-387-7

本著作物由北京晉江原創網絡科技有限公司授權出版

定價270元
狗屋劃撥帳號：19001626
網址：love.doghouse.com.tw　E-mail：love@doghouse.com.tw